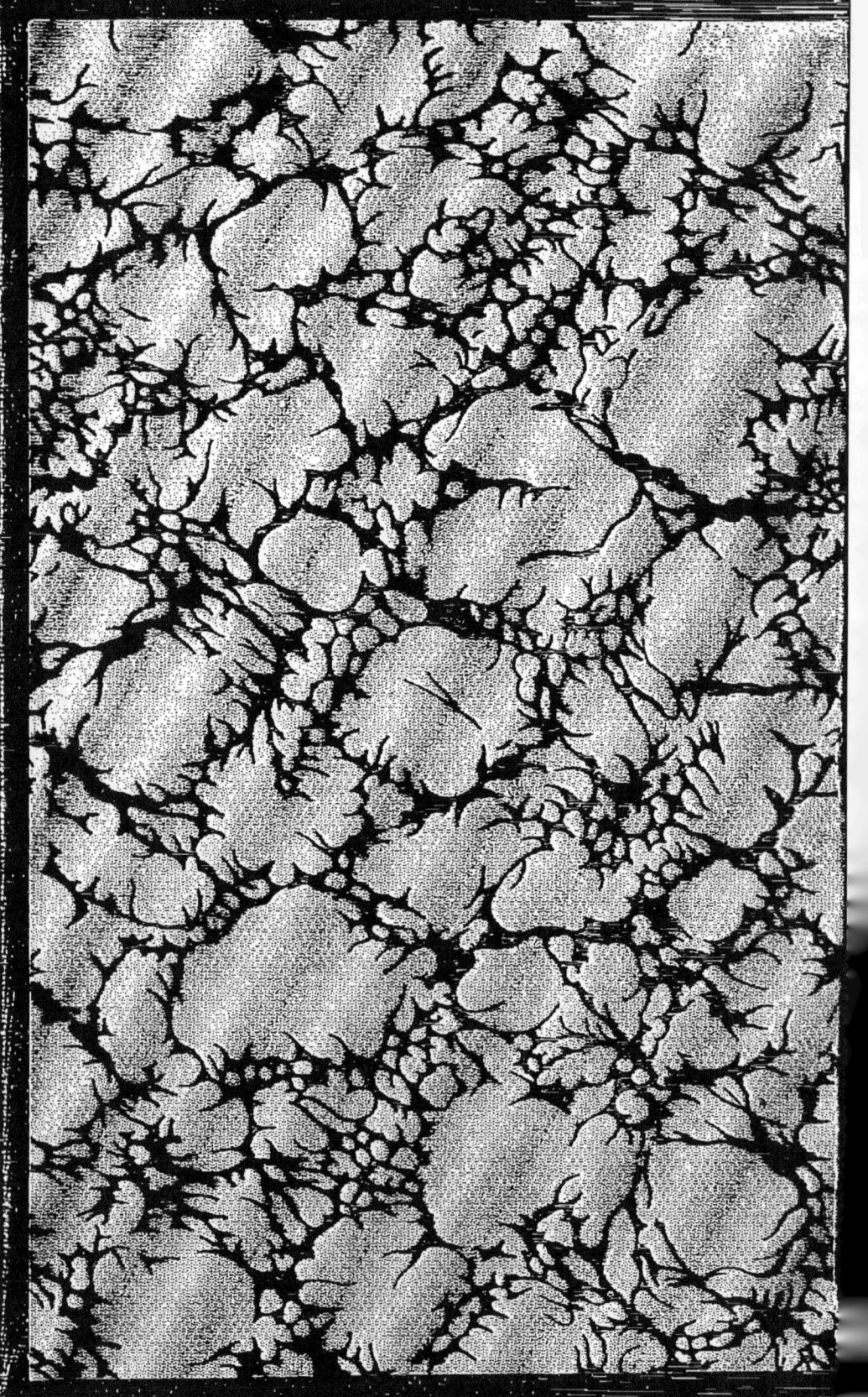

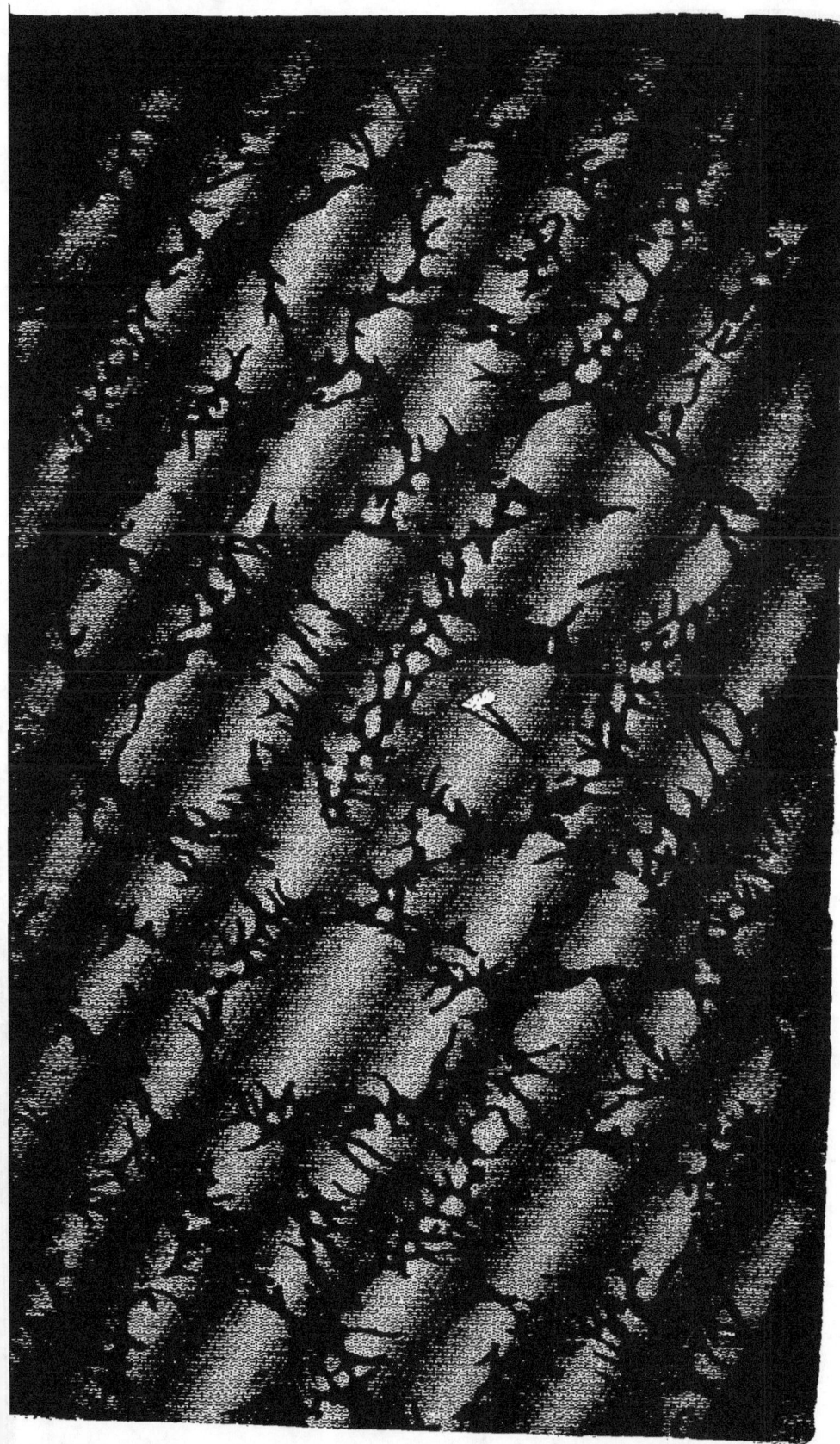

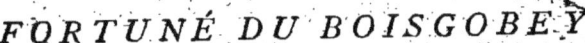

FORTUNÉ DU BOISGOBEY

LES
MYSTÈRES

DU

NOUVEAU PARIS

TOME PREMIER

PARIS

E. DENTU, ÉDITEUR
Libraire de la Société des Gens de Lettres

PALAIS-ROYAL, 15-17-19, GALERIE D'ORLÉANS

LES MYSTÈRES

DU

NOUVEAU PARIS

—

I

LIBRAIRIE DE E. DENTU, ÉDITEUR

DU MÊME AUTEUR

Les *Gredins*, 2ᵉ édition, 2 vol. gr. in-18. . .   6 francs.
Le Chevalier Casse-Cou, 2ᵉ éd., 2 vol. gr. in-18.   6 —
Les *Collets Noirs*, 2ᵉ édition, 2 vol. gr. in-18.   6 —
L'As de Cœur, 2ᵉ édition, 2 vol. grand in-18.   9 —
La Tresse Blonde, 3ᵉ édition, 1 vol. gr. in-18.   3 —
Le Coup de pouce, 2ᵉ édition, 1 vol. gr. in-18.   3 —

EN PRÉPARATION :

La Jambe Noire, 2 vol. grand in-18. . . . .   6 francs.

F. AUREAU. — IMPRIMERIE DE LAGNY.

LES
MYSTÈRES

DU

NOUVEAU PARIS

PAR

FORTUNÉ DU BOISGOBEY

TOME PREMIER

PARIS
E. DENTU, ÉDITEUR

LIBRAIRE DE LA SOCIÉTÉ DES GENS DE LETTRES

PALAIS-ROYAL, 15-17-19, GALERIE D'ORLÉANS

—

1876

MYSTÈRES DU NOUVEAU PARIS

I

L'aube d'un triste jour d'hiver commence à poindre.

Le vent du nord chasse de gros nuages dans le ciel pâle et rabat vers la terre une brume grisâtre qui enveloppe déjà le faîte des hauts murs de la Roquette.

De minces flocons de neige tourbillonnent sous la rafale et s'accrochent aux arbres du quinconce où on coupe les têtes.

A vingt pas de la prison, au bout d'une étroite allée, qui mène du cachot à l'éternité, la guillotine dresse ses deux bras rouges.

Les casques cuivrés des gardes de Paris brillent à la lueur des torches promenées par les valets de l'échafaud ; parfois aussi, le couperet, subitement éclairé, lance d'en haut les reflets sombres de l'acier bruni ; puis tout s'éteint, et on ne voit plus qu'une masse noire grouillant autour des sinistres poteaux.

Il sort de cette foule un grondement sourd, assez semblable à celui de la mer qui monte, et, sur cette basse continue, se détachent par instants le hennissement sonore d'un cheval ou le bruit sec d'un coup de marteau.

Les derniers préparatifs s'achèvent : un condamné va mourir.

Paris le sait. Dès minuit, la nouvelle s'est répandue par la ville, et Paris ne s'est pas couché, le Paris qui court à une exécution comme à la première d'une opérette.

Tous les habitués des fêtes de la mort sont là ; tous, depuis le *voyou* qui déjeune d'un cervelas à l'ail et d'un verre d'eau-de-vie au poivre, et qui siffle l'air de la *Femme à barbe,* en attendant que la toile se lève, jusqu'au *gommeux* qui a quitté la grosse partie du cercle pour voir opérer le bourreau, jusqu'à la soupeuse du café Anglais, qui vient, la bouche mal essuyée, lorgner l'agonie du patient, et, par la même occasion, respirer l'air crapuleux des bouges où s'écoula son enfance.

Le *voyou* est au parterre, piétinant sur le pavé couvert de neige fangeuse, et se glissant comme un ver d'égout à travers les jambes des sergents de ville. Les *gommeux* et les *cocottes* trônent aux premières loges, c'est-à-dire aux fenêtres d'un ca-

baret qu'on leur loue aussi cher, qu'une avant-
scène. Ils ont des chaises et des jumelles.

En ce bas monde, décidément, l'égalité est une
chimère.

D'ailleurs, les places privilégiées sont rares et
n'en a pas qui veut. Ce jour-là, les deux meilleures fenêtres, au nord de la place, côté du Père-
Lachaise, avec vue de profil sur l'échafaud, étaient
occupées, comme de raison, par des heureux de la
terre.

A celle de droite, la plus rapprochée de la prison, apparaissaient trois femmes encapuchonnées
de soie, qui venaient se pencher un instant sur la
foule mouvante, lançaient un éclat de rire en réponse à quelque immonde lazzi d'un *gavroche*, et
retournaient se chauffer à la flamme d'un punch
que surveillaient gravement trois messieurs emmi-
touflés de riches fourrures.

Par extraordinaire, les trois messieurs étaient
jeunes et les trois femmes n'étaient pas encore
vieilles.

L'autre fenêtre s'ouvrait sur un cabinet séparé
par une mince cloison de la pièce où s'était grou-
pée cette société joyeuse, et ne servait qu'à deux
spectateurs, un homme de taille moyenne, mince,
brun, élégamment vêtu, et un compagnon beaucoup plus robuste, mais moins distingué de visage
et de tournure.

Accoudés sur la barre d'appui, ils regardaient
la tourbe qui s'agitait au-dessous d'eux, et semblaient écouter avec une curiosité dédaigneuse les

propos qui bourdonnaient dans l'air, comme des mouches autour d'un cadavre.

— Eh ! Polyte, crois-tu qu'il *planchera* ?

— Lui ! un *zig* qui s'est *tiré les pieds* de Cayenne en *butant* trois *roussins* ! Pas de danger. Il montera à *l'abbaye de Cinq-Pierres* comme je monte au *poulailler* de l'Ambigu.

— Qu'est-ce qu'ils disent ? demanda l'homme aux larges épaules à son camarade de fenêtre.

— Tiens ! c'est vrai, tu sais le français, mais tu ne comprends pas l'argot, répondit l'autre en riant.

— L'argot, c'est la langue des voleurs, je crois. Est-ce que tu la comprends, toi, Marcel ?

— Parbleu ! tu sais bien que je suis Parisien. Sois tranquille, mon vieux Dominique, j'ai eu beau passer dix ans avec toi aux mines de Californie, j'entends encore à merveille tous les idiomes de ma ville natale, y compris le javanais. Tu veux savoir ce que disent ces affreux gamins ? L'un demande si le condamné faiblira devant l'échafaud. L'autre répond que le condamné est un brave qui s'est évadé du bagne en tuant trois gardes-chiourme et qu'il ira au supplice comme on va à la comédie.

— Aimable dialogue ! murmura Dominique.

— Mesdames, dit un des *gommeux* aux femmes qui venaient de se réinstaller à la fenêtre voisine, je déclare que cette petite fête est idiote. Il fait un froid à ne pas mettre un huissier dehors. Je n'en étais qu'à mon septième verre de kummel quand vous m'avez emballé de force dans un infect sapin. Parole d'honneur! il n'y a que Coralie pour avoir des idées pareilles.

— Je te conseille de te plaindre ! Et moi qui n'ai pas fini mes écrevisses bordelaises, riposta mademoiselle Coralie, une rousse au teint vert. Regarde Ernest. Il ne geint pas comme toi.

— Oh! moi, s'écria Ernest, j'ai lâché sans regret une banque de baccarat superbe. Je tiens à voir si Monsieur de Paris aura une main aussi bonne que la mienne ; j'abattais à tous les coups.

— Lui aussi, il abat à tous les coups.

— Oh ! très-joli.

— Le punch va s'éteindre. Venez donc m'aider à sécher le bol, cria du fond du cabinet le troisième cavalier.

Les filles peintes et les beaux messieurs disparurent.

— Dominique, veux-tu que je te dise ce que je pense? murmura le jeune homme brun qui revenait de Californie. Ces créatures et leurs galants me dégoûtent six fois plus que ces chenapans déguenillés qui parlent argot dans la boue.

— Leurs galants! mais il me semble que tu en connais au moins un. Ce grand dadais qui a les cheveux lissés comme une femme, n'est-ce pas le fils de ton banquier?

— Du baron de Gondo? Ma foi ! c'est bien possible, mais je ne l'ai pas reconnu.

— Moi, si. Et pourtant, je ne l'ai vu qu'une fois, le jour où il est venu de la part de son père t'ap-

porter les trois cent mille francs que tu avais de-
mandés comme premier à-compte sur ta lettre
de crédit. Il a une de ces figures qu'on n'oublie pas.
Il ressemble à cet Allemand qui fut pendu à San-
Francisco par sentence du comité de vigilance. Tu
t'en souviens ?

— Oui, répondit Marcel avec indifférence.

Le silence se fit aux fenêtres ; il s'était déjà fait
dans la foule.

Au milieu de la place, une lanterne s'élevait et
s'abaissait, comme un feu follet dansant sur les
tombes d'un cimetière. L'exécuteur venait de grimper sur le plate-forme de l'échafaud et donnait
un dernier coup d'œil aux rouages de sa mécanique.

Le ciel blanchissait de plus en plus, et la lueur
des becs de gaz commençait à pâlir devant l'aurore
naissante.

Debout sur un tas de moellons amoncelés contre
le pignon du cabaret, juste au-dessous de la fenêtre
de gauche, deux hommes adossés à la muraille, les
mains dans les poches, la casquette rabattue sur
les yeux, suivaient attentivement les évolutions du
fanal.

— Charlot passe sa dernière inspection, dit l'un
de ces amateurs de la Roquette. Dans dix minutes, un quart d'heure au plus, *Casse-Dos* aura *lâché
la rampe.*

— Oui, voilà qu'il se fait vieux, grommela l'autre, un colosse trapu et velu comme un ours. C'est

égal ! je serai plus tranquille quand il aura *épousé la veuve*.

— T'impatiente pas, ça s'avance. V'là le notaire qui va chercher le futur pour passer le contrat. Vois-tu le falot qui descend ? Ah çà, t'as donc peur que *Casse-Dos* ne fasse de *potins* sur toi ?

— Ça s'est vu.

— Possible ! mais ça ne se verra pas avec lui. C'est un solide, un crâne, qui dira *zut* à la *camarde* et qui ne voudra pas faire de la peine aux camarades avant de *dévisser son billard*.

— On ne sait pas. Il y a les blagues de la fin... le *ratichon* qui va lui parler du bon Dieu... le *roussin* en chef qui va lui promettre un sursis.

— Allons donc ! *Casse-Dos* ne coupe pas dans ces ponts-là. C'est pour l'affaire de Vaugirard que t'as le *trac* ? Toi, Jacques Crambard, dit l'*Époulardeur*, un vieux de la vieille !

— Oui, j'ai le *trac*. Et après ? Il y a de quoi, mille tonnerres ! *Casse-Dos* n'a qu'un mot à lâcher pour nous envoyer tous faire la *ratapiole* sur la bascule.

— Oh ! moi, j'en serais quitte pour vingt ans de *pré*. J'ai indiqué le magot de la vieille, mais je n'étais pas là le soir où vous l'avez *escarpée*.

— Oui, c'est ça, quand il faut y aller de sa tête, tu *t'esbignes*. Tu n'est qu'un *fainiant*, et c'est pas pour rien qu'on t'a nommé *Pain-de-Blanc*.

— Ça n'empêche pas que, sans moi, tu ne ferais que des affaires de quatre sous.. Qui est-ce qui a *nourri le poupon* (1) chez le bijoutier de la rue

(1) Organisé le vol.

Saint-Martin? c'est Bibi. Et qui est-ce vient d'en
lever une autre, d'affaire, premier numéro? encore
Bibi.

— Une affaire, répéta le bandit que son digne
acolyte appelait l'*Époulardeur*.

— Oui, et une *chouette*. Le *pante* qui est là au-
dessus de nous, à la fenêtre du *mastroquet*, a reçu
dernièrement trois cent mille *balles* de son banquier.

— Trois cent mille!

— Oui, mon vieux, et nous causerons de ça tantôt en rentrant à la *cambuse*. Mais ouvrons l'œil. V'la
les *cognes* qui enfourchent leurs poulets d'Inde.

Un frémissement courut dans la foule. Les gen-
darmes de la Seine venaient de se mettre en selle
et leurs hauts bonnets à poils cachaient l'échafaud
aux spectateurs du pavé. Le lugubre dénoûment
approchait.

— C'est pas de jeu! on ne voit rien.

— Assis, les *cognes*!

— Cachez donc pas l'exemple au peuple.

— T'es volé, Polyte!

Ces cris et mille autres vociférations ignobles
partirent à la fois des quatre coins de la place. Puis,
aux clameurs succéda le murmure de l'attente, ce
murmure qui, dans un théâtre de drame, accompagne l'orchestre annonçant, par un *tremolo* prolongé, l'entrée du traître. Les donzelles fardées
avaient reparu à la fenêtre.

— C'est drôle! dit une de ces femmes qui avait
les cheveux couleur d'épis mûrs, ça me fait de

l'effet tout de même ; ça me serre à la ceinture, comme si je regardais du haut des tours Notre-Dame.

— Moi pas ! reprit une brune aux sourcils peints ; j'étais à Troppmann, et j'ai été souper après avec le grand Brésilien.

— Dis donc, Ernest, demanda la rousse au teint vert, est-ce que ce n'est pas ton Californien qui est là dans le cabinet à côté ?

— Parfaitement, chère amie. C'est M. Marcel Caradoc de Colorado.

— Colorado ! mais c'est un nom de cigare, ça, s'écria l'autre *gommeux*.

— Ne blague pas, reprit le jeune Ernest de Gondo. Il a chez mon père un crédit de douze millions, sans compter ce qu'il possède en Amérique.

— Diable ! ça mérite attention, dit tout bas mademoiselle Coralie.

Les deux occupants de la fenêtre voisine entendirent peut-être cette intéressante conversation, mais, à coup sûr, les deux bandits, tapis contre la muraille, n'en perdirent pas un mot.

— Douze millions chez son banquier, et trois cents mille francs chez lui, murmura *Pain-de-Blanc ;* voilà une affaire ou je ne m'y connais pas.

— Faudra voir ça, grommela l'*Époulardeur* en levant sournoisement la tête vers le premier étage.

Une immense acclamation s'éleva. La grande porte de la Roquette s'ouvrait lentement.

— V'là *la* cinquième acte qui commence, glapit la voix grêle d'un gamin.

1.

— Enfin ! ricana mademoiselle Coralie. Il était temps, j'ai les pieds à la glace.

— C'est amusant, la Roquette, mais on y pose trop, dit gravement Ernest.

— Dis donc, l'*Époulardeur*, souffla *Pain-de-Blanc* à l'oreille de son camarade, là-haut, aux premières, c'te grande mince *qu'a* du plâtre sur la *binette* et du poil de renard à son capuchon ?

— Eh ! *ben*, après ?

— C'est ma sœur. J'l'ai reconnue à son fausset. Tu sais, quand elle chantait : *Petits oiseaux, venez sur ma fenêtre...* au café du *Cheval Blanc*.

L'*Époulardeur* ne daigna même pas lever les yeux.

— Vois-tu ? là... sous la voûte... le brigand qui va mourir, murmura M. Caradoc de Colorado, beaucoup plus ému qu'il ne voulait le paraître.

— Ah ça ! Marcel, demanda vivement son ami, l'homme aux larges épaules, me diras-tu quel plaisir tu peux prendre à cet abominable spectacle ?

— Il faut tout voir.

— Quoi ! même un malheureux qu'on égorge de sang-froid ?

— Tais-toi, répondit le Californien d'une voix étranglée ; le misérable qu'on va exécuter est un bandit de profession. Il tuait pour voler. Un de ses pareils a volé mon père autrefois, et mon père en est mort.

— Je ne te savais pas si rancuneux, soupira Dominique.

Aux cris de la foule avait succédé un silence glacé, un silence de mort.

Des profondeurs sombres du vestibule de la prison émergeait un groupe qui avançait lentement comme un convoi funèbre.

Quand ce groupe eut franchi le haut arceau du portail, les premières clartés du jour chassant le crépuscule tombèrent d'aplomb sur cette masse mouvante.

Au centre, la chemise du condamné se détachait comme un point blanc sur les vêtements noirs, lugubre livrée des serviteurs de la loi.

Il était de haute taille et le mirage de la lumière incertaine du matin le grandissait encore. Cette tête qui allait tomber dominait toutes les autres.

Sa face, plus pâle que le linge flottant sur sa poitrine, se renversait en arrière. Il regardait le couteau.

A sa droite, un aide. A sa gauche, le prêtre. Derrière lui, le bourreau.

Il marchait à petits pas, et comme par saccades, retenu qu'il était par les entraves nouées à ses jambes, mais il marchait sans broncher.

Pas un murmure, pas un souffle sur la place. On eût dit qu'une machine pneumatique y avait fait le vide. Les *voyous* ne chantaient plus. Les filles peintes ne ricanaient plus. L'angoisse leur refoulait dans le gosier les refrains obscènes et les plaisanteries idiotes.

Au pied de l'échafaud, le groupe se disloqua. L'exécuteur grimpa rapidement les marches de l'escalier et se planta sur la plate-forme, droit, raide, immobile comme la statue de la Justice. Il attendait.

Les aides se rapprochèrent du condamné, et le prêtre se pencha pour l'embrasser.

A ce moment, le cheval d'un garde s'ébroua et le frémissement des harnais secoués bruyamment passa dans la chair de six mille spectateurs.

Il y eut comme une détente dans la foule. Des mots s'échangèrent à voix basse. On parle ainsi dans une chambre mortuaire.

— A la bonne heure ! c'est pas comme le dernier qu'il a fallu porter sur la mécanique, grommela une vieille femme en se haussant sur la pointe des pieds pour mieux voir.

— Quand je te le disais qu'il ne *plancherait* pas, murmura *Pain-de-Blanc*.

— C'est pas fini, articula péniblement l'*Époulardeur*. Et puis... il a eu le temps de bavarder avant de sortir de la *boîte*... j'en ai pour un mois encore à ne pas *pioncer* tranquillement.

— Alors, t'es pas comme *Casse-Dos*... dans dix secondes, il *pioncera*, lui, et il ne se réveillera plus... regarde !... il monte...

Une forme blanche surgissait par secousses répétées, au-dessus du niveau sombre de la foule. A chaque marche, il y avait un temps d'arrêt presque imperceptible qui scandait l'émotion dans les cœurs.

Enfin, le condamné apparut tout entier, debout, devant la bascule.

L'aide enleva d'un geste rapide la veste brune qui lui couvrait les épaules.

— Tiens! vois-tu? Il se couche, murmura *Pain-de-Blanc*.

L'exécuteur venait d'appuyer sa large main sur le dos du patient.

La bascule s'abattit avec un bruit mat suivi presque aussitôt du son sec de la lunette brusquement rabattue sur le cou.

Alors, les spectateurs eurent trois visions, trois éblouissements presque simultanés, le couteau passant comme un éclair, le sang qui jaillit en gerbe, et le corps roulant dans le panier.

Il y eut cinq ou six cris aigus, des cris de femme, et un grondement rauque et bref, une sorte de râle de soulagement poussé par la foule, puis une courte pause de stupeur, et presque aussitôt éclata une tempête de hurlements et d'interpellations immondes.

Les abonnés de la guillotine s'étaient tus quand l'émotion les tenait à la gorge. La pièce jouée, les vociférations recommencèrent comme les causeries reprennent au théâtre après le grand air du ténor en vogue.

— Ohé! Polyte! viens-tu au *Champ-des-Navets*?

— C'est pas la peine. La *rousse* empêche d'entrer.

— Viens donc! nous-z-y ferons voir le tour. Je connais le maître fossoyeur. Il nous laissera passer quand les *cognes* seront partis. C'est comme ça que j'ai eu des cheveux du dernier.

— J'ai le cœur à l'envers, dit Coralie en s'appuyant contre l'angle de la fenêtre. Allons boire du punch chez Tortoni. J'ai besoin de me remettre.

— Tortoni n'est pas encore ouvert, répondit un des *gommeux*.

— Bah! nous trouverons bien un cabinet à la Maison-d'Or.

— Moi, mes enfants, je n'en suis pas. J'ai envie d'aller faire un tour au cercle. Je suis sûr que la partie n'est pas finie. A cette heure-ci, il n'y a plus que les gros perdants, et j'aime beaucoup à jouer contre les gros perdants.

— Oui, c'est une bonne opération. On les achève.

— Es-tu assez banquier! s'écria la donzelle au teint vert. Tiens, Ernest, tu me dégoûtes, tu ne penses qu'à faire des affaires.

— Et toi, donc! riposta le jeune baron de Gondo.

— Bien! bien! va-t'en à ton cercle. Oscar et Jules nous accompagneront, puisque tu nous lâches.

— Le diable, ça va être de retrouver nos cochers dans cette infecte bagarre, s'écrièrent en chœur les cavaliers interpellés.

— Demandez votre voiture, mon prince! Faut-il faire avancer votre équipage, mon duc? cria une voix qui fit tressaillir la belle Coralie.

Elle se pencha, aperçut la face blafarde et gouailleuse de *Pain-de-Blanc* et s'éloigna vivement de la fenêtre.

— A revoir, *Fifine!* bien des choses chez toi, hurla le drôle.

— As-tu fini ! lui dit son acolyte en le secouant brutalement. T'as donc parié de nous faire remarquer par les *roussins* ? C'en est pavé, ici.

— Et toi, t'as donc encore le *trac* ? *Casse-Dos* a pourtant *éteint son gaz.* C'est bon ! en v'là assez. On tait son bec. Je tenais à dire bonjour à ma sœur. Ça y est. N'en parlons plus et *poussons-nous de l'air* du côté de la porte du *mastroquet*, pour que le millionnaire de là-haut ne s'en aille pas sans nous.

— Nous allons le *filer*. Ça me va

— C'est-à-dire que, moi, je vas le *filer*, pendant que tu iras m'attendre au *Rat-qui-Danse.* Quand il aura *renquillé* dans sa *tôle* (1), je viendrai te retrouver et nous causerons de l'affaire.

— Bon ! je ne suis pas fâché de me mettre un peu le gosier en couleur. Il n'y a rien qui me donne soif comme la Roquette. Mais, dis donc, pas de bêtises ! part à deux.

— Tu sais bien que je ne fais rien sans toi. Je suis pas pour les coups de force, moi, et j'aurai toujours besoin de ta poigne. Le temps de mesurer à l'œil la hauteur des murs et d'étudier les fermetures, et je reviens, au *Rat-qui-Danse*, casser le cou à un litre d'absinthe.

— Et si le *pante* s'en retourne chez lui dans sa voiture ?

— Je monterai sur les ressorts, ou, s'il y a un *larbin*, derrière, je me fendrai d'un *sapin* pour ne pas rater ma *filature.* Quand il s'agit d'une bonne affaire, il ne faut pas regarder à une pièce de

(1) Rentré dans sa maison.

cent sous, dit sentencieusement *Pain-de-Blanc*.

L'Époulardeur était sans doute de cet avis, car il ne répondit rien, et les deux coquins se perdirent dans la foule, qui s'écoulait comme un torrent par toutes les issues de la place.

Le millionnaire contre lequel ils nourrissaient de noirs projets était resté debout à la fenêtre du cabinet. Sa pâleur disait assez qu'il n'avait pas assisté sans émotion à l'affreuse scène de l'exécution. Le regard étincelant, les dents serrées, il regardait la sinistre machine que les aides lavaient à grande eau, et la carriole peinte en vert qui descendait au grand trot la rue de la Roquette, emportant au cimetière d'Ivry le cadavre du condamné.

Son ami lui mit la main sur l'épaule, et lui dit d'une voix altérée :

— Marcel, tout à l'heure, c'était hideux, maintenant, c'est ignoble. Viens ! Qu'attends-tu ?

— Rien, murmura ce singulier amateur de supplices. J'ai vu ce que je voulais voir.

— Et tu n'y reviendras plus, j'espère.

— Peut-être,

— Quoi ! que dis-tu ? toi, Marcel, tu prendrais goût à de tels spectacles !

— Je reviendrai ici le jour où on guillotinera ceux qui ont tué mon père, répondit froidement l'homme aux millions.

— Ton père ! oui, je sais bien qu'il est mort loin de toi, que tu es revenu en France trop tard pour le revoir, pour le sauver de la misère ; je ne savais pas qu'il eût été assassiné. Tu m'as parlé quelquefois de ses malheurs, mais tu ne m'as jamais dit...

— Tu as raison, mon vieux Dominique, il est temps d'en finir. Voilà dix ans que nous vivons comme deux frères et je ne t'ai pas encore raconté cette triste histoire, à toi qui m'as sauvé trois fois la vie. L'heure est venue de te confier le secret de mon passé, et de te montrer le but que je poursuis. Sortons de ce bouge. J'ai quelque chose à voir à deux pas d'ici. Tu vas m'accompagner, et, chemin faisant, je te dirai pourquoi je suis rentré dans ce Paris où je suis né.

Les deux amis descendirent, traversèrent la boutique du marchand de vin, et gagnèrent la rue sans avoir le déplaisir de rencontrer mademoiselle Coralie et ses amis, qui s'étaient hâtés de partir pour se mettre à la recherche de messieurs leurs cochers.

— Où allons-nous ? demanda Dominique.

— Là ! répondit laconiquement Marcel en montrant du doigt la porte du Père-Lachaise.

— Diable ! une promenade dans un cimetière, ce n'est pas gai, sais-tu bien ? surtout après la vilaine scène que nous venons de voir. Tu as les idées tournées au lugubre, ce matin.

— Si l'excursion te déplaît, rien ne t'empêche de rentrer à l'hôtel.

— Non pas. Tu m'as promis de m'expliquer ce que nous sommes venus faire à Paris. Je tiens à le savoir le plus tôt possible, parce que, vois-tu, s'il s'agissait de rester pour mon plaisir dans cette grande ville où on ne voit que des pavés et des maisons...

— Tu retournerais vite au Canada, n'est-ce pas, Dominique?

— Ma foi! oui. Que veux-tu! c'est plus fort que moi. J'ai la nostalgie des grands bois, et il me prend parfois des envies folles de chasser le bison ou bien l'ours gris. La France, c'est très-joli et, de plus, c'est mon pays d'origine, puisque mon grand-père, Guillaume Le Planchais, était Normand, natif de Saint-Lô, mais moi, je suis né en pleine forêt canadienne, à plus de cent lieues au-dessus de Québec, en remontant le Saint-Laurent, un fleuve que la Seine ne me fera jamais oublier. Seulement, je me dis que tu auras peut-être besoin de moi ici, et j'y reste. J'y resterai même tant que tu ne me diras pas de partir.

— C'est vrai. J'aurai besoin de toi, mon vieil ami, et je suis sûr que tu ne m'abandonneras pas, car je vais avoir à soutenir une lutte plus acharnée et plus dangereuse que notre guerre souterraine dans la mine de la Nevada.

— Oui, contre ce brigand d'Atkins. Heureusement que la mine t'est restée et que nous sommes débarrassés de lui. Mais puisque tu as d'autres ennemis à Paris, tu peux compter sur moi. Les ours gris attendront.

Ils étaient arrivés devant le mur en hémicycle au milieu duquel s'ouvre le portail du cimetière.

Les spectateurs de la Roquette s'en allaient par le boulevard extérieur, causant de l'ignoble

drame dont ils venaient de savourer le dénoûment. Pas un de ceux qui avaient passé la nuit
pour voir tomber la tête d'un scélérat ne pensait aux honnêtes morts qui dormaient là sur
la colline. Ils cherchaient des cabarets pour apai-
ser la soif que donnent les émotions de la guillotine, et ils n'étaient point d'humeur à s'en aller
pleurer sur des tombes. Le Père-Lachaise chô-
mait ce matin-là et le chemin était libre pour y
entrer.

Les deux compagnons se rapprochaient de la
grande porte. *Pain-de-Blanc*, qui ne les perdait pas
de vue, jugea inutile de les suivre. L'ingénieux coquin craignait d'attirer leur attention en les serrant de trop près, et, sachant bien qu'ils revien-
draient par le même chemin, il aimait mieux les
attendre à la sortie. Il se mit donc en faction sur
le trottoir, pendant que son digne acolyte se dirigeait vers l'estaminet du *Rat-qui-Danse*, le plus
mal famé de tous les bouges du boulevard de Charonne.

— Eh bien ! est-ce que tu as changé d'avis ? demanda le Canadien à son ami qui s'était arrêté
tout à coup à dix pas du portail. Veux-tu que
nous remettions la visite à une autre fois ? Je t'a-
voue que j'aimerais autant ça.

Marcel ne répondit pas, mais il serra le bras de
Dominique et lui indiqua d'un coup d'œil l'objet
qui attirait son attention.

Cet objet était une jeune fille pauvrement vêtue
d'une robe de laine et d'un châle à carreaux qu'elle

serrait sur sa poitrine par un geste frileux. Ce
-triste accoutrement ne cachait point sa taille charmante, et sa capeline noire en cadrait à merveille son frais et doux visage, rougi par le
souffle glacé de la bise. Elle avait cette élégance
native qui survit à la misère, et le regard clair
de ses grands yeux contrastait avec sa physionomie timide et souffrante : ils exprimaient une
sorte de fierté craintive que ne démentait point
son attitude à la fois modeste et digne. On eût dit
une jeune princesse des contes de Perrault, con-
damnée par quelque méchante fée à porter des
haillons.

Elle marchandait un bouquet de violettes à une
grosse femme armée d'un éventaire où elle étalait
ses fleurs, de ces fleurs de deuil que les pauvres
achètent pour leurs morts.

— Deux sous, celui-là ! vous plaisantez, ma petite, disait la commère. Merci ! on vous en donnera des bottes de violettes pour deux sous, au
mois de décembre. Ça vaut cinquante centimes
comme un liard ; et encore, parce que c'est vous,
mon ange.

La jeune fille pâlit, baissa les yeux et passa.

Le Californien s'approcha vivement de la marchande, jeta un louis sur son éventaire, et lui fit
un signe qu'elle comprit à merveille.

— Allons ! prenez-le tout de même, ma belle,
cria-t-elle en courant après la jeune fille. J'ai
pas étrenné d'aujourd'hui Vous me porterez bonheur.

L'enfant se retourna, donna une pièce de cuivre, prit le bouquet, et franchit rapidement la porte du cimetière, mais Marcel eut le temps de voir briller une larme qui roulait sur sa joue comme une goutte de rosée sur un camélia blanc.

— Pauvre créature ! elle n'a peut-être pas de pain, et elle achète des fleurs. Tu aurais mieux fait de lui donner ton louis, dit Dominique, qui avait le cœur compatissant et l'esprit positif.

— Je ne crois pas, murmura Marcel.

Ils entrèrent et commencèrent à monter lentement la grande allée.

La jeune fille marchait à vingt pas devant eux. Arrivée au rond-point où s'élève la pompeuse statue d'un orateur parlementaire, elle prit à gauche un chemin pavé qui tourne au flanc de la colline. Marcel suivit.

— Je croyais que tu avais quelque chose à faire ici ? murmura le Canadien.

— J'y viens chercher la tombe de mon père. Ce chemin doit nous y mener, dit brièvement Marcel.

Dominique se tut et regarda l'enfant qui les précédait, baissant la tête pour s'abriter contre le vent du nord, peut-être aussi pour se recueillir.

Ils grimpaient lentement le coteau des morts, et peu à peu se déroulait devant eux l'immense panorama de la ville des vivants. Des fumées tourbillonnaient dans l'air et des bruits confus montaient vers le ciel. Paris, vu du haut de cette butte silencieuse, ressemble à une énorme chaudière

en ébullition, la chaudière de la grande usine humaine.

Au bout de la montée, Marcel entraîna son ami
dans une étroite allée latérale que bordaient d'un
côté d'innombrables rangées de sépultures de modeste apparence, et, de l'autre, un vaste champ
inculte au milieu duquel s'allongeait une immense
tranchée ouverte.

La jeune fille entra dans ce champ, et tourna la
tranchée ; au delà, il y avait comme une forêt de
croix de bois, les misérables croix de la fosse commune, serrées les unes contre les autres, comme
l'avaient été, en ce monde où la place manque, les
pauvres dont elles marquaient la tombe, déjetées,
courbées, déracinées par le vent, ce vent de Paris
qui bouleverse les existences et qui souffle l'oubli
sur les morts.

Les deux amis la virent chercher longtemps à
travers ce labyrinthe funèbre, se baisser pour lire
un nom sur une planchette noire, y attacher le
bouquet de violettes et tomber à genoux sur la
terre glacée.

— Ça me serre le cœur, dit tout bas Dominique.

— Pourquoi ? répondit Marcel qui cherchait vi-
siblement à se raidir contre une émotion violente.
Elle a trouvé celui qu'elle cherchait... un frère...
un amant peut-être... Moi, je ne suis pas sûr de
retrouver mon père.

— Comment ! tu ne sais pas où il a été enterré ?

— Viens ! ce doit être par ici. La lettre qui
m'apprenait sa mort m'indiquait exactement la

place : à droite de cette allée, à l'angle d'un sentier bordé de cyprès; je l'ai relue assez souvent, et j'ai assez étudié le plan du cimetière, pour être certain de ne pas me tromper.

Et ils allèrent comptant les tombes et lisant les noms à demi effacés.

On ne voyait guère là que des entourages en bois. Point de marbre, peu de pierres tumulaires; par-ci par-là, quelques grilles de fer à peine scellées dans les cailloux. Ce n'était pas le quartier des riches qui achètent à perpétuité leur dernière demeure, et les morts de ce coin-là n'étaient que de simples locataires. Quelques-uns avaient des fleurs fraîches. Et puis des fosses d'enfant avec des statuettes de plâtre ou bien des cages vitrées pleines de poupées, de soldats de plomb, les jouets du pauvre ange envolé, apportés là par la mère en pleurs. Il y en avait une où on avait enfermé un petit soulier rose.

Marcel, pâle et la figure contractée, se courbait pour déchiffrer les inscriptions, et, chaque fois, il se relevait plus pâle encore.

Au coin du sentier des cyprès, un homme vêtu d'un uniforme gris-bleu le regardait :

— Monsieur cherche la sépulture d'un parent? demanda-t-il poliment. Une concession temporaire, sans doute?

— Oui, articula péniblement le Californien.

— Si monsieur veut m'indiquer la date du décès...

— Le 13 avril 1863.

— Monsieur, il y a trois mois que le terrain a été repris.

— Le... terrain...

— Oui, monsieur. Il était concédé pour cinq ans qui expiraient en 1868, et...

— Je comprends, dit Marcel d'une voix sourde.

Et prenant le bras de Dominique, il l'entraîna rapidement jusqu'au bout de l'allée par laquelle ils étaient venus. Là, il s'arrêta. Ses yeux étaient secs. Ils flamboyaient.

— Tu as entendu, dit-il d'un ton saccadé, ils ont jeté au charnier les os de mon père. Cette ville maudite n'est pas assez généreuse pour faire long-temps crédit d'une fosse à ceux qu'elle tue ; eh bien ! moi, j'ai assez d'or pour me venger de ceux qu'elle a enrichis. Je t'ai promis de te dire ce que je viens faire à Paris. Écoute. Il y a quinze ans, j'en avais vingt, mon père fut à peu près ruiné par la faillite frauduleuse d'un homme à qui il avait confié presque tout son avoir. J'étais jeune, ardent, j'avais foi en moi-même, je partis pour San-Francisco, décidé à y faire fortune.

— Et, Dieu merci ! tu l'y as faite.

— Trop tard. Pendant que je travaillais là-bas aux mines, mon père luttait ici contre le malheur, contre des ennemis implacables et des amis per-fides. Avec le peu qu'un escroc lui avait laissé, il avait entrepris un commerce qui prospérait et il était à la veille de se relever, quand il fut victime d'un vol. Son magasin fut forcé la nuit et complé-tement pillé. C'était encore une fois la ruine.

Pourtant, il ne se découragea pas. Il lui restait un petit capital. Il résolut de venir me rejoindre. Trois jours avant son départ, son caissier disparut avec l'argent qui était sa dernière ressource.

Il se résigna et il se fit commis chez un fabricant. On le renvoya au bout de six mois.

J'étais alors au fond de la Sonora, sans moyen de lui donner de mes nouvelles ni de recevoir des siennes. Quand, avec ton aide et au péril de notre vie, j'eus conquis enfin la mine qui m'a enrichi, mon père était mort de misère et d'épuisement. Il avait encore un ami, mais cet ami était pauvre, et il put à peine réunir la misérable somme qu'on exigeait pour louer ce coin de terre à un cercueil.

Marcel s'arrêta. Les sanglots l'étouffaient. Mais bientôt il se redressa :

— Tu vois, dit-il en montrant Paris, tu vois cette ville où respirent et prospèrent peut-être les assassins de mon père. Eh! bien, je jure d'y poursuivre sans trêve et sans merci le traître qui a abusé de sa confiance, les bandits qui l'ont dévalisé, le misérable caissier qui a achevé de le ruiner, et le patron qui l'a chassé.

Quand j'aurai fini ma tâche, quand je les aurai découverts et punis, nous retournerons ensemble dans tes forêts; mais d'abord, je veux me venger.

— Soit! dit froidement le Canadien, mais dans ce Paris, il y a un homme qui est resté fidèle à ton père, qui l'assistait à son lit de mort.

— A celui-là, si je le retrouve, je donnerai la moitié de ce que je possède.

— Et il y a aussi des jeunes filles qui ont du cœur, reprit Dominique en montrant l'enfant pâle et blonde qui avait fini de prier et qui descendait lentement la colline.

— Des jeunes filles qui ont du cœur ou qui ont l'air d'en avoir, dit amèrement le millionnaire. Il ne faut pas se fier aux apparences, ici moins qu'ailleurs. Dans ce pays, on joue sans cesse la comédie du vice. On peut y jouer aussi la comédie de la vertu.

— Ce pays est le tien, mon cher Marcel, répliqua vivement Dominique, et je commence à croire que tu le calomnies. Il y a, ici comme partout, du bien et du mal, plus de mal que de bien peut-être ; ce n'est pas une raison pour haïr les Parisiens en masse. Cherche les bourreaux de ton père et traite-les comme ils le méritent ; je t'y aiderai volontiers. Mais si tu rencontres sur ton chemin de braves gens, tends-leur la main, morbleu ! et aide-les s'ils ont besoin de toi. Ce ne serait vraiment pas la peine d'avoir vingt millions, si tu te privais du plaisir de faire des heureux.

— Soit ! Je t'en charge. Tu seras mon ministre des bienfaits, car la guerre que je déclare aux coquins ne me laissera guère le temps de découvrir les bons cœurs auxquels tu crois si naïvement.

— Si tu n'y crois pas, toi, pourquoi donc tout à l'heure es-tu venu au secours de cette pauvre enfant qui n'avait pas de quoi acheter un bouquet de violettes pour le porter sur la tombe d'un être aimé?

— En effet, j'ai été fort généreux, dit Marcel en haussant les épaules ; j'ai jeté une pièce d'or à une fantaisie du moment, à une impression passagère que je regretterais peut-être, si je voulais prendre la peine d'interroger cette grisette qui, sans aucun doute, ne vaut ni plus ni moins que ses pareilles.

— Qu'en sais-tu? demanda le Canadien. Regarde-la descendre à pas pressés ce triste chemin. C'est l'allure d'une ouvrière laborieuse qui va à son travail. Là-bas, dans notre village du bois des Érables, j'ai eu autrefois une fiancée qui marchait ainsi. Elle serait devenue ma femme et je n'aurais jamais quitté le Canada, si les Peaux-Rouges ne me l'avaient pas tuée.

— Les Parisiens ne tueront pas celle-ci. Ils la corromperont, s'ils ne l'ont déjà fait.

— Nous les en empêcherons.

— Tu crois? demanda ironiquement M. de Colorado. Empêcher une femme de se perdre à Paris, mon cher Dominique, c'est moins facile que de tuer un écureuil à balle franche, dans les hautes branches d'un cèdre.

Les deux amis échangeaient ces singulières répliques en suivant la route pavée par laquelle ils étaient venus.

La jeune fille allait devant eux sans se retourner

et Paris, noyé dans la brume, s'étendait à leurs pieds comme une large tache grise.

— Te rappelles-tu, demanda tout à coup le Canadien, ce livre que j'avais trouvé dans le sac du Français qui fut assassiné au *placer* de la Rivière-Rouge ?

— Oui, je m'en souviens vaguement. Pourquoi me parles-tu de cela ?

— Parce qu'il y avait dans ce bouquin un conte que je n'ai jamais oublié.

— Un conte ?

— Oui. Ça s'appelait *la Vision de Babouc*.

— Eh ! bien ?

— Eh ! bien, tu sais que je n'ai pas lu grand'chose dans ma vie. La chasse aux bisons et aux pépites d'or ne m'en a jamais laissé le temps. C'est peut-être pour ça que je retiens si bien le peu que j'ai lu. Figure-toi que ce Babouc était une espèce d'ermite qui vivait dans un désert et qui passait sa vie à prier Dieu de détruire Babylone, dont les habitants commettaient toutes sortes d'abominations.

Marcel regarda son compagnon comme on regarde un homme qui commence à donner des signes d'aliénation mentale.

— Il arriva, reprit le Canadien, que l'ange Ituriel apparut à ce Babouc et lui dit : Je vais te transporter à Babylone et, quand tu auras vu ce qu'on y fait, si tu es d'avis de la détruire, je la détruirai. Les voilà partis. L'ange montre à Babouc les scélérats, les usuriers, les filles peintes qui infestent la grande ville, et Babouc s'écrie : Qu'attends-tu pour faire tomber le feu du ciel sur cette sentine de vices ? Et l'ange répond : Voyons encore.

Et il montre à l'ermite une mère qui veille auprès du berceau de son enfant, une fille qui travaille jusqu'à l'aube pour nourrir son père infirme, un homme qui se jette à travers les flammes d'un incendie pour sauver un enfant, un soldat qui court gaiement à la mort pour défendre sa patrie. Et Babouc dit tout bas : Attendons.

Et finalement, lorsque l'ange a fait passer devant lui les crimes et les belles actions, les lâchetés et les héroïsmes, le bien et le mal, en un mot, l'ermite s'écrie : Ramène-moi au désert et ne détruis pas Babylone.

Je suis de l'avis de Babouc, ajouta Dominique en étendant la main vers Paris.

Marcel sourit tristement et murmura :

— Tu ne ressembles pas tout à fait à l'ange Ituriel, mais Babouc n'eut peut-être pas tort. Nous verrons bien.

— A la bonne heure ! s'écria le Canadien. Je ne te demande que d'essayer.

Pendant qu'il débitait son apologue, ils étaient arrivés à la porte du cimetière.

La jeune fille l'avait déjà passée, mais elle avait été arrêtée par la commère aux bouquets qui, voyant venir de loin son généreux acheteur et se méprenant sur ses intentions, voulait absolument fleurir encore sa jolie pratique.

La petite refusa en rougissant, et s'échappa

2.

comme une fauvette qui craint de becqueter une cerise parce qu'elle a aperçu l'oiseleur.

— Rentre à l'hôtel; je t'y rejoindrai dans une heure, dit Marcel.

— Où vas-tu donc? demanda Dominique.

— Voir si Babouc a eu raison de faire grâce à Babylone.

— Bravo ! s'écria en riant le Canadien. Va, mon fils, et quand tu auras pris des informations sur cette pauvre enfant, je gage que, dès ce soir, tu congédieras l'ange exterminateur. Moi, je vais regagner à pied la place de l'Europe. J'ai besoin de prendre l'air pour oublier toutes les vilaines choses qui m'ont passé sous les yeux ce matin.

Marcel lui serra la main et suivit la jeune fille, qui s'en allait vers le boulevard de Charonne, tandis que le bon Dominique s'acheminait vers les opulents quartiers de l'ouest.

Après l'exécution, la foule s'était dispersée et il n'y avait plus là que des cochers de fiacre, des marchandes en plein vent et des gamins en quête d'une portière à ouvrir.

Pain-de-Blanc y était, fumant une pipe courte et noire et battant la semelle pour se réchauffer.

Il avait aperçu les deux étrangers dès qu'ils s'étaient montrés au bout de la grande allée du cimetière. Il avait vu aussi la jeune fille, observé ses colloques avec la vendeuse de fleurs à l'entrée et à la sortie, et il s'était sournoisement approché pendant que Marcel et Dominique échangeaient quelques mots avant de se séparer.

Le drôle resta un instant perplexe. Il avait parfaitement compris que Marcel allait s'attacher aux pas de la jeune fille et que Dominique allait rentrer à l'hôtel du millionnaire, à cet hôtel qu'il se figurait plein d'or de la cave au grenier.

Il n'y avait pas moyen de les suivre tous les deux, et pourtant il entrevoyait déjà la possibilité de tirer parti plus tard de l'aventure qui semblait s'engager entre le Californien et une ouvrière. *Pain-de-Blanc* aimait beaucoup ces sortes d'affaires ; il ne dédaignait pas les coups de force, surtout quand il pouvait les faire exécuter par un camarade comme l'*Époulardeur*, mais sa spécialité était l'ignoble industrie qu'on nomme le *chantage*.

Son parti fut bientôt pris.

— *Aboule* ici, toi, le *tafouilleux*, dit-il à un *voyou* en blouse déchirée qui piétinait dans le ruisseau en rongeant un saucisson volé. *Reluque*-moi ce *moderne* qui s'en va là-bas sur les talons de c'te *largue* en tartan et *file*-les *d'achar*. S'ils se lâchent en route, *file* la petite jusqu'à ce que tu saches où elle niche, et viens ce soir sur le coup de neuf heures à la *bibine* du père *Pernette*. Si tu travailles *chiquement*, il y aura de la *braise* pour toi.

— Ça me va, à condition que tu vas *éclairer* de vingt *ronds*.

— V'là le franc demandé, dit *Pain-de-Blanc*, qui n'hésitait jamais à faire une dépense utile. Et maintenant, *tire-toi les pieds* et ouvre l'œil.

Les deux chenapans se séparèrent ; le *tafouilleux*

suivit Marcel, et *Pain-de-Blanc* prit la piste de Dominique.

M. Caradoc de Colorado, qui venait de se décider à tenter l'expérience conseillée par son ami le Canadien, était assez embarrassé de ses allures, et assez indécis sur ce qu'il allait faire.

Il avait cédé à un premier mouvement, à un entraînement irréfléchi qu'expliquait l'état de son âme bouleversée par les émotions du cimetière, et il se demandait pourquoi il se lançait dans une campagne ayant pour but de constater les vertus d'une grisette rencontrée par hasard.

L'entreprise lui semblait inutile autant que sotte, et il n'avait pas tourné le coin du boulevard de Charonne, qu'il en était déjà à regretter de s'y être engagé.

Et pourtant, plus il observait cette pauvre fille qui trottinait devant lui en rasant les murs, plus elle lui semblait intéressante. Il était né à Paris et il ne pouvait pas s'y tromper. C'était bien une enfant honnête et laborieuse. Il y a certains talons pointus qui dénoncent une fausse ouvrière, comme, au sabbat, le bout d'un pied de chèvre révèle une diablesse en falbalas. Le châle étriqué, la capeline de tricot et la robe élimée équivalaient presque à un certificat de bonne vie et mœurs. Et il y avait surtout l'expression des traits, le regard, la démarche ; le bouquet de violettes aussi et la prière sur une pauvre tombe.

— Bah ! se dit Marcel, avant d'entrer en guerre,

je puis bien me permettre une bonne action.

Et il continua, décidé cette fois à suivre la petite jusqu'à son logis et à s'informer d'elle.

L'enfant l'avait aperçu. Elle était femme, après tout, et, dans ces occasions-là, les femmes ont des yeux pour voir ce qui se passe derrière elles. Mais, au lieu de se retourner, elle hâtait le pas.

Le boulevard était presque désert. Quelques ouvriers y cheminaient avec un pain sous le bras. Une longue file de voitures de boueux s'avançait lentement au milieu de la chaussée.

Au moment où la jeune fille passait devant le vitrage en verre dépoli d'un café de mauvaise apparence, la porte de ce bouge s'ouvrit et un homme vint se planter sur la contre-allée, en grommelant :

— Tonnerre ! cette grenouille de *Pain-de-Blanc* me fait *poser*. J'ai déjà *étouffé six perroquets* sans *lance* et me v'la *nip* de *braise* (1).

Tiens ! une *largue* ! cria-t-il en apercevant l'ouvrière.

Le misérable était ivre et la pauvre enfant s'arrêta, glacée de terreur par cette immonde apparition.

— Allons, la p'tite mère, entre avec moi au *caboulot*. Je paye un *mêlé-casse*.

_____

(1) J'ai bu six verres d'absinthe sans eau et je n'ai plus le sou.

Ah! *tu fais ta tête*, hurla l'ivrogne en voyant qu'elle cherchait à fuir. Avec moi, ça ne prend pas, les manières. Tu rechignes à *enquiller* (1) dans une *turne* où il n'y a que de bons *zigs*. C'est bon! Je vas t'aider, ma biche.

Et les poings velus de l'*Époulardeur* s'abattirent sur la jeune fille. Il la saisit par la taille et l'enleva. La pauvre enfant n'eut même pas la force de crier, Elle s'affaissa comme une perdrix saisie par un vautour.

Les charrettes s'étaient rapprochées et les boueux qui les menaient s'avançaient en se dandinant lourdement, le fouet à la main, la limousine au dos.

Le bandit savait bien que ces gens-là ne se mêleraient pas de ses affaires. Ils étaient accoutumés à voir dans ce quartier perdu des scènes de ce genre et ils ne s'inquiétaient guère d'une femme se débattant entre les bras d'un homme ivre.

Mais il avait compté sans Marcel.

Le Californien était encore assez loin du cabaret et il faisait un brouillard à ne rien distinguer à dix pas.

— Lâche cette jeune fille, mauvais drôle, cria une voix sonore.

Et, presque en même temps, l'*Époulardeur* vit se dresser devant lui un homme au visage menaçant.

Moins avisé que son ami *Pain-de-Blanc*, il n'avait pas pris la peine d'examiner le millionnaire à

_____

(1) Entrer.

la fenêtre de la place de la Roquette et il ne le re-connut pas.

— De quoi ! de quoi ! ricana l'affreux chenapan. Un *pante* qui veut se mêler de mes histoires de mé-nage ? Fais pas le malin, ou je te *nettoie*, espèce de *gandin* de quatre sous.

— Lâche-la, misérable, si tu ne veux pas que je t'étrangle, dit Marcel en serrant les poings.

— Je serais pas fâché de voir ça, grommela le brigand. Compte là-dessus que je vas *t'abouler* la *gonzesse !* Ah ! *ben,* non ! elle m'en voudrait trop ; pas vrai, la petite mère ?

Et le brigand, passant son bras autour de la taille de la jeune fille, appuya sur le bec de canne de la porte vitrée, qui s'ouvrit.

Un concert de voix avinées sortit de l'estaminet, et de sinistres figures se montrèrent aussitôt sur le seuil.

L'affaire se compliquait. Une minute de plus et le Californien allait être obligé de faire le siége du cabaret pour sauver la malheureuse ouvrière ; mais il fut prompt à se décider et leste à agir. Une bourrade, magistralement détachée, atteignit l'*É-poulardeur* en pleine poitrine et l'envoya tomber sur un des drôles qui venaient d'émerger des pro-fondeurs de ce repaire. Puis, de la main gauche, il soutint la petite, et, sautant brusquement en ar-rière, il l'entraîna vers un banc où il la fit asseoir.

— Attendez-moi là, mademoiselle, lui dit-il d'un ton bref. Le temps d'en finir avec cette brute, et je suis à vous.

— Viens un peu ici, joli *muflon*, que je te casse les reins, hurla l'abominable gredin qui avait repris son aplomb et qui tomba en garde dans la pose classique de la boxe parisienne.

Arc-bouté sur ses jambes écartées, le corps ramassé sur lui-même, les deux mains ouvertes, avec son dandinement et ses deux énormes pattes crochues, il avait l'air d'un ours s'apprêtant à étouffer le chasseur qui l'a blessé.

Cinq ou six gredins, habitués du *Rat-qui-Danse*, s'étaient rangés le long de la devanture pour se donner le plaisir de voir assommer un monsieur.

Les boueux avaient arrêté leurs charrettes et regardaient aussi, campés au milieu de la chaussée.

On n'a pas tous les jours pour rien l'agréable spectacle d'une bataille en plein vent, et on pouvait compter que la fête ne serait pas troublée, car on ne voyait poindre à l'horizon le képi d'aucun sergent de ville.

Elle fut complète, mais elle ne dura guère.

Marcel marcha droit à son adversaire, et, au moment où celui-ci allait le saisir entre ses deux bras noueux, il se baissa et le frappa d'un coup de tête au creux de l'estomac.

L'*Époulardeur* ferma ses pattes velues, qui ne rencontrèrent que le vide, et chancela.

Avant qu'il eût repris son équilibre, un coup de pied dans le ventre et deux coups de poing sur la figure achevèrent de l'abattre.

Il tomba comme une masse et resta sans mouvement.

— A qui le tour? demanda Marcel en se retournant avec une agilité sans pareille pour faire face aux coquins de l'estaminet.

Le Californien s'était subitement transfiguré. Au lieu de l'élégant cavalier à la taille svelte, aux traits fins, à la physionomie dédaigneuse qui, tout à l'heure, regardait du haut de ses millions les filles fardées et la populace, il n'y avait plus qu'un Parisien aux nerfs d'acier, à la mine gouailleuse, prêt à se battre un contre dix et à provoquer un boxeur de profession, assez adroit et assez leste pour coucher par terre un fort de la halle.

En foulant le sol faubourien du boulevard de Charonne, M. Caradoc de Colorado était redevenu tout à coup le Marcel batailleur de ses premières années de jeunesse.

Personne ne répondit du reste à son appel. Les compagnons du vaincu ne se souciaient plus d'en découdre et battaient déjà en retraite en se glissant les uns après les autres dans l'intérieur du cabaret.

Ces gens-là respectent toujours la force. Ils ne respectent même que cela.

— Personne n'en veut plus? demanda l'enfant de Paris, passé millionnaire. Alors... adjugé!

Et, saisissant par le collet et la ceinture l'*Époulardeur* qui cherchait à se relever, il l'enleva à la force des poignets et s'approcha d'une des charrettes.

.I   3

— Gare là-dessous! cria-t-il.

Il tenait le bandit à bout de bras, suspendu au-dessus de sa tête; il le laissa tomber dans le tombereau plein de boue.

Ce fut si crânement fait que les charretiers applaudirent.

Les chenapans du *Rat-qui-Danse* avaient disparu derrière la porte de leur bouge et s'occupaient à la barricader en dedans.

Ils étaient convaincus que leur camarade venait d'être *tombé* par un hercule de foire déguisé en homme du monde.

L'horrible gamin que *Pain-de-Blanc* nommait le *Tafouilleux* était absolument de leur avis, et il traduisit sa pensée en disant tout bas:

— Pour sûr, c'est le *Rempart de Montpellier* qui se sera *camouflé* (1) en *gandin*. *Filer* un *pante* qui jongle avec l'*Epourlardeur* comme avec une poire d'un sou, ça vaut dix *balles* et un saladier de vin chaud.

Pendant la bataille, il s'était tenu à distance, de peur de compromettre le succès de sa *filature*, comme il disait dans son langage ignoble.

Quand elle fut finie, il se mit à faire semblant de graver son nom avec un couteau sur un mur qui bordait la contre-allée, et il attendit la suite en regardant du coin de l'œil.

Cependant, Marcel était revenu à la pauvre enfant, qu'il trouva plus morte que vive.

(1) Déguisé.

— Venez, mademoiselle, lui dit-il. Prenez mon bras et n'ayez pas peur.

La jeune fille leva la tête et il lut dans ses yeux l'hésitation qu'elle éprouvait à suivre un inconnu.

— Ne craignez rien de moi, réprit-il d'un air si franc qu'elle se leva et s'appuya sur lui, toute tremblante encore de la terreur que lui inspirait le misérable dont elle venait d'être miraculeusement délivrée.

— Vous allez de ce côté, ajouta le Californien en indiquant la direction de la barrière du Trône.

— Oui, monsieur, murmura l'ouvrière, j'allais à Vincennes... pour une commande... mais je n'en aurais plus la force maintenant, et puis le chemin est si désert... cet homme n'aurait qu'à vous attaquer encore.

— Je ne crois pas qu'il ait envie d'y revenir, dit tranquillement Marcel, mais vous êtes souffrante et il vaut mieux que je vous accompagne chez vous.

— Je vous remercie, monsieur ; je demeure très-loin d'ici... et puisque vous êtes assez bon pour m'offrir votre appui... si vous voulez seulement me conduire jusqu'à ce que nous soyons arrivés dans un quartier plus fréquenté...

— Disposez de moi, mademoiselle, dit le Californien assez surpris que sa protégée mît tant de discrétion à accepter l'escorte qu'il lui proposait.

Il se laissa guider et elle se mit à remonter le boulevard vers le Père-Lachaise.

L'*Époulardeur*, fort empêché à se tirer de la

boue où un bras vigoureux l'avait jeté, les poursuivit de vociférations qui se perdirent dans les
huées des charretiers raillant sa mésanventure,
mais il ne fut point tenté de courir après eux, car
il n'était brave qu'avec les faibles et il sentait qu'il
avait trouvé son maître.

Il se réfugia prudemment au *Rat-qui-Danse* où il
avait donné rendez-vous à son digne acolyte *Pain-
de-Blanc*.

Le *Tafouilleux*, après avoir laissé prendre un peu
d'avance au couple qu'il espionnait, cessa de grat-
ter le mur et se remit sur la piste.

Marcel sentait tressaillir sous le sien le bras de
sa compagne de rencontre et observait à la dérobée son charmant visage qui n'avait pas encore
repris ses fraîches couleurs.

L'ami de Dominique n'était point d'un naturel
timide ; quinze ans de séjour aux mines de Californie l'avaient aguerri d'ailleurs contre toutes les
émotions. Et pourtant il éprouvait un embarras
singulier.

Le millionnaire qui n'avait qu'à vouloir pour
avoir à ses pieds, dans ce Paris où tout s'achète,
les plus fiers et les plus belles, le hardi pionnier
des *placers* qui avait cent fois joué sa vie, osait à
peine interroger la pauvre créature qu'il venait de
tirer des griffes d'un scélérat.

Et ce n'était pas sa beauté qui le troublait. Dans
le cœur de Marcel, il n'y avait pas de place pour
une amourette. Mais, de toute la personne de cette
frêle et douce enfant, il se dégageait comme un par-

fum d'honnêteté qui le charmait, et qui le troublait aussi, car il cherchait à se raidir contre la sympathie qu'elle lui inspirait, et il n'y réussissait guère.

— Je viens à Paris pour châtier des coupables, pensait-il, et voilà que je débute par m'attendrir sur une grisette. Dominique rirait bien, s'il me voyait.

Ils passaient en ce moment devant la porte du cimetière.

— Vous êtes entrée là tout à l'heure ? dit-il doucement.

— Oui, monsieur, répondit la jeune fille. Je venais voir la tombe de ma mère.

Marcel respira. Sans qu'il s'expliquât trop pourquoi, il lui aurait déplu qu'elle fût entrée dans le cimetière pour y pleurer un amoureux.

— Et vous apportiez des fleurs à votre mère, reprit-il. J'étais là-haut, je vous ai vue, et...

— Moi aussi, je vous ai vu, interrompit l'ouvrière.

Puis, comme si elle eût regretté ce qu'elle venait de dire, elle rougit et baissa les yeux.

— Y a-t-il longtemps que vous l'avez perdue ? demanda le Californien.

— Il y a deux ans.

— Vous venez souvent la voir, n'est-ce pas ?

— Tous les jours.

— Vous êtes orpheline ?

— Oui, monsieur. Mon père est mort quand j'étais encore bien jeune.

— Est-ce qu'il repose près de votre mère?

— Non.

Marcel, un peu étonné de cette réponse laco-
nique, comprit qu'il venait de réveiller, sans le
vouloir, un souvenir pénible.

— Ce père devait être un mauvais drôle, et il
aura réduit sa femme et sa fille à la misère, pensait-il. Dominique lui-même, qui croit à la vertu,
Dominique serait de cet avis.

Et, pour changer de conversation, il dit :

— Vous êtes ouvrière, mademoiselle?

— Oui, monsieur, je suis fleuriste. Ma mère a
été obligée de travailler pour vivre quand elle est
devenue veuve. Elle a appris alors à faire les fleurs
artificielles et j'ai appris avec elle.

— Est-ce un bon état?

— Je gagne trois francs par journée de douze
heures.

— Douze heures ! Et vous trouvez le temps de
de venir tous les jours au Père-Lachaise?

— Oh ! l'été, je me lève avec le soleil, et l'hiver,
je regagne ma matinée en me couchant un peu
plus tard.

Ce fut dit si simplement, que Marcel se sentit
ému, en dépit de l'effort qu'il faisait pour se cui-
rasser d'indifférence.

— Allons! se dit-il, voilà maintenant que je
m'intéresse aux infortunes de cette petite, parce
qu'elle se souvient de sa mère et parce qu'elle est
laborieuse. Je parierais bien que cette belle ardeur

à la besogne ne l'empêche pas d'aller au théâtre et au bal.

Ils suivaient le boulevard de Ménilmontant, et ils allaient arriver à une place ronde où aboutit la rue Oberkampf, quand la jeune fille s'arrêta et cessa de s'appuyer sur son protecteur.

— Monsieur, dit-elle avec embarras, je ne sais comment vous exprimer mes remercîments pour le service que vous m'avez rendu si généreusement... mais je ne veux pas abuser de votre bonté... je n'ai plus rien à craindre ici...

— Et vous voulez me quitter? interrompit Marcel. C'est mal me remercier, mademoiselle.

— Croyez, monsieur, que je n'oublierai jamais ce que vous avez fait pour moi... mais je ne puis vraiment pas accepter... je demeure si loin !

— Rien ne nous empêche de prendre une voiture.

— Non... non, c'est impossible, dit l'ouvrière.

— Et pourquoi ?

— Mais, monsieur, songez donc... si les personnes qui demeurent dans ma maison me voyaient rentrer en voiture... avec quelqu'un...

— Elles interpréteraient mal une rencontre fort innocente; c'est vrai, je n'avais pas pensé à cela. Eh! bien, je vous reconduirai à pied, et je vous quitterai avant d'entrer dans la rue que vous habitez.

La jeune fille baissa la tête et ne répondit pas.

Marcel n'eut pas de peine à deviner le motif de son hésitation.

— Écoutez-moi, mademoiselle, dit-il avec un accent de sincérité chaleureuse qui ne laissait aucun doute sur ses intentions, vous ne me connaissez pas, et il est tout naturel que vous vous mépreniez sur mon compte ; mais je vous jure que je ne vous demande que votre estime et un peu d'amitié. D'abord, regardez-moi. Je ne suis ni assez jeune pour chercher à vous plaire, ni assez vieux pour chercher à vous séduire. Je suis un bon garçon qui revient à Paris après de longs voyages et qui voudrait y faire un peu de bien. J'ai de la chance ce matin, puisque je suis arrivé tout à point pour vous délivrer d'un atroce gredin.

— Oh ! monsieur, si vous saviez combien je vous suis reconnaissante ! s'écria l'ouvrière. Sans vous, j'étais perdue.

— Bon ! dit gaiement le Californien, vous parlez de reconnaissance, et vous voulez me quitter sans même me demander mon nom et sans me dire le vôtre.

— Je m'appelle Cécile.

— Et moi Marcel. Voilà déjà que nous nous connaissons mieux. Mais cela ne me suffit pas et, pour vous prouver que je suis de bonne foi en vous offrant mon amitié, rien que mon amitié, je vous demande...

La jeune fille leva sur son défenseur des yeux qui exprimaient tout à la fois la curiosité et l'inquiétude.

— Je vous demande en grâce de me présenter à votre amoureux.

— Je n'en ai pas, dit vivement Cécile.

— Quoi ! vous êtes orpheline et vous n'avez pas en ce monde une seule affection ?

— Pardonnez-moi, monsieur; quand ma pauvre mère vivait, elle m'avait fiancée à... un jeune homme... qui m'aime... que j'aime... et que je dois épouser.

— Eh ! bien, c'est ce jeune homme que je vous prie de me faire connaître, et je vous supplie en même temps de ne pas me prêter une mauvaise pensée que je n'avais pas, je vous l'affirme, en vous faisant tout à l'heure une question... un peu indiscrète, je l'avoue.

— Il sera bien heureux de vous connaître, balbutia Cécile, quoique... ni son âge... ni sa position... ne soient en rapport avec...

— Parbleu ! je suppose bien qu'il n'a pas comme moi trente-six ans sonnés et sa fortune faite. Qu'importe ! L'âge ne viendra que trop vite et, quant à la fortune, si, comme je n'en doute pas, il est intelligent et laborieux, je l'aiderai à la gagner. Ainsi, c'est convenu. Je serai votre ami, à tous les deux. Me défendez-vous toujours de vous reconduire ?

— Oh ! maintenant, c'est bien différent, dit joyeusement la jeune fille.

Marcel lui prit la main et la passa sous son bras.

— A la bonne heure, vous ne vous défiez plus de moi. Où allons-nous ?

3.

— Chez moi, monsieur, et ce n'est pas près d'ici, malheureusement.

— Heureusement, au contraire. Je serai ravi de prolonger notre causerie. Mais il faut que vous m'indiquiez le chemin, car je suis un peu dépaysé dans Paris. Il y a quinze ans que je l'ai quitté.

— Nous n'avons qu'à descendre la rue Oberkampf jusqu'au boulevard Richard-Lenoir. Je demeure rue Albouy.

— Ce nom-là ne me renseigne guère.

— C'est à deux pas du faubourg Saint-Martin. Toutes les grosses maisons de fleurs sont dans ce quartier-là. Il ne me faut pas plus d'un quart d'heure pour aller prendre les commandes ou pour rapporter l'ouvrage fait.

— Alors vous travaillez chez vous ?

— Oh ! oui, monsieur. Je n'aurais pas pu m'habituer à la vie des ateliers. J'aime mieux gagner un peu moins et garder ma liberté.

— Il me semble pourtant que cela doit être bien triste de rester toujours seule.

— Je n'ai pas le temps de m'ennuyer. D'abord, les fleurs, c'est très-long à confectionner ; les roses surtout, et on ne me commande guère que des roses, parce que je les fais très-bien ; vous verrez.

— Je verrai ! vous comptez donc m'en donner ? demanda Marcel en riant.

— Non, mais, si vous étiez marié, je serais bien contente de...

— De fleurir ma femme ou ma fille. Je vous remercie, mademoiselle, et je vous assure que j'accepterais de bon cœur. Par malheur, je suis garçon. J'ai tant couru le monde que je n'ai pas eu le loisir de songer au mariage.

— Vous êtes marin, peut-être?

— Non, pas tout à fait, quoique j'aie beaucoup navigué. Je suis, ou plutôt j'étais, chercheur d'or, en Californie.

— Oui, je sais. Ma mère connaissait quelqu'un qui était parti pour ce pays-là, autrefois... quand j'étais toute petite.

— Nous voici, je crois, au boulevard dont vous me parliez, dit Marcel qui tenait beaucoup moins à parler de ses voyages qu'à se renseigner sur sa petite protégée. Faut-il le suivre?

— Non, répondit Cécile. Ce serait plus court, mais nous serions obligés de suivre le bord du canal, et...

— Eh! bien? demanda le millionnaire assez surpris de voir que l'ouvrière pâlissait à vue d'œil.

— C'est trop triste de ce côté-là. Nous allons prendre l'avenue des Amandiers et la place du Château-d'Eau. Vous me quitterez au coin du boulevard Magenta et de la rue Albouy. Ma maison est au numéro 75, mais il est inutile que vous veniez jusque-là.

— Je ferai tout ce que vous voudrez, mademoiselle, à condition que vous me direz où et quand je pourrai vous voir avec votre fiancé.

Cécile hésita un instant et dit timidement :

— Savinien vient me chercher tous les dimanches à midi. Il n'est libre que ce jour-là, parce que toute la semaine il travaille à son bureau. J'ai oublié de vous dire qu'il est employé. Quand il fait beau, nous allons nous promener à la campagne, mais dans cette saison nous ne sortons guère de Paris, et vous êtes certain de le trouver chez moi, dimanche prochain... si vous ne craignez pas de monter six étages.

— J'en monterais dix, s'il le fallait, pour vous revoir et pour le rencontrer, car je suis sûr qu'il est digne de vous.

— Nous nous aimons depuis notre enfance, dit la jeune fille en baissant les yeux. Si vous saviez comme il est bon, avec quelle tendresse il a soigné ma mère pendant la longue maladie qui nous l'a enlevée. Ma pauvre mère! Elle eût été si heureuse de nous voir unis.

— Comment se fait-il, pardonnez-moi, mademoiselle, de vous demander cela, comment se fait-il que vous n'ayez pas encore accompli son dernier vœu?

— Hélas! ce n'est pas ma faute. Sans doute, vous ne savez pas qu'à Paris il en coûte bien cher pour se marier. Et puis, il faudra monter un ménage, penser aux enfants, et nous avons beau faire des économies, nous n'avons pas encore pu amasser assez.

Marcel se tut. Il pensait à ses millions dont il voulait faire des munitions de guerre contre les ennemis de son père, et il se disait qu'il pouvait bien en employer une parcelle à des œuvres plus douces que la vengeance. Peu à peu et malgré lui peut-être, il revenait au système de son ami le Canadien.

Cécile, elle, regrettait d'en avoir tant dit, car elle s'apercevait fort bien que son protecteur devenait soucieux.

Ils arrivèrent ainsi au coin de la rue Albouy, et là elle dégagea doucement son bras.

— Mademoiselle, dit Marcel, il ne me reste plus qu'à vous prier de m'apprendre votre nom de famille et celui de votre fiancé.

— Vous demanderez mademoiselle Cécile, on ne me connaît dans la maison que sous ce nom-là, répondit la jeune fille avec un peu d'embarras ; mon prétendu s'appelle Savinien Brévan. Il est employé chez...

— Brévan ! serait-ce le fils de Michel Brévan, négociant, rue Aubry-le-Boucher ?

— Oui, monsieur, son père avait été riche, mais il est mort pauvre et... Ah ! mon Dieu ! s'écria tout à coup Cécile, voilà cette méchante femme... ma voisine du second..., qui nous regarde... Adieu, monsieur... au revoir...

— A dimanche, dit précipitamment Marcel. Si vous avez besoin de moi en attendant, voici mon adresse, ajouta-t-il en lui glissant une carte de visite dans la main.

La jeune fille la prit et s'enfuit comme un oiseau.

Marcel la suivit des yeux un instant, sans remarquer le *Tafouilleux* qui rampait le long des murs de la rue Albouy. Puis il s'éloigna à grands pas. L'émotion l'étouffait.

— Brévan! murmura-t-il, ce jeune homme est le fils de Michel Brévan, le seul ami qui soit resté fidèle à mon père! Je reviens pour récompenser et pour punir. Dieu fait bien les choses, puisqu'il permet que je commence par récompenser. Voilà une bonne journée, et Dominique sera content.

II

Non loin de la Seine et à deux pas de la place Maubert, à proximité de la Morgue, où on expose les cadavres, et de l'École pratique, où on les dissèque, s'allonge une ruelle sordide, ou plutôt un tronçon de ruelle, car le boulevard Saint-Germain en a emporté la moitié.

Ce boyau fangeux s'appelle la rue des Anglais. Il a gardé ce nom-là depuis le temps où les étudiants de toutes les nations venait suivre dans le quartier des Écoles les leçons d'Abailard.

Là, à côté de la boutique d'un tripier et en face d'un revendeur de vieux habits, s'ouvre une porte basse et vitrée qui donne sur un couloir étroit.

Ce corridor pavé, bordé à gauche par un comptoir souillé, à droite par une rangée de barriques vides, conduit à une cour couverte d'une toiture en planches et formant une salle carrée, garnie de tables graisseuses, de bancs boiteux et de tabourets dépaillés.

C'est la *Bibine du père Pernette.*

La lumière crue du gaz éclaire ce bouge et tombe d'aplomb sur les faces abruties des buveurs terrassés par l'absinthe.

Des femmes déguenillées rôdent autour des tables et demandent à boire d'une voix éraillée.

La société n'est pas mêlée. Il n'y a là que des voleurs.

Toutes les catégories de la *pègre* y sont représentées ou peu s'en faut.

Il ne manque à ce sabbat de démons et de sorcières que les *faiseurs*, les *drogueurs de la haute*, les *chineurs*, qui forment l'aristocratie des coquins et se réunissent de préférence dans des cafés plus ou moins dorés.

On n'y voit pas non plus les drôlesses qui ont eu de l'avancement dans l'armée du vice et qui plument, de l'autre côté de l'eau, les fils de famille, en attendant qu'elles rentrent dans la boue où elles sont nées.

Mais il y a là des voleurs *à la tire, à la vrille, à l'esbrouffe, à la valtreuse, à la vanterne,* simples soldats de la grande bande des malandrins, pratiquant les basses-œuvres de la malfaisance ; des voleurs au *poivrier*, dont la spécialité consiste à dévaliser les ivrognes ; des *carroubleurs*, qui ouvrent les portes avec de fausses clefs ; des *cambrioleurs*, qui fouillent les appartements et tuent, au besoin, quand on les

surprend; des *roulottiers*, qui enlèvent les malles
sur les voitures et les colis sur les camions.

Il y a aussi des hommes de la *haute pègre*, des
scionneurs, qui assomment d'un coup de bâton les
passants attardés; des *charrieurs à la mécanique*, qui
les étranglent avec un mouchoir et les jettent au
canal après les avoir détroussés; il y a même des
escarpes, qui assassinent d'abord et dans tous les
cas, froidement, sans nécessité, par principe.

Ceux-là sont rois dans ce repaire comme les
tigres dans les jungles de l'Inde. Les autres les
envient, les admirent et les respectent.

Il est dix heures du soir. La *Bibine* regorge de
bandits.

Ils sont assis par bandes de trois ou quatre, les
coudes sur la table, les mains cachant le visage,
car la police peut venir et ils veulent être prêts à
fuir avant d'avoir été reconnus.

Quelques-uns ont apporté de la charcuterie et
mangent gloutonnement, comme mangent les
hyènes en cage. Ils savent qu'ils iront peut-être
finir de souper au *dépôt*.

Les autres boivent, à grandes lampées, par à
coups, dans des gobelets de fer battu qu'ils vident
d'un seul trait. Quand on boit ainsi, l'ivresse vient
plus vite.

Ils boivent du vin bleu dans de lourds pots en
grès, du vin chaud dans des saladiers d'étain, de
l'eau-de-vie et de l'absinthe dans des godets de
verre épais.

Tous parlent cette langue immonde que les Bohémiens du moyen âge ont léguée à la bohême de notre siècle, l'argot qu'on professe à Cayenne et qu'on perfectionne à Paris.

Ils *rouscaillent bigorne*, et les mots étranges de ce sanglant et fangeux patois sortent de leurs bouches comme des crapauds vomis par un égout.

Ils parlent bas. On croirait qu'ils ont peur de ce qu'ils disent. Et puis, ils ne sont jamais sûrs que leur voisin de table ne les dénoncera pas. Ce voisin est à coup sûr un chenapan, mais il pourrait bien *casser sur eux*, c'est le terme consacré par l'académie des bagnes.

Car la fraternité des voleurs est une invention de romancier, surtout celle des voleurs parisiens *qui ne croient pas à la vertu* — le mot a été dit par un de ces messieurs — et qui, pour obtenir des douceurs en prison, entrent volontiers dans *la musique* (1).

Au fond, tout au fond de cet enfer, à une table isolée dans un coin, deux couples causent en buvant. *Pain-de-Blanc* et l'*Époulardeur* ont amené leurs compagnes. C'est une partie carrée, comme on dit dans le monde des dames du lac..

Celle de *Pain-de-Blanc* est un colosse. Elle a cinq pieds six pouces, deux mètres de tour à la

---

(1) *Entrer dans la musique*, dans la langue des prisons, c'est s'engager à servir la police en espionnant et en dénonçant ses camarades.

ceinture et des moustaches, plus de moustaches que son homme, dont la face blême et glabre ressemble à un morceau de craie détrempé. Elle est haute en couleur et prend des attitudes majestueuses, évidemment apprises en s'exhibant pour de l'argent dans les foires. Tout en buvant à plein saladier la mixture poivrée qu'à la *Bibine* on qualifie de vin chaud, elle couve des yeux *Pain-de-Blanc*, qu'elle n'aurait aucune peine à emporter sous son bras, si la fantaisie lui en venait.

La femme du bandit rossé par Marcel est jeune et blonde. Elle n'a pas vingt ans et elle a été très jolie; elle l'est encore, quand on ne regarde que ses traits réguliers, ses grands yeux noirs et ses cheveux bouclés; mais la débauche précoce a creusé ses joues, plombé son teint, pâli ses lèvres. A force de se tordre pour lancer des injures et des mots infâmes, sa bouche ne sait plus sourire. Le vice a marqué de son empreinte abjecte cette tête charmante. Elle a l'air d'une fillette de Greuze qui se serait enivrée avec le vin de sa cruche avant de la casser.

Celle-là trouve l'eau-de-vie fade et ne boit plus que de l'absinthe. Elle regarde l'*Époulardeur* en dessous, de ce regard aigu et froid qui sert à ces créatures à fasciner les brutes qu'elles apprivoisent. On sent qu'elle le craint et qu'elle le méprise.

— Dix *plombes* quinze *broquilles* (1), et le *Tafouilleux n'aboule* pas, grommela le brigand trapu.

_____

(1) Dix heures quinze minutes.

— C'est de ma faute, dit *Pain-de-Blanc*. J'ai collé vingt *ronds* au *gosse*. Il se sera *poivré* avec.

— A moins qu'il n'ait travaillé en route, à la *tire* ou au *radin* (1), reprit la fille pâle. Il a une main d'or, ce *moucheron*-là, et il est gentil avec les dames. Il me rapporte toujours un *biblot*. L'autre *sorgue* (2), il avait *fait* un étalage à Montmartre, il m'a donné une cravate verte et deux bonnets.

— Toi, Amanda, ouvre l'œil, dit brusquement l'*Époulardeur*. Ça ne me va pas, ces manières-là. La première fois qu'il t'arrivera de partager avec le *Tafouilleux*, je te plumerai, ma poule, et pas sans te faire crier.

— Ah ! *ben*, si on ne peut plus recevoir de cadeaux des amis, à présent... merci !

Le bandit leva sa large main, mais *Pain-de-Blanc* l'arrêta d'un geste, appuyé par cette phrase :

— Pas de batterie ici. Le patron nous collerait à la porte et nous avons besoin de parler ce soir à ce *gosse* de malheur.

— T'as raison, mon homme, dit la femme géante d'une voix de basse profonde.

Elle s'appelait Euphémie, plus familièrement Phémie, et elle trouvait toujours que son homme avait raison.

— C'est pas tout ça, reprit *Pain-de-Blanc*. Nous ne sommes pas venus ici pour *jaspiner* sur la bagatelle. J'ai pas encore pu te *débagouler* l'histoire de

(1) Vol au tiroir dans les magasins.
(2) *La sorgue*, la nuit.

ma *filature* de ce matin, parce qu'il y avait là un *muf* dont la *binette* ne m'allait pas.

— J'ai idée que ce pochard-là n'était qu'un *roussin camouflé* (1) et qu'il faisait semblant de *pioncer*, appuya Phémie.

— Moi aussi ; mais à présent qu'il s'est *cavalé*, on peut causer. Je t'ai dit que le *pante* aux millions *reste* place de l'Europe.

— Mauvais quartier. Des *cognes* de service à la gare toute la *sorgue*, et du monde dans la rue jusqu'au *luisant* (2).

— Oui, mais la maison a un jardin qui donne sur le chemin de fer. Je me chargerais bien d'y monter. Il y a toujours là des wagons pour servir de marchepied.

— Pourquoi faire? Ça doit être plein de *larbins*, c'te *tôle*-là, et tu ne sais seulement pas où est le *carme* (3).

— Ça me connaît, les *larbins*. J'en ai *levé* un ce matin, un bon *zig* qui a fait ses treize mois à Poissy et qui s'est fabriqué des certificats pour entrer chez l'Américain.

— C'est un Américain, ce *rupin*-là?

— Oui, et il roule sur l'or. Jamais moins d'un million chez lui. Quatre *roulantes* et douze chevaux dans son écurie. Trois valets de pied, un valet de chambre, un cocher, un groom, un palefrenier, un cuisinier, deux gâte-sauces et une femme de charge.

(1) Un agent de police déguisé.
(2) Jour.
(3) L'argent.

— Comme il parle bien, mon homme ! exclama Phémie en posant sur la table le saladier qu'elle venait de vider.

— J'aimerais à faire la connaissance d'un *pante* comme ça, dans le grand genre, dit Amanda.

— Sur les dix larbins, neuf soifards et un ancien *grinche*, reprit *Pain-de-Blanc*. Les clefs sur toutes les portes. Et l'Américain sort tous les soirs pour rentrer à des trois, quatre heures du matin.

— En v'la un coup qui ne sera pas difficile, s'écria l'*Époulardeur* dont les yeux brillaient de convoitise.

— Minute ! il y a le Canadien.

— Qué que c'est que ça, le Canadien.

— Ça va-t-il sur l'eau ? demanda Phémie.

— Le Canadien, c'est l'autre, celui qui était à la Roquette avec l'Américain. Et il est solide, le gueux.

— S'il a seulement une poigne comme le *pante* qui m'a tanné le cuir à la porte du *Rat-qui-Danse*…

— Tiens ! c'est vrai, t'as les yeux pochés, et on dirait que tes *frusques* ont traîné dans l'égout. Tu ne bats pourtant pas le *dig-dig* (1).

— Il m'a pris en traître, c'*mufton*-là, mais je le repincerai un jour ou l'autre et il la *dansera* dans le dur.

— Tu dis ça, mais, en attendant, c'est toi qui l'as *dansée*, dit aigrement la blonde. J'aime pas ça, moi, un homme qui la *danse* !

(1) *Battre le dig-dig.* — Contrefaire l'épileptique.

— Amanda, tiens ton *chiffon rouge* (1), ou je cogne, vociféra l'*Époulardeur*.

— Le Canadien, mes petits agneux, c'est le chien de garde. Il ne sort jamais. Il passe ses journées dans le jardin à tirer des pierrots à balle, même que le *larbin* m'a dit que le *quart d'œil* (2) l'avait fait demander hier pour lui défendre de jouer de la carabine. La nuit, il ne *pionce* qu'avec trois revolvers sous son oreiller, et il vous *buterait un grinche* comme j'avale un *petit noir* (3).

— Et t'appelles ça une affaire ! merci !

— Attends un peu ! Le *larbin* qui sort de Poissy m'a dit que...

Attention ! v'là des *roussins*, dit tout à coup *Pain-de-Blanc*, qui était assis de façon à voir ceux qui entraient dans la *Bibine*.

Trois individus venaient de se glisser dans la salle, mais il fallait que *Pain-de-Blanc* fût doué d'un flair tout particulier pour reconnaître sous les guenilles qu'ils portaient des agents déguisés.

Les deux premiers, affublés de bourgerons sales et coiffés de chapeaux mous, avaient la mine et les allures de rôdeurs de barrière de la pire espèce. D'ailleurs, ils étaient allés s'asseoir à une table fort éloignée de celle où les deux bandits avaient pris place avec leurs compagnes. Seulement, soit par

(1) Ta langue.
(2) Le commissaire de police.
(3) Une tasse de café.

hasard, soit avec préméditation, ils faisaient face aux deux couples.

Le troisième était un grand diable maigre, efflanqué, long comme un jour sans pain, porteur d'une figure osseuse et encadrée par de longs cheveux collés sur les tempes, vêtu de noir de la tête aux pieds, comme un mendiant de Londres, avec les restes d'un pantalon et d'un habit qui avaient dû figurer dans le monde sous le règne de Louis-Philippe. Ce spectre décharné tenait une guitare, veuve de deux de ses cordes, et s'avançait en courbant humblement l'échine.

Le silence s'était fait partout. On observait les nouveaux venus et il n'y avait pas une des pratiques du père Pernette qui ne se demandât : sont-ils de la police ? Est-ce moi qu'ils viennent arrêter ?

L'*Époulardeur* ne fut pas de cet avis.

— Ça, des *roussins* ! dit-il à demi-voix ; pas mèche. Les deux de là-bas, c'est des *rinceurs de cambriole*. Je les ai déjà *reluqués* au *Bal du Vieux-Chêne*.

— Possible, dit *Pain-de-Blanc* qui possédait la prudence du serpent, s'il n'avait pas le courage du lion. Ça n'empêche pas que je me méfie de l'homme à la *guimbarde*. Il ne marche pas franchement.

— T'as raison, mon homme, souffla Phémie. Je parie un litre d'absinthe qu'il a mis des jeux de cartes dans ses souliers pour se grandir.

— Attends un peu, grommela Jacques Crambard, dit l'*Époulardeur ;* j'ai un *truc* pour voir s'il en est.

Le guitariste s'approchait en saluant à la ronde

et en grattant son malheureux instrument, d'où sortait une espèce de râle assez semblable à la toux d'un asthmatique.

— *Aboule* ici, toi, l'enflé, dit ironiquement le bandit à l'artiste qui semblait n'avoir que la peau et et les os. Si tu veux nous *goualer* une chanson politique, t'auras deux *ronds* et un verre de dur.

En formulant cette invitation insidieuse, l'*Époulardeur* clignait de l'œil pour dire à sa société : S'il consent à chanter des couplets séditieux, c'est qu'il n'appartient pas à l'administration de la rue de Jérusalem.

Pain-de-Blanc haussa légèrement les épaules, en homme peu convaincu de l'efficacité de cette épreuve, et se remit à observer du coin de l'œil les deux hommes en blouse déchirée qui venaient de se faire servir un litre.

— Celle que voudront ces dames, répondit gracieusement l'artiste ambulant, mais pas trop haut, parce que le patron me consignerait à la porte, s'il m'entendait.

— *Gouale*-nous *le Bal de l'Élysée*, vieille carcasse fêlée, dit la blonde Amanda.

— Oui, c'est ça, *le Bal de l'Élysée*, appuya Phémie. Je pleure toujours au troisième couplet.

— Ah ! *ben*, non, *n'en faut pas*. Si tu pleures, ça tombera dans mon verre et j'aime pas l'eau dans mon absinthe, dit facétieusement *Pain-de-Blanc* qui n'était pas aussi sentimental que sa robuste amie.

I   4

— L'écoute pas vieux, et vas-y tout de même, grommela l'*Époulardeur*.

— Voilà, mesdames, dit le virtuose du pavé en râclant sa guitare qui rendit un son lamentable.

Le Bal de l'Élysée était une immonde et inepte chanson, composée par un auteur anonyme sur l'exécution des assassins du général de Bréa, et que, vingt ans après, les voleurs braillaient encore, dans les bouges où ils se rassemblent.

L'homme entonna d'une voix enrouée cette Marseillaise des massacreurs.

— Eh *ben*! là, vrai! c'est gentil, dit *Pain-de-Blanc* après le premier couplet, continue, vieux *birbe*; tu m'instruis.

Le chanteur essoufflé passa au second en s'adressant à Jacques Crambrard.

Cette poésie était faite toute exprès pour être goûtée à la *Bibine*, et, quoique l'organe cassé de ce ténor sans prétention ne portât pas bien loin, il y eut des applaudissements aux tables voisines.

— Il est *rigolo*, le *guimbardier*, dit un ivrogne.

Encouragé par ces suffrages distingués, l'homme passa au troisième couplet, après avoir dit :

— Celui-là est pour les dames. C'est le plus touchant.

— C'est bon! *liche* ta chopine de dur et *pige* tes deux *ronds*, dit brusquement l'*Épourlardeur* qui avait pâli en entendant un vers où il était question du couperet de la guillotine.

— Bravo ! cria le chœur des buveurs d'absinthe.

Pain-de-Blanc pinçait les lèvres, Amanda rica-

nait, mais Phémie ne s'était pas vantée en annonçant qu'elle s'attendrirait.

Le long de ses joues épaisses les larmes roulaient
comme le ruisseau de la rue des Anglais, charriant
des détritus de fard.

Elle pleurait noir.

— Vas-y du quatrième, glapit la blonde.

Le virtuose allait l'entamer sans se faire prier,
quand le maître de l'établissement s'élança du couloir d'entrée, et saisissant l'infortuné par le collet
de son habit qui lui resta dans la main :

— T'es donc payé par la *rousse* pour faire fermer
ma *cambuse* ? cria-t-il d'un ton menaçant. Malheur!
ça crève la faim et ça vient *goualer* de la politique
dans une maison honnête. Allons! *décanille*, vermine! et plus vite que ça, ou je vais chercher les
cognes.

L'homme ne se fit pas répéter l'ordre de déguer-
pir. Il remit sa guitare sous son bras et gagna
prestement la porte, sans même prendre le temps
de vider le verre d'eau-de-vie et d'empocher les
sous qu'on lui offrait pour récompenser son talent.

Il y eut quelques murmures dans la salle, mais
personne ne réclama.

A la *Bibine*, on était accoutumé aux exécutions
sommaires et nul ne se souciait d'attirer les sergents de ville dans le cabaret.

— Quand je te disais qu'il n'en était pas, grommela Jacques.

— C'est pas si sûr que ça qu'il n'en est pas, dit
Pain-de-Blanc.

— A quoi que tu vois qu'il en est?

— Il est parti sans ramasser sa *douille*.

— C'est vrai, c'est pas naturel. Et puis il m'a *frimé* tout le temps, murmura l'*Époulardeur*. Si *Casse-Dos* avait *cassé sur moi*, pourtant?

—Allons donc! *des navets!* tu serais déjà *ligotté* et *emballé* pour la *préfectanche*. C'est égal, je connais tous les *goualeux* du quartier et j'ai jamais vu celui-là. Mais, dans la *rousse*, ils ont beau se *camoufler*, ils ne me mettent pas dedans. Il n'y en a qu'un qui serait capable de me *refaire*, et il ne travaille pas à *Pantin* (1) *de ce* moment-ci. Il est parti en Amérique pour mener la *filature* d'un *drogueur de la haute*, et on dit qu'on l'a *buté* là-bas.

— *Caoutchouc?*

— Oui, *Caoutchouc*. S'il revenait mettre le nez dans tes affaires, je ne donnerais pas deux *ronds* de ta peau... Tiens! les deux autres qui *fusillent le plancher*.

En effet, les deux hommes en bourgeron attablés à l'autre bout de la salle venaient de sortir sans bruit.

— Ils sont entrés ensemble et ils partent de même, reprit l'amant de Phémie. Ça n'est pas clair. Faudra ouvrir l'œil en *déboulant* de la *turne*.

— V'là le *Tafouilleux*, dit Amanda.

Le sordide gamin venait de déboucher du corridor et se glissait le long des murs pour rejoindre la société, qu'il avait reconnue de loin.

(1) **Paris.**

Il salua les femmes qui s'empressèrent de lui faire une place, et il s'assit entre la blonde et la géante.

— Pourquoi *que* tu nous a fait poser, sale crapaud? lui demanda brutalement Jacques.

— Pas ma faute, papa, répondit tranquillement le *voyou*. J'ai rencontré un de mes amis et nous avons *fait* l'étalage chez un *épicemar*. J'apporte deux bouteilles d'anisette pour ces dames.

— Il est gentil, le *gosse*, s'écria Phémie qui adorait l'anisette.

Amanda ne souffla mot. L'*Époulardeur* la regardait.

— Nous causerons de ça plus tard ! dit *Pain-de-Blanc*. *Jaspine* sur la *filature* du *pante* et de la *gonzesse*.

— La *gonzesse* reste rue Albouy. Le *pante* l'a reconduit jusqu'au coin du boulevard Magenta et lui a donné sa carte en la quittant. Elle est fleuriste, elle perche au sixième au-dessus l'entre-sol et elle pose pour la vertu. J'ai causé avec sa voisine, qu'est revendeuse à la toilette et qui ne demande qu'à lui faire des misères. C'est tout. J'ai joliment gagné les cinq *balles*. V'là le moment de *casquer*.

Pain-de-Blanc tira une pièce de cinq francs et la remit au *Tafouilleux*, qui la fit aussitôt disparaître dans sa poche.

— Dis donc, l'*Époulardeur*, il t'a rudement *taraudé* tout de même, le *pante* de la petite?

— Comment! c'est le millionnaire qui a *tombé* Jacques? s'écria *Pain-de-Blanc*.

4.

— Apparemment que c'est pas son bottier. Je sais pas si le *pante* est millionnaire, mais j'ai vu la chose. Cré nom! quelle *tatouille*! Il faisait une bonne tête, l'ancien, quand le *gandin* l'a enlevé à bout de bras pour l'envoyer dans le tomberau du boueux.

— *Ferme ton plomb*, ou je t'*écrabouille* comme un ver de vase, cria le bandit que Marcel avait si rudement traité.

Ah! c'est le *rupin* aux millions qui m'a réglé mon compte... eh! ben, c'est bon! Je voulais le *grincher*; maintenant c'est *pus* ça, faut que je le *bute*.

— Tu veux le *buter*, mon vieux, dit *Pain-de-Blanc* sans s'émouvoir. T'as raison, mais faut pas que ça nous empêche de *barboter* sa caisse.

Il y a moyen de tout arranger, ajouta-t-il en baissant la voix. J'ai mon idée.

— Il a raison, mon homme. Faut jamais cracher sur la *braise*, dit sentencieusement Phémie.

— Non, mais je veux le *buter*, grommela l'*Époulardeur* en serrant les poings.

— Tu le *buteras*, reprit *Pain-de-Blanc*. Laisse-moi seulement le temps de *monter le coup*, et nous aurons son *fade*(1) et sa peau, vrai comme je m'appelle Arthur.

— Arthur! en v'là un de *centre* (2)! si ça ne fait pas *suer*! n'y a que les *pantes* et les *fainiants* qui s'appellent Arthur.

— Je ne prends mon petit nom que pour aller

(1) Argent.
(2) Nom.

dans le monde, dit le coquin blême qui possédait le cœur de Phémie ; quand je vas chez Joséphine, ma sœur, qu'est avec le fils d'un banquier, ou *ben* quand je *jaspine*, comme ce matin, avec le *larbin* d'un *aristo*.

— Est-il assez *distingo*, mon homme, s'écria la géante.

— Et quand je le prends, je sais *camoufler* mes manières, comme je sais me *frusquiner* en *zig de la haute* (1) ; ça me servira pour *nourrir le poupon* chez le *rupin* de la place de l'Europe.

— *Blague* pas tant. Comment *que* tu *maquilleras* le *truc* (2), pour *grincher* le *pante* qui m'a *collé une tournée* devant la *lourde* de *l'estam*? (3).

— Le *larbin* que j'ai *levé* est de la *pègre*. Il me laissera *enquiller dans la tôle* (4) pour *brocanter des biblots*.

— Où qu'ils sont tes *biblots*?

— Le *fourgat* (5) de la rue Traversière me prêtera des tabatières, des assiettes ou des tableaux. Le *rupin* arrive d'Amériqne ; il doit donner dans tous ces *godans*-là ?

— Le père Machin? il ne te lâcherait pas *à l'œil* la patte d'un verre cassé.

— Tu crois ça, toi? Eh! *ben*, mon vieux, tu t'y mets *le doigt dans l'œil*. Il sait que je suis honnête

---

(1) M'habiller comme un homme du monde.
(2) Comment organiseras-tu l'affaire ?
(3) Qui m'a rossé devant la porte de l'estaminet.
(4) Entrer dans la maison.
(5) Recéleur.

et qu'il aura sa *guelte* (1) dans l'affaire. J'ai déjà travaillé avec lui. Il me confiera tout ce que je voudrai. Le *pante casquera* (2) pour les *biblots;* je sais faire le *boniment* mieux qu'un *ioutre* (3). Je *refilerai* les serrures et je *rappliquerai* avec des *caroubles* (4), une *sorgue* où il n'y aura pas de *moucharde* (5). Le jardin est à pic sur le *roulant-vif* (6). Je me *carrerai* (7) dans une *roulante...*

— T'auras c'toupet-là, toi, *Pain-de-Blanc !*

— Un peu que je l'aurai. D'abord, t'en seras.

— Faudra voir. Mais c'est pas tout ça. Je veux le *buter*, que je t'ai dit.

— Tu le *buteras*.

— Dans sa *tôle ?*

— Non. Ça ne serait pas à faire. Il ne se laisserait pas *refroidir* sans *cribler* (8). Le Canadien *aboulerait,* et il ne *rigole* pas, ce pékin-là. Il nous cracherait à la *trombine* (9) une prune de son *flingo* (10)... je ne te dis que ça.

— Vl'à déjà que tu commences à *plancher*.

— Jamais. Nous *caroublerons à la vanterne* (11) chez le *rupin;* mais j'ai un autre *truc...* un *truc* avec

(1) Bénéfice.
(2) Payera.
(3) Juif.
(4) Je reviendrai avec des fausses clés.
(5) Une nuit où il n'y aura pas de lune.
(6) Chemin de fer.
(7) Je me cacherai.
(8) Assassiner sans crier.
(9) Figure.
(10) Fusil.
(11) Nous volerons avec escalade.

quoi nous ferons rudement notre beurre et tu pourras le *scionner* (1) après.

— *Jaspine* le *truc*.

— C'est pas malin. Il n'y a qu'à l'*aguicher* (2) dans un bon endroit avec une lettre de femme.

— A-t-il du *vice*, c'crapaud-là, exclama Phémie, transportée d'admiration.

— Il ne *coupera pas dans le pont*, dit l'*Époulardeur*. Les *rupins* ne courent pas après les *largues*, vu qu'ils en ont tant qu'ils en veulent.

— Je me charge d'en trouver une qui le fera marcher; seulement il me faut le temps d'étudier ses relations et ses habitudes, dit en français *Pain-de-Blanc*, qui, pour faire valoir ses talents devant les dames, affectait quelquefois d'oublier l'argot. Laisse-moi *maquiller* ça. Il donnera dans le *godan*, et, une fois que nous l'aurons *agrafé*, nous le ferons *chanter* comme nous voudrons.

— Non, je veux le *buter*, répéta le bandit avec l'obstination d'un ivrogne qui n'a qu'une idée.

— Il *chantera* d'abord et tu le *buteras* après.

— Comme ça, je ne dis pas non, et encore faudrait que ça ne traîne pas ; j'ai plus envie de manger du *gandin* que dè me *rincer la corne* chez le *mastroquet* (3).

— Ça ne traînera pas.

— Et où c'est-il que tu l'*aguicheras?*

— Sur l'eau ou au bord. Ça serait pas la peine

(1) Le tuer et le jeter à l'eau.
(2) L'attirer.
(3) Boire chez le marchand de vins.

de t'être fait *carapata* (1), pour que la Seine te serve à rien.

— Tiens ! c'est une idée, dit Amanda. Je serais pas fâchée de voir le *rupin* bloqué dans la cabine du *Barbillon*. On le ferait *casquer* en tirant sur son banquier.

— Avec un *chèque*, dit *Pain-de-Blanc*.

— Un *chèque?* répéta l'*Époulardeur* peu familiarisé avec la langue financière.

— Un *chèque*, c'est un bon à vue, reprit l'autre bandit en se rengorgeant. Tous les étrangers *rupins* ont dans leur *profonde* (2) un livret de *chèques*. Ils n'ont qu'à en arracher un feuillet, à écrire dessus : bon pour tant de mille *balles*, et à signer. On *pige* le *fafiot* (3), on se présente à la caisse du *banque-muche* et il vous *aboule* le *carme*.

Les coquins des deux sexes demeurèrent un instant éblouis de la science de *Pain-de-Blanc* et de l'agréable perspective qu'il leur ouvrait.

— Et après, grommela Jacques Crambard, je l'enverrai au fond de la rivière voir si j'y suis... avec une pierre au cou.

— Non, dit l'horrible gamin qui avait suivi Marcel et Cécile, pas de pierre ; ça me ferait du tort. Je veux repêcher le corps pour toucher la prime.

— Pas de pierre, appuya *Pain-de-Blanc*, on croi-

----

(1) Haleurs et déchireurs de bateaux, pirates d'eau douce.
(2) Poche.
(3) Papier.

rait qu'il a été *charrié à la mécanique* (1) et les *curieux* (2) s'en mêleraient.

— J'tiens pas à la pierre, pourvu que je le *bute*.

— Ça sera pour te *revenger*, hein, vieux? dit le voyou, et ça sera bien fait, fallait pas qu'y aille. Pourquoi qu'il t'a mis les *chassis* (3) au beurre noir?

— *Jaspine* pas de ça, ou je te crève.

— C'est bon! on *tait son bec*. Dis donc, *Pain-de-Blanc*, je demande à en être, puisque ça sera sur l'eau que vous travaillerez. Je suis un *carapata*, moi aussi.

— Toi! s'écria l'*Époulardeur*, allons donc, tu n'es qu'un *tafouilleux*.

Les *tafouilleux* sont les chiffonniers de la Seine, écumant ses bords, ramassant les épaves et volant au besoin. Les *carapatas* méprisent les *tafouilleux*. Où l'aristocratie va-t-elle se nicher !

— De quoi ! riposta le gamin, parce que je repêche des cottrets pendant que tu roules des tonneaux au quai de la Grève, t'as l'air de me *débiner*. Va donc tirer ta longe à l'écluse, vieux rossard de halage.

L'*Époulardeur* leva son poing velu ; mais *Pain-de-Blanc* lui saisit encore une fois le bras et lui dit avec l'autorité que lui conférait la supériorité de ses conceptions :

(1) Jeté à l'eau après avoir été volé.
(2) Juges.
(3) Les yeux.

— Pas de *coton* (1) ici! Le *dab* de la *Bibine* (2) nous *frime* comme s'il voulait nous *coquer* (3) et j'ai idée que la *rousse bat l'antif* dans la *trime* (4). Il n'est que temps de nous *cavaler.*

— Si c'était *Caoutchouc* pourtant, le *goualeux* à la *gimbarde*, dit la blonde. C'est ça qui ne serait pas drôle.

— Pourquoi qu'on l'appelle *Caoutchouc*, ce *roussin*-là? demanda Phémie.

— Parce qu'il est élastique, dit sentencieusement *Pain-de-Blanc*. Il se grandit et il se rapetisse, il maigrit et il engraisse à volonté.

— En v'là un *truc* que je voudrais posséder, murmura le *Tafouilleux.*

— Moi, j'y tiens pas, je me trouve bien comme ça, s'écria la géante.

— Sans compter, reprit son Arthur, que *Caoutchouc* se *camoufle* instantanément, et à vue, comme les changements dans un *mélo* des *funamb* (5). Tu le rencontres en *rupin :* cinq *broquilles* après, il est en *largue*, en *ratichon* (6), en *biffin* (7).

— Je m'en *bats l'œil*, puisque, pour le quart d'heure il est en Amérique, grommela l'*Époulardeur.*

(1) Rixe.
(2) Maître du cabaret.
(3) Dénoncer.
(4) Bat le pavé dans la rue.
(5) Mélodrame du théâtre des Funambules.
(6) Prêtre.
(7) Chiffonnier.

— Il a p't-être *rappliqué* (1). Faut se méfier et décaniller d'ici. Les dames d'abord, comme de juste.

— Ça y est, s'écria la femme colosse. Et si je *pige* des *binettes* qui ne me *bottent* pas, je *renquille* et je *crible* : A la *rousse* !

— Pas de ça, Phémie ! pas de bêtises ? tu nous ferais *emballer* tous ! *Cavalez*-vous *en douceur*, pendant que nous *déboulerons* par la *lourde* qui donne sur la rue Galande. Je connais le *trimar*. Le *dab* de la *Bibine* ne dira rien. Il ne voudrait pas faire arriver de la peine à ses clients.

— Et *mézigue* (2) ? demanda le *Tafouilleux*.

— Tu vas *te la casser* après ces dames et t'iras nous attendre avec elles au bal de l'*Ardoise*.

— Barrière de l'École. Ça me va.

— Moi, ça ne me va pas, dit l'*Époulardeur* en regardant Amanda.

— T'as donc oublié *Casse-Dos*, souffla *Pain-de-Blanc* en se penchant à l'oreille de son digne acolyte.

Le bandit changea de couleur et se tut.

— Ça me va, à condition que je serai du *poupard* (3), reprit le *Tafouilleux*.

— T'en seras. Mais *tire-toi les pieds*, plus vite que ça.

Accoutumées à l'obéissance passive et fascinées d'ailleurs par l'élocution de *Pain-de-Blanc*, les deux

(1) Il est peut-être revenu.
(2) Moi.
(3) De l'affaire.

femmes avaient déjà quitté la table et gagnaient la sortie du bouge. L'atroce gamin, écumeur de la Seine, les suivit de près.

L'*Époulardeur* était blanc comme un linge. Il pensait à *Casse-Dos*, à la place de la Roquette, et, devant ses yeux troublés par l'ivresse, il croyait voir se dresser la rouge silhouette de la guillotine.

— Pourtant, murmurait-il, et si c'était *Caoutchouc* que la *cigogne* (1) aurait envoyé en surveillance à la *Bibine*...

— Si c'était *Caoutchouc*, notre compte serait vite réglé, mon vieux. Mais c'est pas lui. J'ai parlé de *Caoutchouc* pour donner le *trac* aux *largues*. Comme ça, elles ne joueront pas trop du *chiffon rouge*. Faut être galant avec les dames, mais faut toujours les tenir; v'là mon système, et il est bon, dit sentencieusement le préféré de la majestueuse Euphémie. Et maintenant, ajouta-t-il en se levant, allons-y gaiement, si tu veut *buter* le *pante* et palper son *fade* (2).

Cette péroraison rappela l'*Époulardeur* à lui-même.

Il avala d'un trait un dernier verre d'absinthe et suivit *Pain-de-Blanc* qui se glissait sournoisement vers le fond de la salle.

La *Bibine*, comme tous les cabarets où se rassemblent les voleurs, avait plusieurs issues, et ils en prirent une que connaissaient seuls les plus an-

(1) Police.
(2) Argent.

ciens habitués de cet enfer. C'était un couloir
étroit, habilement dissimulé derrière un tonneau
vide.

Ils avaient payé d'avance, selon la règle affichée
sur la muraille, et personne ne s'inquiéta de leur
départ, car la plupart des buveurs étaient ivres-
morts.

Une minute après, les deux bandits débou-
chaient dans la rue Galande, après s'être assurés
qu'aucune figure suspecte ne se montrait aux
abords de la porte cachée dans un angle rentrant
et fort mal éclairé.

Il n'y avait là qu'une vieille chiffonnière prome-
nant d'une main sa lanterne et de l'autre fouillant
avec son crochet dans un tas d'ordures. Ils pas-
sèrent sans la regarder et s'en allèrent tranquillement rejoindre l'aimable société qui les attendait
au bal de l'*Ardoise*.

III

— Ainsi, disait Dominique à Marcel qui se promenait à grands pas dans le jardin de son magnifique hôtel de la place de l'Europe, ainsi cette jeune fille a justement pour prétendu le fils du dernier ami de ton père ?

— Oui, répondit Marcel, elle aime Savinien Brévan, fils de Michel Brévan, autrefois négociant dans le quartier des Halles, de Michel Brévan qui resta fidèle dans le malheur à son vieux camarade.

— Et que tu cherches inutilement depuis notre arrivée à Paris.

— Il demeurait rue Aubry-le-Boucher. J'y ai couru tout d'abord et je n'ai pas même retrouvé la maison qu'il avait habitée. Elle a été démolie pour faire place au boulevard de Sébastopol. J'ai eu beau m'informer dans le voisinage, personne n'a pu me donner le moindre renseignement. Michel Brévan était pauvre et les pauvres sont bien vite oubliés.

En désespoir de cause, je m'étais adressé à la préfecture de police et on m'avait promis de faire des recherches, mais je comptais peu sur les résultats d'une enquête confiée à des indifférents, lorsque le hasard est venu à mon secours... un hasard comme il ne s'en présente pas deux dans toute une existence.

— Avoue que j'ai été bien inspiré en te racontant le conte qui t'a décidé à suivre cette enfant.

— Oui, certes, et je te remercie, mon ami. Tu m'as rendu hier un aussi grand service que le jour où tu as cassé la tête à ce scélérat d'Atkins qui me tenait au bout de sa carabine.

— Le fait est qu'il était temps de l'abattre, le gredin, car il ne t'aurait pas manqué, mais tu ne me dois pas de reconnaissance. J'avais un compte personnel à régler avec lui.

— Et un rude. Il avait essayé de t'écraser sous un bloc de rocher pendant que tu travaillais au fond de notre mine de la Nevada. Cela n'empêche pas que tu ne m'aies sauvé la vie dans cette dernière rencontre avec le plus dangereux bandit de la Californie.

— Ça ne vaut pas la peine d'en parler, dit Dominique ; dans ce temps-là, nous risquions notre peau sept fois par semaine, et la mienne aurait couru plus d'une fois de grands dangers, si tu ne

m'avais assisté à propos. Je suis bien plus fier
d'être pour quelque chose dans le bonheur qui
t'arrive. Tu vas pouvoir du même coup payer ta
dette de reconnaissance au fils d'un brave homme
et rendre heureuse cette chère petite qui a si
bon cœur. Ne m'as-tu pas dit qu'elle s'appelait
Cécile?

— Oui, je lui ai demandé son nom de famille,
mais elle a évité de me répondre.

— Ma promise aussi s'appelait Cécile, là-bas, au
Canada, et je ne sais pas pourquoi je me suis imaginé que celle-ci lui ressemblait. Hier, en te quittant à la porte du cimetière, je la regardais s'éloigner et les larmes me venaient aux yeux.

— Sais-tu que tu deviens étrangement accessible
aux émotions tendres, mon vieux Dominique? dit
Marcel en souriant.

— Ça t'étonne?

— Pas trop, car je sais que tu es la meilleure
créature que j'aie jamais rencontrée, mais j'avoue
que je ne suis point accoutumé à t'envisager sous
cet aspect sentimental. J'ai bien un peu le droit
d'être surpris quand tu me confesses que tu as
pleuré en voyant une jeune fille, toi qui as passé
ta vie à te battre contre les jaguars et les sauvages.

— Malgré moi, cher ami, bien malgré moi. Je
suis pacifique par tempérament, pacifique comme
l'océan qui baigne les quais de San-Francisco.

— Hum ! les *Peaux-Rouges* et les chenapans de
toutes les couleurs que tu as envoyés dans l'autre
monde ne seraient pas de cet avis, s'ils pouvaient

revenir dans celui-ci pour raconter comment tu jouais du revolver, de la carabine et du couteau.

— Pardon ! c'était pour les besoins de mon commerce. Je ne suis qu'un paisible marchand comme mon grand-père, Guillaume Le Planchais, qui était venu s'établir au Canada pour y vendre de la morue. Moi, je me suis mis à vendre des peaux d'ours et des peaux de tigres. C'est à peu près la même chose.

— Avec les coups de dents et les coups de griffes en plus. Et là-bas, aux mines, quand tu livrais bataille à la bande d'Atkins, te prenais-tu pour un commerçant ?

— Pourquoi pas ? Je défendais notre mine comme un marchand défend sa boutique lorsque des voleurs essayent de la forcer.

— Tu es grand comme les pins de la Nevada, s'écria gaiement Marcel, et je conviendrai, si tu veux, que tu étais né pour être juge de paix.

— Ne plaisante pas. J'espère bien l'être quand je rentrerai au village du bois des Érables. Mais parlons d'autre chose. Que comptes-tu faire pour la petite et pour le fils de ton ami ?

— Les marier en les dotant d'un million ou deux.

— C'est tout ce que tu as imaginé pour assurer leur avenir ?

— Tu crois que deux millions ne suffiront pas ? Eh ! bien, j'en donnerai quatre.

— Marcel, tu m'affliges, dit gravement le Canadien.

— Pourquoi?

— Parce que tu en es encore à croire qu'il suffit, pour faire des heureux de deux êtres qui s'aiment, de leur jeter de l'or sans compter.

— Tu oublies que mes protégés sont pauvres et qu'il faut avant tout les tirer de la misère.

— Bon ! mais il n'est pas nécessaire de les enrichir d'un coup de baguette. Qui te prouve que l'opulence ne leur gâtera pas le cœur ?

— Oui, il y a peut-être là un danger.

— Et qui te dit aussi que ce jeune homme acceptera une fortune qu'il n'a pas gagnée? A sa place, moi, je la refuserais.

— Tu as raison. Le fils de Michel Brévan ne peut pas recevoir de l'argent d'un étranger, car je ne serai pour lui qu'un étranger.

— Tu veux donc lui cacher...

— Mon véritable nom? oui, certes. Je le lui apprendrai plus tard ; mais, tant que ma tâche ne sera pas achevée, tant que je n'en aurai pas fini avec les misérables que je viens châtier, il faut que tout le monde me prenne pour M. John Caradoc de Colorado, citoyen des États-Unis.

— Alors ton projet pour doter le jeune ménage. est impraticable.

— C'est vrai, car Cécile, non plus, ne peut pas, ne doit pas se laisser doter par un homme qu'elle connaît à peine. Que me conseilles-tu de faire pour sortir d'embarras ?

— Je te conseille de mettre M. Savinien à même de gagner plus largement sa vie ; tu trouveras facilement le moyen de lui procurer à Paris un travail lucratif. Que fait-il maintenant?

— Sa fiancée m'a dit qu'il était employé, mais elle m'a quitté si brusquement qu'elle n'a pas eu le temps de m'en apprendre plus long.

— Et tu ne la verras que dimanche?

— Oui, chez elle, à midi. Le jeune Brévan y sera et tu m'accompagneras.

— Je ne demande pas mieux, mais que lui diras-tu pour expliquer l'intérêt qu'il t'inspire?

— Je ne sais pas encore. J'inventerai d'ici à dimanche une histoire plausible et je chercherai une situation avantageuse à lui offrir. En attendant, je vais...

Qu'y a-t-il? demanda Marcel à un valet de chambre qui entrait portant une carte de visite sur un plateau d'argent.

— La personne qui sollicite l'honneur d'être reçue par monsieur m'a chargé de dire à monsieur qu'elle venait de la part de l'administration à laquelle monsieur a fait demander des renseignements, dit ce serviteur dont le langage et l'attitude étaient aussi corrects l'un que l'autre.

— C'est bien; conduisez-la ici.

— Le drôle a trouvé moyen de placer trois fois en quinze mots son éternel « monsieur, » grommela Dominique dès que le domestique eut disparu. Si tu le laisses faire, il t'appellera bientôt M. le comte ou M. le marquis, à moins que...

— C'est un agent envoyé par le préfet, interrompit le Californien. Nous allons sans doute ap-

5.

prendre du nouveau. Décidément, je calomniais la police française.

— Un agent... autant vaut dire un espion, murmura le chasseur d'ours avec une grimace de dégoût.

— Qu'importe, s'il m'apporte le moyen de retrouver ceux que je cherche? D'ailleurs, sa carte ne porte aucune qualification. Tiens ! vois « X. Chambras, » tout court. Cet homme n'est peut-être pas ce que tu crois.

— Ça ne fait rien. J'aime autant m'en aller.

— Non pas. Je tiens beaucoup à ce que tu assistes à l'entrevue. Après, j'aurai certainement besoin de ton avis, et je...

Marcel se tut en voyant paraître le visiteur annoncé.

C'était un homme de taille moyenne et d'âge incertain, plutôt grand que petit cependant, et plutôt jeune que vieux, vêtu d'un pardessus gris qui laissait paraître une redingote noire et un gilet blanc, ganté de chevreau et chaussé de bottines vernies. Il était soigneusement rasé et sa face régulière manquait absolument d'expression. Sur son passe-port, s'il en avait pris un, aurait sans aucun doute figuré, en regard de chacun des traits de ce visage insignifiant, la qualification « ordinaire, » et pas le moindre « signe particulier. »

Cependant, il portait des lunettes bleues, peut-être parce que ses yeux disaient quelque chose.

Ce personnage, qui avait l'air et la tenue d'un employé supérieur, franchit lestement la porte du

jardin ou plutôt de la serre, car la terrasse où se
tenaient les deux amis était couverte d'un vitrage
et garnie de fleurs rares. Il salua avec beaucoup
d'aisance et s'adressa, sans hésiter, au maître
de la maison, quoiqu'il n'eût jamais vu ni lui ni
Dominique.

Il est vrai que le Canadien ressemblait moins à
un millionnaire qu'à un chercheur d'or.

— C'est à monsieur Caradoc de Colorado que
j'ai l'honneur de parler? demanda l'envoyé de la
préfecture.

Sa voix manquait d'accent autant que sa physionomie manquait de caractère. Évidemment il aurait annoncé du même ton à un accusé son acquit-
tement ou sa condamnation et, sans que cette voix
incolore tremblât ou s'animât, il aurait dit à un
malheureux couché dans la funèbre cellule de la
Roquette : « Vos pourvois ont été rejetés. Levez-
vous. L'heure est venue. »

— Oui, répondit Marcel en indiquant un siége.

Le visiteur prit place sans embarras et commença ainsi :

— Monsieur, j'étais absent de Paris lorsque vous
vous êtes présenté à la préfecture, et j'y suis revenu depuis une semaine seulement. Mes chefs
tenaient à me charger des recherches qui ont été
autorisées, il y a deux mois, sur votre demande,
et il ne dépendait pas de moi de les entreprendre
plus tôt.

— Je conçois cela, dit le Californien, et je suis
très-reconnaissant à l'administration d'avoir bien

voulu me venir en aide, mais permettez-moi de vous demander d'abord si vous avez pu recueillir des renseignements sur quelques-unes des personnes qui m'intéressent.

— Oui, monsieur, et je viens vous les communiquer, répondit gracieusement M. Chambras.

— Seriez-vous en mesure de m'apprendre ce qu'est devenu ce banqueroutier qui...

— Pardon, monsieur, mais, pour vous renseigner clairement, j'ai besoin de procéder avec ordre. L'administration en France est un peu formaliste, comme vous le savez sans doute, et j'ai contracté à son service certaines habitudes auquel il m'est très-difficile de renoncer sans perdre le fil de mes idées. Veuillez donc me permettre de m'en tenir à ma méthode en vous exposant le résultat de mes recherches.

— Comme il vous plaira, monsieur, s'empressa de dire Marcel, qui tenait beaucoup à ne pas indisposer un personnage porteur d'informations précieuses. Je suis d'autant moins disposé à blâmer vos usages français que je suis né à Paris.

— De parents étrangers, je suppose, car votre nom...

— Ma famille était Anglaise d'origine, dit vivement M. de Colorado, et moi je me suis fait naturaliser citoyen américain.

— Il y a douze ans, je le sais, car je n'ai aucune raison pour vous cacher que M. le préfet s'est adressé d'abord à la légation des États-Unis. Je n'ai pas besoin d'ajouter que les renseignements ont été excellents. Vous possédez, monsieur, une des plus belles fortunes de la Californie, et des plus honorablement acquises.

Le millionnaire s'inclina d'un air contraint. Il avait bien de la peine à dissimuler son impatience.

— Nous savons aussi, reprit l'homme aux lunettes bleues, que monsieur est devenu votre associé après avoir été votre compagnon dans les expéditions périlleuses qui vous ont enrichi, et qu'il jouit en Amérique d'une considération méritée.

— Bah ! vraiment ? demanda Dominique d'un air assez ironique. Et moi qui croyais n'être connu qu'aux *placers* de la Nevada et dans le Bas-Canada.

— Monsieur, dit Marcel avec un peu d'humeur, je rends pleinement hommage à l'exactitude des indications que vous avez pris la peine de recueillir sur mon ami et sur moi. Si celles que vous avez bien voulu rassembler sur d'autres sont aussi précises...

— Vous me rappelez, monsieur, que vous avez hâte de les connaître et je vous demande pardon de ce long préambule. Il était nécessaire, pour vous prouver que l'administration n'agit point à la légère et ne se met pas au service du premier venu. Nous n'aurions pas entrepris ces recherches si nous avions soupçonné qu'elle nous étaient demandées dans un intérêt inavouable et si votre honorabilité ne nous eût pas été démontrée. Elle l'est maintenant et nous sommes certains que vous poursuivez un but des plus louables, car vous cherchez, je suppose, à sauver les débris d'une fortune perdue autrefois par le père d'un Français que vous avez connu aux mines.

— Comment! vous savez... qui a pu vous dire?

— Nous savons tout, par état, répondit M. Chambras avec un sourire terne comme son regard. Mais ne croyez pas que nous soyons sorciers. Dans l'affaire que vous nous avez confiée, nous n'avons pas eu grand mérite à deviner que vous agissiez pour le compte de M. Marcel Robinier, fils de feu Paul Robinier avec qui tous les individus dont vous vous informiez avaient eu des relations de diverses natures.

Marcel, très-surpris de tant de perspicacité, regarda fixement le visiteur pour tâcher de lire sur son visage sa véritable pensée, mais ses yeux rencontrèrent le verre impénétrable des lunettes bleues.

— M. Robinier fils a été votre camarade là-bas, reprit l'impassible agent, et il vous a chargé de savoir si son père, qui était riche autrefois, n'a rien laissé en mourant, si quelque portion de son avoir n'a pas échappé au désastre, et si on ne pourrait pas exercer un recours contre les auteurs d'une ruine imméritée. C'est ainsi du moins que nous expliquons vos intentions, demanda-t-il en s'interrompant tout à coup au milieu de ses conjectures.

— Et vous ne vous trompez pas, se hâta de dire Marcel qui ne souciait nullement de livrer son secret à cet homme.

— Fort bien. J'arrive donc au rapport que je
vous ai trop fait attendre. Les individus que vous
avez désignés comme devant être recherchés
étaient : *primo*, un négociant chez lequel Robinier
père avait placé, il y a une vingtaine d'années, la
moitié de sa fortune, alors très-importante.

— C'est cela.

— *Secundo*, un des amis du même Robinier,
établi beaucoup plus tard négociant, rue Aubry-
le-Boucher.

Tertio, le caissier de la maison de bijouterie et
de joaillerie que ce Robinier avait fondé après son
premier désastre.

Quarto enfin, un fabricant d'orfévrerie chez qui
il a été employé en qualité de simple commis
après sa ruine totale.

— Monsieur, dit Marcel très-ému, si vous m'ap-
portez des renseignements sur tous ces gens-là,
ma reconnaissance n'aura pas de bornes.

— Et je pourrai retourner au Canada, pensait
Dominique en se frottant les mains d'aise.

— Je voudrais qu'il en fût ainsi, reprit Chambras, mais nous ne sommes pas infaillibles, et j'ai
le regret de vous apprendre que nous n'avons
réussi qu'à moitié. Sur quatre pistes, nous en
avons retrouvé deux.

— Lesquelles ?

— Naturellement, les plus faciles à découvrir.
Pour les autres, dix à quinze ans se sont écou-
lés, et le temps est d'un puissant secours aux gens
qui ont intérêt à se cacher, comme c'est précisé-

ment le cas. Les hommes qu'on aurait pu interroger disparaissent, le témoignage de ceux qui restent devient incertain. La justice l'a si bien compris que la loi a limité à dix années l'exercice de l'action criminelle.

— Je sais tout cela, monsieur, mais, pour Dieu! dites-moi...

— Nous avons retrouvé d'abord, non pas le négociant de la rue Aubry-le-Boucher, car il est mort, mais son fils, Savinien Brévan.

— Ah! soupira le Californien assez désappointé, car cette première indication ne lui apprenait rien qu'il ne sût déjà. Et que fait ce jeune homme? reprit-il, car ce doit être un jeune homme.

— Il est teneur de livres chez M. Marbos, marchand de soieries, place des Victoires.

— Bon! nous n'aurons pas besoin d'attendre jusqu'à dimanche pour faire connaissance avec le promis de la chère Cécile, dit à part lui Dominique.

— Rien à son dossier, continua l'homme de la préfecture. Il vit assez péniblement de son petit emploi, et c'est un excellent sujet, laborieux, rangé, intelligent. Nous n'avons pas voulu le faire appeler, de peur de l'effrayer; vous savez qu'à Paris on a des préjugés contre notre administration; mais je suis persuadé que, si vous l'interrogez vous-même, il pourra vous renseigner sur les derniers temps de la vie de Robinier, que son père a aidé et soutenu jusqu'à la fin.

— Je n'y manquerai pas. Vous disiez donc que vous aviez retrouvé aussi...

— La famille du fabricant d'orfévrerie chez lequel Robinier a travaillé quelques mois.

— Et qui l'a durement chassé... à ce que m'a dit son fils en Californie.

— J'ignorais ce détail, mais je puis vous apprendre que ce fabricant a laissé à sa veuve et à ses enfants une très-belle fortune. Madame Dortis a un fils et deux filles, dont l'une est mariée à un officier de marine. Ils habitent ensemble un hôtel qui leur appartient sur le quai de Valmy.

Malheureusement, il n'est pas probable que ces gens-là doivent quoi que ce soit à la succession Robinier. Je doute même qu'ils soient en mesure de vous fournir des indications utiles, car ils ont à peine connu le père de votre ami.

— N'importe, j'irai les voir, dit Marcel dont la physionomie s'assombrissait à mesure qu'il voyait s'évanouir un espoir trop promptement conçu.

Ainsi, reprit-il, vous n'avez rien pu savoir sur cet infâme caissier, ni sur ce vil banqueroutier.

— Le banqueroutier n'était que failli, dit tranquillement M. Chambras. Il ne faut rien exagérer. Il a fait, d'ailleurs, toutes les coquineries imaginables. C'était un juif moldave, nommé Salomon Carpatz, qui avait capté, on ne sait comment, la confiance de ce brave Robinier. Il gagnait gros à trafiquer sur les métaux précieux, mais il était fort mal noté chez nous. On le soupçonnait de se livrer au *chinage*, pardon de me servir du terme technique. C'est une escroquerie qui consiste à

altérer le titre des matiéres d'or et d'argent.
Mais on ne put jamais le prendre en fraude, et,
quand il disparut, ses livres étaient à peu près en
règle, si bien qu'il n'y eut pas de poursuites judiciaires, car il quitta la France peu de temps après
la suspension de ses payements.

— Oui, je le sais. Robinier m'a parlé de sa fuite
honteuse. Et il vous a été impossible de savoir ce
qu'il était devenu?

— On a su qu'il s'était réfugié d'abord en Va-
lachie; mais, comme il n'y avait pas de mandat
contre lui, on a cessé toute démarche et on a tout
à fait perdu sa trace. Le bruit courut, à l'époque
de son départ, qu'il était marié et même père de
famille dans son pays, mais à Paris, on ne lui
connaissait ni femme, ni enfants, de sorte qu'il lui
fut assez facile de lever le pied. Tout ce que nous
pouvons affirmer, c'est qu'on n'a plus entendu
parler de lui.

— Pas plus que du misérable caissier qui em-
porta les dernières ressources de mon... du père
de mon ami?

— Oh ! pour celui-là, c'est une autre histoire.

— Comment! ne s'est-il pas enfui, en volant
une somme de quinze mille francs à Paul Robinier?

— On l'a dit en effet, et Robinier lui-même a pu
le croire jusqu'à son dernier jour; mais le fait n'a
jamais été matériellement établi. Ce qu'il y a de
sûr, c'est que cet homme, s'il était coupable, s'est
fait justice, car, peu de temps après sa dispari-

ion, on repêcha son corps dans le canal ou dans
a Seine, je ne sais trop, mais ce serait facile à
érifier sur les registres de la Morgue.

— J'ignorais cela, murmura Marcel. Mais sans
loute il n'avait plus la somme ?

— Non, et on se trouva en présence de deux
ypothèses. Où Fertugues — il se nommait Fer-
ugues — s'était suicidé après avoir dissipé ou
erdu cet argent, ou bien on le lui avait volé et on
avait jeté à l'eau.

— Comment ! vous admettez que ce misérable
pu être victime d'un assassinat ?

— Hé ! cela s'est vu.

— Mais alors il serait donc innocent ?

— Ce n'est pas une raison ; il a pu être tué par
es complices. Il menait, à ce qu'il paraît, une vie
nystérieuse et tout à fait inconnue de Robinier,
on patron, qui avait en lui une confiance aveugle.
a première enquête ne fut pas poussée à fond et
'éclaircit point les doutes.

— Rien ne les éclaircira maintenant, dit triste-
ient Marcel. Ce Fertugues n'avait pas de fa-
iille ?

— Non. C'était un ancien militaire qui avait
nservé ses habitudes de régiment et ne pensait
ière à se marier.

— Ainsi, son crime restera impuni !

— Son crime ou celui de ses meurtriers, rectifia
. Chambras. C'est plus que probable, en effet.
ais, puisque nous parlons de crimes, vous
vez peut-être que, longtemps avant la fuite de

son caissier, Robinier avait été victime d'un vol considérable?

— D'un vol qui a consommé sa ruine ; oui, certes.

— Seriez-vous curieux d'être renseigné sur cette affaire ?

— Si, je tiens à être renseigné sur ce vol ! Mais vous ne savez donc pas qu'il a eu pour Robinier de terribles conséquences ! Mais il en est mort, de ce vol ! Et vous me demandez si je souhaite de découvrir ceux qui l'ont commis ! Ah ! je donnerais un million à qui me les ferait retrouver.

— Ce serait beaucoup trop. Les inspecteurs de la *sûreté* ne touchent que leur traitement et les *indicateurs* ne reçoivent que vingt-cinq francs de prime quand ils dénoncent les auteurs d'un vol qualifié, cinquante francs quand ils signalent les auteurs d'un assassinat.

— J'ai bien le droit d'estimer à la valeur qu'il aurait pour moi le service qu'ils me rendraient.

— Pardon, monsieur, j'ignorais que vous attachiez tant de prix à mettre la main sur des gens qui ne restitueront certainement pas à votre ami Robinier la moindre parcelle des valeurs qu'ils ont prises à son père.

Marcel s'aperçut qu'il en avait un peu trop dit, et fit de son mieux pour réparer sa bévue.

— Vous avez raison, dit-il, la punition de ces scélérats n'enrichirait pas mon ami ; mais je n'en ai pas moins à cœur de les poursuivre. Si je n'ai

pas insisté pour qu'on les recherchât, c'est qu'on
m'a dit à la préfecture de police qu'ils étaient
couverts par la prescription et que, par conséquent, l'impunité leur était assurée. En présence
de cette fin de non-recevoir, je n'avais plus
qu'à renoncer à les atteindre ou à les chercher
moi-même, et c'est ce dernier parti que j'aurais
pris.

— Dussiez-vous y dépenser un million, dit l'a-
gent avec un demi-sourire. Je crois que l'admi-
ninistration arrivera plus vite au but, sans qu'il
vous en coûte rien.

— Serait-elle donc sur la trace de ces coquins?

— Cela, monsieur, c'est son secret, permettez-moi
de vous le dire, et la discrétion est indispensable
pour réussir dans ces sortes d'affaires.

— C'est ce que je comprends à merveille, et je
ne bornerai à vous prier de répondre à une seule
question.

— Parlez, monsieur.

— Est-il vrai que les misérables qui ont déva-
sé autrefois le magasin de M. Robinier soient
maintenant protégés par je ne sais quel article du
ode?

— Assurément, oui, car le vol remonte à treize
u quatorze ans; ce n'est pas une raison pour
qu'ils échappent à une punition très-méritée.

— Comment cela?

— Depuis ce vol, ils ont pu commettre d'autres
rimes.

— Oh ! s'il ne me reste que cette chance !

— Elle suffira parfaitement à vous procurer la satisfaction de les voir condamner au bagne ou même à quelque chose de mieux.

Je n'appartenais pas encore à l'administration lorsque l'affaire Robinier fut mise en recherche. Je sais cependant que le coup fut fait par des malfaiteurs de profession. On en eut dans le temps la certitude. Il y a certains indices auxquels nous ne nous trompons jamais. La boutique de Robinier avait été attaquée à la vrille et les voleurs avaient dû être aidés par un enfant, un *raton*, comme ils disent, qu'ils introduisirent par le trou pratiqué dans le volet et qui leur ouvrit la porte. Ce n'était certainement pas là un coup d'amateur et ceux qui l'exécutèrent n'ont pas dû s'arrêter en si beau chemin.

— C'est probable ; mais, en admettant qu'ils continuent et qu'ils se laissent prendre un jour ou l'autre, comment rattacherez-vous le méfait nouveau aux méfaits anciens ?

— Je ne puis rien préciser. Tout dépend du hasard. Quelquefois une révélation se produit au moment où on ne l'attendait plus. Ainsi, tenez ! on a exécuté hier un bandit de la pire espèce...

— Nous en savons quelque chose, murmura Dominique, encore impressionné par le souvenir du sanglant spectacle de la veille.

— Ah ! ces messieurs étaient à la Roquette. Je ne m'en étonne pas. Quand on est étranger, il faut voir Paris sous toutes ses faces. Eh ! bien, vous

avez pu remarquer que le condamné n'a pas faibli
au dernier moment.

— C'est vrai, dit Marcel, il s'est laissé tuer avec
la résignation d'un tigre pris au piége.

— Cette résignation ne l'a pas empêché de nous
dénoncer, comme ayant pris part avec lui à de
vieilles affaires, plusieurs individus dont il croyait
avoir à se plaindre.

— Aurait-il signalé les coupables du vol Robinier?

— Je ne dis pas cela. J'ai voulu seulement
vous prouver par un exemple qu'en matière criminelle, il ne faut jamais désespérer d'éclaircir un
mystère.

L'assassin à l'exécution duquel vous avez assisté, nous a signalé, entre autres auteurs de
crimes oubliés, un misérable qui, depuis vingt
ans, a su se soustraire à toutes les recherches,
grâce au dévouement de sa femme, une honnête
ouvrière employée autrefois à la manufacture de
tabacs du Gros-Caillou. Celle-là, nous sommes
certains de la retrouver; par elle, nous arriverons,
j'espère, à mettre la main sur son mari, et, avant
six mois peut-être, vous pourrez, messieurs, assister de nouveau à une application de la peine
capitale.

— Grand merci! s'écria Dominique. Une fois,
c'est bien assez; c'est même trop.

— Monsieur, dit Marcel, je fais des vœux sin-
cères pour que vous réussissiez promptement à
arrêter ce bandit, et je conserve l'espoir que,

servie par des hommes comme vous, la police parisienne parviendra enfin à découvrir ceux qui ont ruiné jadis le père de mon ami.

Il ne me reste plus maintenant qu'à vous remercier pour tant d'empressement et d'obligeance. Je vous dois déjà de savoir à qui m'adresser pour me renseigner sur les malheurs de M. Robinier, et je ne tarderai pas à me mettre en relations avec les personnes que vous m'avez indiquées. Je m'en remets pleinement à vous pour le reste, mais, que vous arriviez ou non à retrouver le juif Salomon Carpatz et à connaître la vérité sur la mort du caissier Fertugues, j'entends rémunérer convenablement vos soins.

En parlant ainsi, le millionnaire tirait son portefeuille et l'ouvrait pour y prendre un paquet de billets de banque.

M. Chambras l'arrêta d'un geste.

— Je vois bien, monsieur, que vous revenez d'Amérique, dit-il avec un sourire. Rien ne se fait gratuitement, je le sais, de l'autre côté de l'Atlantique; mais je crois avoir déjà eu l'occasion de vous apprendre qu'ici nous travaillons... pour l'honneur.

Marcel, à ce mot assez inattendu, ne put dissimuler un haut-le-corps.

— Pour l'honneur, reprit l'agent sans se déconcerter : c'en est un, je pense, que de défendre les habitants d'une ville contre une cinquantaine de mille gredins qui menacent leurs biens et leurs vies.

— Au fait, je n'avais pas envisagé la chose à ce point de vue, murmura le Canadien.

— Quelquefois, nous travaillons aussi pour notre plaisir, et je vous avouerai que c'est mon cas, lorsqu'il s'agit de rendre service à un galant homme.

— Excusez-moi, monsieur, je me trompais, dit le millionnaire en tendant la main au policier.

Pour la première fois depuis qu'il était entré, une certaine émotion se peignit sur les traits impassibles de X. Chambras.

— C'est comme si vous m'aviez donné le million dont vous parliez tout à l'heure, dit-il en se levant pour prendre congé.

Et il ajouta :

— Veuillez me croire, monsieur, entièrement à vos ordres. Lorsque vous aurez besoin de moi, il vous suffira de m'écrire à l'adresse indiquée sur ma carte. Permettez-moi, en attendant, de vous adresser une question et de vous donner un avis.

— J'attends l'une, et j'accepterai volontiers l'autre.

— Je voudrais vous demander si vous êtes sûr du valet de chambre qui m'a introduit ?

— Sûr ? Non. Mais il est entré chez moi avec d'excellents certificats. Est-ce que le drôle ferait partie de quelque bande ?

— Je n'en sais rien ; seulement, il me semble que sa figure ne m'est pas inconnue, et comme je vois, par état, plus de coquins que d'honnêtes gens, je suis assez porté à me défier des gens que

I   6

je connais. Je ferai, à tout hasard, examiner le dossier de cet homme.

L'avis que je prends la liberté de vous donner, c'est d'avoir toujours chez vous un petit chien.

— Un petit chien !

— C'est la meilleure sauvegarde contre les voleurs de nuit. Ce quartier est assez désert et ces messieurs savent déjà parfaitement que cet hôtel a été acheté par un très-riche étranger qui doit avoir chez lui des sommes importantes.

— Je ne les crains guère. J'ai eu maille à partir en Californie avec des brigands autrement dangereux, et je m'en suis débarrassé à coups de fusil ; je recevrai ceux de Paris à coups de revolver.

— Je n'en doute pas, et je sais aussi que votre ami tue des moineaux à balle avec sa carabine.

— Comment ! on vous a dit cela ! s'écria Dominique. Ma foi ! c'est vrai ; vous savez, l'habitude. J'ai passé ma vie à chasser, comme je l'ai expliqué au commissaire, et je ne chasse plus depuis six mois ; je voulais me refaire un peu la main.

— Oh ! le délit n'est pas bien grave, et si au lieu d'un moineau vous abattiez un voleur surpris en flagrant délit d'escalade ou d'effraction, je puis vous assurer, monsieur, que la justice française serait indulgente ; mais il vaut mieux cependant éviter d'en venir à de telles extrémités, et c'est pourquoi je vous conseille le petit chien qui jappe au moindre bruit.

— J'en aurai un dès ce soir, répondit gaiement Marcel.

— Tant pis ! je ne peux pas souffrir les roquets, grommela le Canadien.

M. Chambras en avait assez dit, et après avoir salué de la façon la plus correcte, il sortit.

— Étrange personnage, murmura M. de Colorado en appuyant sur un timbre pour avertir le valet de chambre de reconduire le visiteur.

— Diable d'homme, grommela Dominique. J'avais envie de le souffleter, quand on l'a annoncé, et tout à l'heure, je l'aurais volontiers embrassé.

Quelle drôle de ville que ce Paris ! On y rencontre des ouvrières qui ont l'air de princesses déguisées et des agents do police qui pensent et qui parlent comme de parfaits *gentlemen*.

Celui-là est peut-être le préfet lui-même. Il aura mis des lunettes bleues pour ne pas être reconnu.

Voyons donc s'il est venu en équipage, ajouta-t-il en avançant la tête par une ouverture du vitrage qui protégeait la terrasse du côté de la rue.

Il n'aperçut point M. Chambras et encore moins sa voiture. Il n'y avait devant la porte de l'hôtel qu'un gros cocher affublé d'un ample manteau et se dirigeant vers le comptoir d'un marchand de vin de la rue de Rome.

— Il a été prompt à disparaître, dit Dominique en se retournant vers son ami. Et je pense que tu ne perdras pas de temps non plus pour t'aboucher avec le promis de Cécile, maintenant que tu sais où le trouver.

— Non, certes, répondit Marcel. Ce soir, il est trop tard, je ne le rencontrerais plus chez le commerçant qui l'emploie. Je le verrai demain et je me présenterai aussi chez cette dame Dortis; mais je commencerai par Savinien. Je veux que ma première visite soit pour le fils d'un honnête homme. Elle me portera bonheur.

IV

Un étranger qui arrive à Paris avec une lettre de crédit de douze millions dans sa poche ne peut pas se dispenser d'être d'un cercle.

L'admission dans un des cinq ou six grands clubs de Paris est comme une espèce de brevet de noblesse, assez libéralement accordé, par la ville la plus hospitalière du monde, à la richesse exotique.

C'est ainsi que se délivrent, avec des boules blanches, ni plus ni moins que les diplômes de bachelier, les brevets d'homme élégant, si recherchés par les millionnaires fraîchement débarqués.

Ils prennent là leur laissez-passer sur les terres de la haute vie parisienne, car le vote de deux ou trois cents *gentlemen*, qui ne les connaissent pas du tout, leur confère de prime-saut le droit de se

6.

croire supérieurs aux simples mortels et de se dire
irréprochables dans le passé comme dans le présent.

Il arrive bien parfois que, faute d'informations
suffisantes, on reçoive un concussionnaire échappé
de quelque république de l'Amérique du Sud, ou
un seigneur portugais dont la fortune a pour origine la traite des nègres.

Ce sont légères erreurs qui ne tirent pas à conséquence, car, à Paris, les vilenies commises au
delà de nos frontières ne comptent pas, et, aux
gens qui viennent de loin, on ne demande rien, pas
même un peu d'esprit.

Il leur suffit, pour se faire ouvrir les portes
d'un monde très-exigeant et très-exclusif, de montrer *patte d'or*.

En donnant des fêtes, le premier Américain venu
prouve par raison démonstrative qu'il est opulent,
qu'on peut lui faire crédit et accepter ses invita-
tions.

Il en cuit quelquefois aux joailliers, mais les
dîneurs et les danseurs se déclarent toujours satis-
faits et ne s'avisent jamais d'ouvrir une enquête
sur l'origine de ces fortunes d'outre-mer ou d'outre-
monts, comme ils ne manqueraient pas de le faire
s'il s'agissait d'un Français.

A plus forte raison, M. Caradoc de Colorado, qui
n'avait rien de honteux à cacher dans l'histoire de
la conquête de ses millions, avait-il dû entrer de
plain pied dans le cercle de son choix.

Il avait donné la préférence non au plus aristocratique, mais au plus brillant, à celui où on jouait le plus gros jeu, où on rencontrait le plus de seigneurs de l'argent, le plus de viveurs titrés, gradés ou simplement dorés.

Ce n'était pas que les plaisirs et les fréquentations qu'on y trouvait le tentassent beaucoup.

Il avait joué autrefois, et même avec passion, dans les tripots cosmopolites de San-Francisco, le couteau passé dans la ceinture et le revolver sous la main. Mais, depuis qu'il avait connu d'autres émotions en livrant bataille six mois durant pour la possession de sa mine de la Nevada, et surtout depuis qu'il était immensément riche, il ne songeait guère à courir le hasard des cartes ou des dés.

Le goût du jeu, au fond, n'est qu'une des formes de la cupidité et ce goût lui avait passé parce qu'il n'avait plus besoin d'acquérir.

Du haut de ses millions, il regardait le tapis vert sans voir l'or qui y roulait, pas plus qu'un touriste perché sur la cime du Mont-Blanc ne distingue les moissons dans les vallées suisses.

Il ne tenait pas beaucoup non plus à recruter des compagnons de plaisir, car il ne venait pas à Paris pour y mener la vie à outrance du *sport* ou de la galanterie.

Pour les causeries intimes, la société de Dominique lui suffisait amplement et, s'il n'eût consulté que ses goûts, il eût préféré passer toutes ses soirées à écouter des histoires de chasses canadiennes et d'expéditions californiennes, au lieu d'entendre de savantes dissertations sur le mérite des cochers anglais, ou d'interminables discussions sur l'âge d'une cantatrice d'opérette.

Mais, pour mener à fin la tâche qu'il s'était imposée, Marcel ne pouvait pas rester enfermé dans son hôtel, et le meilleur moyen de découvrir ceux qu'il cherchait, c'était à coup sûr de se répandre dans tous les mondes de Paris.

A vrai dire, dans celui des cercles, il n'avait aucune chance de rencontrer ni les amis ni les ennemis de son père, mais il savait qu'on y apprend bien des choses.

Ces grandes coteries que peuplent et traversent incessamment des centaines de désœuvrés sont comme des réservoirs où viennent se déverser toutes les nouvelles de la ville.

Il y a des heures, avant le dîner, par exemple, et aussi après le spectacle, où on n'a qu'à s'approcher de la cheminée pour recevoir une averse d'anecdotes scandaleuses et de médisances variées.

Les noms les plus connus se croisent dans les récits avec ceux qu'on s'attend le moins à entendre citer en pareil lieu.

On y parle de tout et même de quelque chose de plus, de tous et de toutes. C'est le bavardage organisé, l'indiscrétion à jet continu.

L'almanach de Gotha et l'almanach Bottin, mis bout à bout, ne fourniraient peut-être pas la moitié des informations que peut saisir au vol, dans une courte séance au club, un écouteur bien avisé.

Marcel n'avait garde de se priver de ces occa-

sions quotidiennes. D'ailleurs, sa situation de fortune ne lui permettait pas de s'isoler. Millions
obligent, et Paris ne pardonne pas à ceux qui
les possèdent de ne pas les montrer. Eussent-
ils les goûts d'un anachorète, ils n'ont pas le droit
de dîner au bouillon Duval ni de jouer le whist à
deux sous la fiche. Leur capital les condamne à
la grosse partie et au Café Anglais à perpétuité.

Marcel savait tout cela et qu'il était interdit à
M. Caradoc de Colorado, seigneur californien, de
vivre modestement, sous peine de donner prise
aux calomnies les plus extravagantes.

Paris ne s'inquiète pas de savoir d'où vient l'or
qu'on sème; mais l'or qu'on garde, Paris dit volontiers qu'on l'a volé. Le garder ou le dépenser
obscurément en bonnes œuvres, pour Paris, c'est
tout un, et Marcel ne voulait pas se mettre Paris à
dos en se livrant exclusivement à la bienfaisance
cachée.

Ne pouvant dissimuler sa fortune, il s'était résigné à s'en faire honneur, c'est l'expression reçue,
quoique l'honneur n'ait rien à voir avec la dépense.

Heureusement qu'il avait assez d'argent pour
suffire à tout, et que les pauvres n'y perdaient
rien.

C'était à M. de Gondo, correspondant de son
banquier de San-Francisco, qu'il devait d'avoir
été précédé en France par une réputation de na-
bab californien. Il était donc assez naturel qu'il
s'adressât à ce répondant pour se faire présenter

dans un cercle où on aurait certainement trouvé
bizarre qu'il ne cherchât point à entrer.

M. de Gondo ne s'était pas fait prier, on peut le
croire, pour lui rendre ce bon office. Il est toujours
agréable pour un financier de patronner un homme
très-riche, d'abord parce qu'il ne risque pas que
ce personnage lui devienne jamais onéreux, et ensuite parce que c'est une bonne réclame pour la
maison qu'il dirige.

Marcel avait de plus l'inappréciable avantage de
n'être connu personnellement d'aucun membre de
ce club, où on est sûr d'être refusé pour peu qu'on
ait eu le temps de se faire des ennemis sur le pavé
de Paris. Il n'eut contre lui que les boules noires
de deux ou trois jolis messieurs ruinés, qui refu-
saient systématiquement tous les millionnaires, et
il obtint une majorité imposante.

Un mandarin chinois, s'il s'était présenté, aurait
sans doute été reçu à l'unanimité.

M. Caradoc de Colorado avait donc droit de cité
dans les salons du cercle et il usait régulièrement
de ce droit fort envié.

Il avait fait deux parts de sa vie. Le jour était
consacré à l'amitié qui l'unissait étroitement à Dominique. Du matin au soir, les deux vieux camarades ne se quittaient guère, soit qu'ils restassent à
l'hôtel, causant du passé et de l'avenir, faisant des
armes ou écrivant à leur agent de San-Francisco,
soit qu'ils courussent Paris à la recherche de certains renseignements dont le Canadien ne s'était
pas tout d'abord expliqué l'importance.

Après le dîner, ils se séparaient. Marcel passait sa soirée au théâtre et une partie de sa nuit au club. Dominique, goûtant peu ces divertissements et tourmenté par un impérieux besoin de locomotion, se donnait volontiers le plaisir de faire le tour de Paris à pied, à moins qu'il ne s'amusât à tirer le pistolet aux flambeaux dans le jardin de la place de l'Europe.

Cette dernière occupation inspirait à *Pain-de-Blanc* une frayeur salutaire qu'il avait exprimée, la veille, en termes éloquents, à la *bibine du père Pernette*.

Pain-de-Blanc n'aimait pas les gens qui jouent avec les armes à feu.

Donc, le soir du jour où M. X. Chambras était venu lui apporter de précieuses indications, Marcel avait, par exception, dîné au cercle et fait le whist avec M. de Gondo père, qui lui témoignait en toute occasion la plus obséquieuse déférence, quoiqu'il eût bien le double de son âge.

Puis, le Californien s'était mêlé à un groupe où les jeunes du club se faisaient remarquer pur l'exubérance de leurs discours.

On n'y parlait pas des femmes *sur un ton convenable*, comme dit Alfred de Musset, dans un de ses jolis proverbes; au contraire. La vie privée des demoiselles à la mode tenait une large place dans ces bavardages et, au grand étonnement de Marcel, d'autres noms féminins s'y trouvaient mêlés et des plus honorables.

Le scandale de la veille était une aventure où

figurait un M. Oscar Belamer, bien connu à la
Bourse et ailleurs, lequel avait été surpris par une
actrice qui le touchait de près dînant avec une
dame du vrai monde dans un cabinet d'un restaurant à la mode.

On nommait la dame et M. Caradoc eut l'imprudence de dire :

— J'ai rencontré, l'année dernière, à San-Francisco, un officier de marine qui s'appelait...

— Pouliguen, parbleu ! interrompit le jeune
Ernest de Gondo. C'est le mari de la dame en question. On le dit jaloux comme un tigre et de première force à l'épée et au pistolet. S'il revenait à
Paris, ce cher Belamer ne *la trouverait pas drôle.*

— J'ai l'honneur de connaître assez intimement
le commandant Pouliguen, reprit Marcel d'un
ton sec. C'est un galant homme et un brave officier
qui, en effet, ne tolérerait ni une atteinte à son
honneur, ni même un propos malséant.

— Je vous demande pardon... je ne savais pas
qu'il fût de vos amis, balbutia M. Ernest.

Ce financier en herbe vénérait les millions de
l'opulent Californien autant qu'il respectait peu la
réputation des femmes.

— Vous êtes bien bon, cher monsieur, d'écouter
les médisances de ces jeunes gens, dit M. de Gondo
père en s'approchant du groupe.

— Ah ! vous voilà, baron, répondit M. de Colorado, je suis ravi que vous ayez achevé votre
whist, car j'ai une faveur à vous demander.

— Une faveur ! à moi ? mais je serai trop heu-

reux de vous être agréable, s'écria le banquier.
De quoi s'agit-il?

— J'ai quelqu'un à vous recommander pour une
place dans vos bureaux.

— N'est-ce que cela? J'allais vous dire : si c'est
impossible, cela se fera; mais comme c'est très-
possible et même très-facile, je puis vous dire : c'est
fait.

— Mille grâces. Voici ce dont il s'agit. Le fils
d'un homme auquel s'intéressait tout particulière-
ment un de mes amis de San-Francisco végète dans
un emploi subalterne chez un négociant et je désire lui être utile. J'ai pensé que dans une grande
maison comme la vôtre, il pourrait se faire une
position honorable et lucrative, avec du travail, de
l'intelligence et de la conduite.

— Et il a tout cela, je n'en doute pas, puisque
vous me le recommandez. Cela tombe à merveille,
car précisément mon sous-caissier vient de me
quitter pour s'établir banquier en province; ces
petits employés sont tous des ingrats et des ambi-
tieux; il faut que je pourvoie à son remplacement
et votre jeune homme fera mon affaire, car c'est
un jeune homme, n'est-ce pas?

— Oui, certainement, dit Marcel, non sans quelque embarras, car, ne connaissant pas encore Savinien Brévan, il eût été fort en peine de préciser
son âge.

— Très-bien; c'est convenu. Demain, vous m'en-
voyez le sujet; je l'examine... pour la forme, car
votre protégé remplit certainement toutes les con-

7

ditions voulues; je lui explique sa besogne, je l'installe et je lui donne dès à présent quatre mille francs d'appointements; six mille après deux ans de service, et plus tard nous verrons. Je ne répugnerais pas à intéresser dans ma maison un garçon que vous protégez.

Vous voyez, cher monsieur, que je suis rond en affaires.

— Et d'une parfaite obligeance, je me plais à le reconnaître. Mais je ne sais si je pourrai vous l'amener dès demain.

— Le plus tôt sera le mieux ; nous touchons à une fin d'année et le travail presse. Je ne vous cacherai même pas que, pendant ce premier mois, votre jeune ami sera occupé du matin au soir, même le dimanche.

— Je tâcherai de vous le présenter demain dans l'après-midi, répondit Marcel, qui se proposait d'aller dès le matin chercher Savinien chez son patron.

— Et si vous vouliez, après que je l'aurai reçu dans mon cabinet, nous faire l'honneur de passer au salon, ma femme et ma fille seraient on ne peut plus flattées de recevoir M. de Colorado.

Le Californien se mordit les lèvres. Il avait évité jusqu'alors d'entrer en relations de monde avec la famille de son banquier et il sentait bien qu'après avoir demandé un service à monsieur, il ne lui était plus possible de décliner l'honneur d'être reçu par madame et mademoiselle.

Le père, qu'il avait eu suffisamment l'occasion d'étudier, et le fils, qu'il se souvenait d'avoir aperçu la veille en mauvaise compagnie, ne lui plaisaient pas assez pour qu'il se souciât beaucoup de se pousser dans l'intimité des Gondo de l'autre sexe. Mais il était trop tard pour reculer, et, d'ailleurs, il pouvait bien faire ce sacrifice aux intérêts du fils de Michel Brévan.

Il se dit qu'il en serait quitte pour se tenir sur la réserve avec toute cette famille de financiers et il répondit :

— Je saisirai avec empressement, monsieur le baron, l'occasion que vous voulez bien m'offrir.

La phrase n'était que polie, mais M. de Gondo y répondit avec une cordialité enthousiaste :

— Je vous remercie d'avance, cher monsieur, et c'est assurément moi qui serai votre obligé. Ma femme a le plus vif désir de vous voir chez elle. Nous allons précisément donner un grand bal ; j'espère que vous nous ferez l'honneur d'y assister. Ma fille Noémi brûle du désir d'entendre le récit de vos aventures dans les déserts de l'Amérique. Il paraît qu'on en ferait un roman et elle est très-romanesque, cette chère Noémi.

Entre nous, c'est même cela qui l'a empêchée, jusqu'à présent, de se marier, car ce ne sont pas les brillants partis qui lui ont manqué. Avec trois millions de dot, elle n'a qu'à choisir. Mais elle veut un mari qui lui plaise.

Marcel s'inclina sans répondre. Il commençait à soupçonner qu'un richissime Californien, avec ou sans aventures, pourrait bien être le mari souhaité par mademoiselle Noémi, et il ne tenait pas à encourager ses espérances.

Il s'amusa un instant à chercher s'il avait deviné, et, pour cela, il se mit à étudier la physionomie de M. de Gondo, qu'il pouvait observer tout à son aise, car le vide s'était fait autour d'eux.

En voyant s'approcher le banquier, qui ne les amusait guère, les causeurs, y compris le jeune Ernest, s'étaient esquivés les uns après les autres, pour aller dans un salon écarté célébrer les mystères du baccarat.

C'était une assez curieuse figure que celle de ce baron de Gondo, baron du Saint-Empire ou quelque chose d'approchant, car, à coup sûr, la chancellerie de France n'avait jamais eu à enregistrer ses lettres de noblesse.

Il pouvait bien avoir soixante-dix ans, mais il n'y paraissait pas trop. Grand, un peu voûté, mais large d'épaules et solide sur ses jambes, ce robuste vieillard était porteur d'un visage rond et plein au milieu duquel la nature avait planté un nez puissant et recourbé.

On prétend que tout homme ressemble plus ou moins à un animal. Le baron tenait tout à la fois du mouton et de l'épervier.

La bouche charnue et le double menton s'accordaient fort bien avec la bouffissure des joues rubicondes ; les yeux gris et perçants se mariaient à merveille avec le nez crochu.

Affublé d'un loup qui lui aurait caché la partie
supérieure du visage, M. de Gondo aurait pu passer facilement pour l'homme le plus débonnaire
du monde. Mais comme la gravité de son âge s'op-
posait à ce qu'il allât en masque, on le prenait volontiers pour ce qu'il était, c'est-à-dire pour un
financier redoutable.

Bon vivant, du reste, accessible et facile en
dehors des affaires, ne craignant ni le plaisir ni la
plaisanterie· et. faisant profession d'indulgence à
l'endroit des jeunes.

Ceux du cercle l'appelaient entre eux : *grand-
papa Vautour*.

— Savez-vous, cher monsieur, reprit-il en soupirant, que tout n'est pas rose dans le métier de
chef de famille. Je n'ai que deux enfants, et c'est
assez pour me donner beaucoup de soucis. Je ne
parle pas, bien entendu, de Noémi, qui est un
ange, quoique je lui reproche parfois d'aimer trop
le bal et la toilette, mais dans notre monde c'est
presque une nécessité. Je parle de mon fils. Certes,
il entend les affaires; en Bourse, il a le coup d'œil
sûr et il connaît déjà très-bien la banque, mais il
suit le torrent du jour.

— Qu'entendez-vous, baron, par le torrent du
jour? demanda Marcel avec un sourire ironique.

— Il parie aux courses, il joue gros jeu, il soupe,
il est lancé dans la haute *bicherie*... tout l'équipage
du diable, comme on disait autrefois.

— On devrait dire aujourd'hui l'omnibus du
diable, car ces plaisirs-là sont devenus singulière-

ment accessibles. On les a mis à la portée de tout
le monde. Heureusement, M. votre fils ne descend
pas trop bas, puisqu'il ne fréquente que la haute
bicherie.

— Oh ! sous ce rapport-là, je suis sûr de lui et
il suit mes conseils. Quand j'apprends qu'il est
bien avec une actrice très en vue, je ferme les yeux,
mais je ne tolérerais pas qu'il s'amusât à aimer
une grisette. A Paris, quand on dépense de l'argent, il faut s'en faire honneur ; c'est mon principe.

— Et je ne doute pas que M. Ernest ne s'y con-
forme, dit Marcel parfaitement édifié sur la morale
paternelle que prêchait M. de Gondo.

— Du reste, reprit cet excellent vieillard, j'ai
fait la part du feu. Je donne à Ernest trois mille
francs par mois d'argent de poche, je le loge, je le
nourris et je paye son écurie. De plus, je ne l'empêche pas de faire pour son compte quelques opérations chez mes agents de change et il n'en fait
que de bonnes, le gaillard. Mais je l'ai prévenu
que je ne payerais jamais un sou de dettes pour lui.
C'est encore mon principe. Je le laisserais plutôt
exécuter à la Bourse ou *afficher* au cercle.

— Je vois, baron, que vous êtes un homme tout
d'une pièce, et que chez vous mon protégé sera à
bonne école.

Après avoir lâché cette phrase ironique, M. Caradoc de Colorado se disposait à planter là ce
financier à principes. Un domestique du cercle vint
lui en fournir l'occasion en s'approchant pour lui

annoncer que M. Savinien Brévan lui faisait demander une entrevue immédiate et l'attendait au parloir du cercle.

— C'est précisément le jeune homme que je viens de vous recommander, et je vous quitte pour le recevoir, dit Marcel charmé et surpris aussi de cette visite, qu'il n'attendait guère.

— Parfait! s'écria le baron, vous allez pouvoir me le présenter tout de suite. Voulez-vous que je vous accompagne au parloir?

— Non, non. C'est inutile. J'ai à causer avec lui de la personne qui me l'a recommandé en Californie, mais je vous l'amènerai demain sans faute.

Et, sans laisser à M. de Gondo le temps d'insister, Marcel sortit précipitamment du salon.

A la pensée de revoir le fils de l'ami resté fidèle à son père, il se sentait profondément ému, presque troublé, et son cœur battait comme il n'avait pas battu depuis des années.

Il allait enfin pouvoir se dévouer à une œuvre de protection et de tendresse, lui qui au milieu des luttes de sa vie d'aventures avait presque désappris à aimer.

Il se demandait bien un peu comment l'idée de le chercher au cercle était venue à Savinien, mais il ne s'attarda point à des conjectures oiseuses, et il ouvrit vivement la porte du cabinet où les membres du club recevaient les visiteurs.

Il vit debout, au fond du parloir, un grand garçon brun, et il courut à lui les bras ouverts.

Mais le jeune homme, au lieu de serrer les deux mains qu'il lui tendait, se redressa et lui dit froidement :

— C'est, je suppose, à M. Caradoc de Colorado que j'ai l'honneur de parler.

— Oui, mon cher enfant, s'écria chaleureusement Marcel, et je suis bien heureux de voir le fils de...

— Vous vous méprenez sans doute, monsieur, reprit le visiteur d'un ton sec. Je me nomme Brévan, et je viens...

— Eh ! oui, Savinien Brévan, fils de Michel Brévan, que mon meilleur ami a beaucoup connu autrefois.

— Je viens vous parler d'un fait qui s'est passé hier.

— Que voulez-vous dire?

— Vous vous êtes permis, monsieur, d'aborder dans la rue et d'accompagner jusqu'à son domicile une jeune fille que j'aime et qui sera bientôt ma femme.

— C'est vrai.

— Eh ! bien, monsieur, je suis résolu à faire respecter cette jeune fille et je viens vous demander raison de votre conduite.

Marcel ne s'étonnait pas facilement, mais il ne pouvait certes pas s'attendre à être provoqué par Savinien Brévan. Il eut un mouvement de surprise qui n'échappa point au fiancé de Cécile, et il ne trouva rien à lui répondre.

— Je vois que vous ne comptiez pas sur ma visite. Vous êtes étranger, fort riche à ce qu'il m'a paru en me présentant à votre hôtel.

— Ah ! vous êtes allé...

— Chez vous, place de l'Europe, oui, monsieur. Votre adresse était sur votre carte, que vous avez eu l'audace de remettre à cette jeune fille. Vos laquais m'ont dit que vous étiez sorti ; j'ai insisté, j'ai fini par apprendre d'eux que vous étiez ici, et je viens, comme j'ai eu déjà l'honneur de vous le dire, réclamer de vous satisfaction.

Pendant que Savinien parlait ainsi avec une animation croissante, Marcel le regardait sans mot dire et se sentait fier de son protégé.

Le visage brun du jeune Brévan respirait l'énergie, ses grands yeux noirs étincelaient d'indignation juvénile et de généreuse colère ; il se redressait devant une injure imaginaire comme un chevalier d'autrefois lançant un défi pour l'honneur. Et dans son attitude, pas plus que dans ses paroles, ne perçait la moindre forfanterie. Elle exprimait une résolution froide, et on devinait que le cœur placé dans cette poitrine qui venait s'offrir à l'épée d'un adversaire ne battait que pour un digne dessein.

— Il est bien tel que je le rêvais, pensait M. de Colorado.

— Vous avez cru sans doute, reprit Savinien, que votre fortune vous donnait le droit de vous en prendre à une enfant pauvre et sans défense, qu'une ouvrière devait s'estimer trop heureuse d'accepter votre protection, et que vous n'étiez pas

7.

tenu d'agir avec elle comme vous le feriez avec
une femme de votre monde. Eh! bien, monsieur,
vous vous êtes trompé et je vous le prouverai, car
je ne suppose pas que vous vous retranchiez derrière des raisons ou des excuses banales.

Oh! je sais ce que vous allez me dire : qu'on
n'engage pas ainsi une affaire, que j'aurais dû
vous envoyer deux amis pour vous demander de
désigner de votre côté deux témoins. Je me suis
affranchi de ces formalités parce que, moi aussi
je suis pauvre, parce que mon temps est pris par
l'emploi qui me fait vivre et que je n'en puis pas
disposer à ma fantaisie. Je trouverai celui de me
battre, cela doit vous suffire, car, si vous êtes
homme d'honneur, vous comprendrez que je ne
puis pas attendre. C'est à moi que vous avez
manqué en vous attaquant à cette jeune fille, et.,.

— Vous a-t-elle dit comment j'ai été amené à
l'aborder? demanda doucement Marcel.

— Elle ne m'a rien dit, monsieur, car je ne l'ai
pas vue, mais elle m'a écrit une lettre que voici et
que je vous permets de lire, répondit Savinien en
tendant au millionnaire un papier tout froissé.

« Mon cher Savinien, lut Marcel en s'efforçant
de cacher les impressions très-vives et très-di-
verses qu'il éprouvait depuis le commencement
de cette singulière entrevue, mon cher Savinien,
je ne veux pas attendre jusqu'à dimanche pour
vous apprendre ce qui m'est arrivé hier. J'étais
allée au cimetière comme à l'ordinaire et j'avais

une commande à prendre à Vincennes; sur le
boulevard de Charonne, j'ai été insultée par un
homme ivre qui voulait m'entraîner de force dans
un cabaret. J'ai eu bien peur. Un monsieur qui
passait est venu à mon secours et m'a débarrassée
de ce vilain homme. Je l'ai remercié et je voulais
le quitter, mais il m'a priée de lui permettre de me
reconduire et je n'ai pas su refuser. Je lui ai parlé
de vous et il m'a assuré qu'il désirait beaucoup
vous connaître et qu'il serait très-content de vous
être utile. Je lui ai dit que vous viendriez chez moi
dimanche, à midi, et il veut absolument y venir
aussi pour s'y rencontrer avec vous.

« Peut-être ai-je mal fait de lui dire tout cela,
et peut-être ferais-je mal de le recevoir. C'est
vous, mon ami, qui en déciderez.

« En me quittant, il m'a laissé une carte de visite. Je vous l'envoie pour que vous lui écriviez
de ne pas venir, si vous ne voulez pas le voir. Je
lui aurais bien écrit moi-même, mais j'ai pensé que
ce ne serait pas convenable.

« Voilà, mon cher Savinien, tout ce que j'avais
à vous dire, ce n'est pas bien intéressant, mais
vous savez que je ne vous cache jamais rien de ce
qui m'arrive et cette histoire m'a tourmentée toute
la nuit.

« A dimanche, dans tous les cas; mais je vous
préviens, monsieur, que nous ne pourrons pas
sortir. J'ai reçu d'une maison du faubourg Saint-
Denis une grosse commande pour des roses mousseuses, et c'est très-pressé. Vous m'aiderez et vous

ne serez pas triste comme l'autre dimanche. D'a-
bord, quand je vous vois cette mine-là, ça m'empêche de travailler toute la semaine et ça nous
retarde.

« Et puis, si nous nous promenons trop, je suis
sûre qu'il nous faudra encore un an pour amasser
l'argent du trousseau. Moi qui aurais voulu me
marier au mois de mai, à cause des lilas que j'aime
tant !

« A dimanche, à dimanche ! Voilà encore qu'elle
vient de perdre une demi-heure à vous écrire,
votre

« CÉCILE. »

En rendant la lettre à Savinien, Marcel avait les
yeux humides.

— Elle ne me reproche rien, elle, dit-il d'une
voix émue.

— Non, elle ne vous accuse pas, car elle s'est
méprise sur vos intentions. Elle est trop pure pour
soupçonner le mal. Mais vous n'espérez pas me
persuader à moi qu'en vous faisant ainsi le chevalier d'une ouvrière qui passait, vous n'aviez d'autre
but que de lui rendre un service désintéressé.

J'ajoute qu'en lui offrant si libéralement de me
protéger sans me connaître, vous m'avez fait une
injure personnelle qui suffirait à justifier une demande de réparation par les armes.

Marcel se taisait. Il ne pouvait s'empêcher de
penser que Dominique avait raison quand il l'en-
gageait à ne pas accabler trop brusquement de ses

bienfaits le jeune Brévan et il se demandait comment il allait s'y prendre pour le décider à les accepter.

— Voyons, monsieur, reprit Savinien, répondez. Vous ne sauriez nier que, dans notre situation réciproque, vos offres étaient insultantes pour moi. Que penseriez-vous d'un homme qui accepterait le patronage d'un étranger rencontré dans la rue par sa fiancée, car mademoiselle Cécile est ma fiancée, vous en avez maintenant la preuve ?

— Et si cet étranger avait pour agir ainsi des motifs honorables, des motifs que vous ne pouvez deviner ?

— J'attends que vous me les expliquiez, et je me réserve de les juger.

— Si cet étranger n'était pas tout à fait un inconnu pour vous ?

— Cessez cette plaisanterie, monsieur. Elle est indigne de vous et de moi. Vous savez bien qu'il n'y a, et qu'il ne peut y avoir rien de commun entre nous. Vous êtes récemment arrivé d'Amérique, où vous avez acquis, dit-on, une immense fortune. Je n'ai jamais quitté la France; j'ai toujours été pauvre, et je ne profiterai pas pour cesser de l'être d'une proposition odieuse.

— Avez-vous oublié le nom de Robinier ? demanda tout à coup Marcel.

— Robinier ! voulez-vous parler de M. Paul Robinier, qui était établi rue des Gravilliers ?

— Oui.

— C'était le meilleur ami de mon père, mais il est mort avant lui.

— Et n'avez-vous jamais entendu parler de son fils?

— De Marcel Robinier? Si, monsieur. Je ne l'ai pas vu depuis ma première enfance, et je ne le reconnaîtrais pas, mais je sais qu'il partit pour la Californie il y a une quinzaine d'années, et qu'il n'est jamais revenu à Paris. Mon père, qui alors avait encore de la fortune, m'avais mis en pension en Angleterre dès l'âge de six ans, et j'en avais dix tout au plus quand ce jeune homme s'embarqua. Mais, pourquoi ces questions, je vous prie?

— Paul Robinier, qui est mort, était le meilleur ami de votre père. Je suis le meilleur ami de son fils, Marcel, qui est vivant, qui sait ce que Michel Brévan avait fait pour Paul Robinier, et qui m'a fait jurer, quand j'ai quitté San-Francisco, d'acquitter une dette de reconnaissance, une dette sacrée.

— Dites-vous vrai, monsieur? demanda le jeune homme en cherchant à se défendre contre l'émotion qui le gagnait.

— Voilà encore que vous doutez de moi, dit doucement M. de Colorado. Je suis bien malheureux de ne pas vous inspirer plus de confiance.

— Comment en aurais-je en vous après ce qui s'est passé hier? Vous m'affirmez que vous êtes l'ami de Marcel Robinier, et c'est ainsi que vous prétendez expliquer votre désir de m'être utile.

Permettez-moi de vous faire observer, monsieur, que cela ne suffit pas pour justifier votre conduite; lorsque vous vous êtes attaché à cette jeune fille, vous ignoriez assurément qu'elle dût devenir la femme de Michel Brévan, et ce ne peut pas être par intérêt pour moi que vous lui avez arraché la promesse de vous recevoir.

— C'est vrai, dit Marcel avec un accent de franchise qui alla droit au cœur de Savinien; quand j'ai pris la défense de mademoiselle Cécile contre un misérable qui allait la violenter, je ne pensais pas à Savinien Brévan. Mais la Providence a voulu me faire arriver jusqu'à vous, que je cherchais inutilement depuis mon arrivée à Paris, et elle m'a inspiré la pensée de venir à son secours.

— C'est un hasard bien étrange, avouez-le, murmura le jeune homme à demi convaincu, mais encore hésitant.

— Vous faut-il une preuve de la mission que Marcel Robinier m'a confiée? A votre tour, lisez, lui dit le Californien en tirant de son portefeuille une lettre qu'il lui tendit.

— L'écriture de mon père, s'écria Savinien.

— C'est la lettre que Michel Brévan écrivit à Marcel pour lui annoncer que son père était mort et qu'après l'avoir secouru jusqu'à son dernier jour, il venait d'employer ses dernières ressources à lui acheter une tombe.

— Je ne doute plus, monsieur, balbutia le fiancé de Cécile; je ne doute plus et je vous demande pardon d'avoir douté.

— Vous n'avez donc pas vu que je suis entré ici en vous tendant les bras? dit M. de Colorado en les ouvrant encore à Savinien qui s'y précipita.

Et maintenant, ajouta-t-il, promettez-moi que vous me permettrez d'être votre ami, votre appui dans la vie, et parlez-moi du père de Marcel.

Savinien pleurait. La raideur dont il s'était armé n'avait pas tenu contre les élans de franchise et de tendresse de Marcel.

Il y a des voix dont l'accent touche mieux que les protestations les plus chaudes, et le Californien avait su trouver le chemin du cœur de son jeune ami.

Il le fit asseoir sur un divan, il lui prit les mains, et là, seuls dans ce parloir où s'échangeaient d'habitude des confidences moins sérieuses, ils se mirent à parler du passé.

— A l'époque où M. Robinier mourut, dit Savinien, je terminais mes études en Angleterre, mais mon père m'a raconté ses malheurs immérités. C'était le meilleur, le plus loyal, le plus généreux des hommes, trop généreux même et trop confiant, puisque des misérables abusèrent de sa bonté pour...

— Oui, je connais sa triste histoire, interrompit Marcel; son fils me l'a apprise... ce qu'il en savait du moins, car il était assez mal renseigné sur les derniers temps de sa vie. La lettre que voici lui annonçait sa mort, mais elle n'entrait dans aucun détail, et vous pouvez peut-être...

— Le récit que vous me demandez se rattache à

des souvenirs bien pénibles pour moi. Mon père, lui aussi, est mort malheureux. Il avait associé sa misère à celle de M. Robinier...

— Dites qu'il l'a soutenu, consolé, qu'il s'est privé pour lui, j'en suis sûr.

— C'est la vérité, monsieur. Avant que mon père le recueillît, M. Robinier avait lutté contre la mauvaise fortune avec un courage inoui. Il avait été jusqu'à travailler comme simple ouvrier dans un atelier.

— Oui, votre père l'a écrit à Marcel, mais il ne lui a pas dit où était cet atelier.

— Ce devait être, autant que je puis me le rappeler, celui d'un fabricant de nécessaires de la rue Chapon. Robinier y était entré après avoir été renvoyé de chez M. Dortis, un riche commerçant qui l'employait dans ses bureaux.

— Et qui le chassa impitoyablement au bout de six mois...

— A l'instigation d'un méchant contre-maître.

Le pauvre vieillard n'avait plus la force de gagner sa vie avec ses mains. Il dut quitter bientôt l'atelier de son nouveau patron, dans l'esprit duquel ce même contre-maître lui avait encore nui, car il le poursuivait de sa haine, sans que personne ait jamais su pourquoi.

— Le nom de cet homme... l'avez-vous oublié?

— Oui, mais il me semble bien avoir entendu lire qu'après la mort de M. Dortis il était resté dans la maison de sa veuve.

— Je m'informerai.

— Ce fut seulement quand M. Robinier se trouva sans ressource aucune et tout à fait hors d'état de se suffire qu'il accepta les offres de mon père et qu'il vint loger chez lui. Ils s'étaient connus tout jeunes, au temps où ils n'étaient encore qu'apprentis, car mon père, lui aussi, avait commencé par être ouvrier. Comme son camarade d'enfance, il avait fait sa fortune plus tard, comme lui aussi il l'avait perdue ; et cette parité d'origine et de malheurs les avait liés d'une étroite amitié.

— Ainsi, ils vécurent ensemble jusqu'au jour où Robinier succomba...

— Au chagrin plutôt qu'à une maladie bien caractérisé. Mon père m'a conté cent fois qu'il passait des journées entières assis devant leur fenêtre ouverte, dans leur pauvre logement de la rue Aubry-le-Boucher, à regarder les nuages qui venaient de l'ouest, du côté de l'Amérique, et à contempler une plante exotique, une fleur qu'il avait achetée et qu'il soignait parce qu'on lui avait dit qu'elle provenait d'une graine rapportée de Californie.

— Il pensait à son fils, n'est-ce pas ?

— Il ne pensait qu'à lui. Souvent, le soir, quand le jour baissait, il disait : « C'est l'heure où le soleil se lève, là-bas, dans la Névada, l'heure où Marcel part pour chercher de l'or. Je le vois, la carabine au dos, la pioche du mineur à la main. Il est fort, il est brave ; il reviendra riche. Dieu qui me frappe me récompensera dans mon fils. »

D'autres fois, quand le temps était sombre,
quand une tempête soufflait sur Paris, il murmu-
ait : « Le désert est vaste... la mer est immense...
l'est seul, mon Marcel, seul contre les hommes,
ontre les bêtes féroces, contre les colères de l'O-
éan. Qui donc le préservera de la flèche qui vole
, la clarté du jour, du tigre qui rôde dans l'om-
re de la nuit? »

— Ne disait-il pas aussi : Mon Dieu, si je pouvais
e revoir ! demanda Marcel en étouffant un sanglot.

— Non, mais il espérait en secret. Quand il pou-
ait encore marcher, il se traînait chaque jour
hez un ami de mon père qui recevait les jour-
aux de New-York et du Havre, et il lisait les noms
le tous les passagers embarqués sur les paque-
ots. Puis vint le jour où la faiblesse le cloua dans
n fauteuil. Mon père lui apportait ces journaux
t il le remerciait d'un serrement de main sans
rononcer une parole. Il était bien aisé de deviner
ue le malheureux vieillard se mourait de l'ab-
ence de son fils.

— Et ce fils... il ne lui reprochait pas son si-
ence? il ne l'a pas maudit ?

— Il est mort en le bénissant et en murmurant
on nom.

— Et Michel Brévan ne s'est-il pas demandé
ourquoi Marcel Robinier ne venait pas au secours
le son père; pourquoi du moins il n'écrivait pas?

— Mon père savait que Marcel menait en Amé-
ique une existence précaire et périlleuse. Mon
ère ne l'a jamais accusé.

— Marcel était alors perdu dans les solitudes du nouveau Mexique; Marcel disputait chaque jour sa vie aux Indiens et aux aventuriers chercheurs d'or. Il errait à trois cents lieues des villes et ne subsistait que du produit de sa chasse. Rien ne lui avait réussi, et, quand, à son retour à San-Francisco, il reçut cette fatale lettre, Marcel était encore aussi pauvre que le jour où il avait mis le pied en Californie, avec neuf piastres dans sa poche. Six mois après, la découverte d'un filon caché dans un coin inexploré de la Sierra-Nevada le faisait riche... trop tard.

Comprenez-vous maintenant, Savinien, pourquoi Marcel, retenu là-bas par l'exploitation de sa mine, m'a supplié, moi, son meilleur ami, de rechercher ceux qui ont adouci les derniers moments de son père? Comprenez-vous pourquoi je vous aime?

Le jeune homme serra cordialement la main que le millionnnaire lui tendait. Il était aussi ému que lui.

— Michel Brévan n'a pas quitté son ami, n'est-ce pas? demanda Marcel après un silence. Il était à son lit de mort?

— Il a reçu son dernier soupir et il a accompagné son cercueil jusqu'au cimetière. Malheureusement, au moment où M. Robinier mourut, mon père venait de perdre une place qui était sa seule ressource. Il eut bien de la peine à suffire aux frais des funérailles et à payer le prix exigé pour une concession temporaire.

— Oui, je le sais, et hier, quand un hasard que

je bénis me fit rencontrer mademoiselle Cécile, je venais chercher cette tombe que le père de Marcel devait au vôtre. Elle n'y était plus.

— Hélas ! monsieur, j'aurais voulu racheter le terrain ; mais l'argent m'a manqué et je n'ai pu accomplir ce vœu suprême de mon père, pas plus que je n'ai pu, au prix des plus dures privations, lui assurer à lui-même une sépulture où il reposât en paix.

— Je n'ai jamais douté de votre cœur, dit vivement Marcel. Mais laissons ces tristes souvenirs et parlons de vous, mon ami, de votre situation, de vos projets, de vos espérances.

— Ce sujet-là n'est pas beaucoup plus gai. Je vous ai dit que mon père avait perdu sa place. Les minces économies qu'il possédait furent promptement épuisées. Peu de temps après la mort de M. Robinier, il avait été obligé de me faire revenir d'Angleterre faute de pouvoir payer ma pension à Londres. Je ne trouvai point d'emploi d'abord, et d'ailleurs je ne pouvais pas quitter mon père dont la santé déclinait de jour en jour. Que vous dirai-je, monsieur, que vous n'ayez déjà deviné ? A la gêne succéda le dénuement.

— Je devine le reste. Michel Brévan mourut dans la misère après s'être sacrifié pour son ami. Mais vous, Savinien, vous qui étiez jeune, courageux, instruit, vous avez dû vous créer vite une existence meilleure.

— J'avais fait d'excellentes études ; je savais

l'anglais, l'allemand, l'italien, et je m'aperçus
bientôt que cette instruction si chèrement acquise
ne me serait pas d'un grand secours dans une ville
où on se dispute la place au soleil et où je n'avais
aucune relation. Toutes les portes se fermèrent
devant moi, et je fus au moment de m'engager
comme émigrant pour la Nouvelle-Calédonie. Mais
le récit de mes traverses serait trop long. J'aime
mieux vous dire tout de suite qu'après bien des
démarches et des déceptions, j'ai fini par tenir les
écritures chez un négociant de la place des Victoires. J'ai quinze cents francs par an et je puis
me suffire.

— Quinze cents francs! répéta douloureusement
Marcel, qui venait d'en gagner deux mille en
moins d'une heure, en jouant au whist à cinq louis
la fiche.

— Je puis même épargner un peu sur ce bud-
get, reprit Savinien, et si, comme je l'espère, mon
patron augmente mes appointements au 1er jan-
vier, je pourrai me marier l'année prochaine.

Le millionnaire resta quelques instants silen-
cieux. Il regardait avec une admiration attendrie
ce courageux enfant qui parlait de se faire un
bonheur à deux en partageant son pain si durement gagné, et il se disait que l'héroïsme obscur
du petit employé pur, confiant et fier, en dépit de
la pauvreté, valait bien l'énergie de l'aventurier
qui joue sa vie contre la richesse, sur le sol libre
du Nouveau Monde.

— Mon cher Savinien, dit-il enfin, je me suis

déjà occupé de vous. Demain, vous entrerez comme
sous-caissier dans la maison de banque de M. le
baron de Gondo, qui vous donnera, pour commencer, un traitement de quatre mille francs.

— Moi! s'écria le jeune Brévan. Mais, monsieur,
c'est impossible.

— Impossible ! et pourquoi ?

— Parce que je ne puis accepter une place,
quand je n'ai rien fait pour la mériter.

— M. de Gondo est convaincu que vous la rem-
plirez à merveille.

— Il ne me connaît pas !

— Il me connaît, moi, et à l'œuvre il vous con-
naîtra bientôt.

— Mais, pour être caissier, il faut un cautionnement.

— Je me charge de le fournir.

— Vous, monsieur? vous qui me voyez ce soir
pour la première fois ! Que penseriez-vous de moi
si je consentais...

— Je penserais ce que je pense maintenant, à
savoir que le fils de Michel Brévan n'a pas le droit
de refuser un service de l'ami de Marcel Robinier,
pas plus que M. Savinien n'a le droit de retarder
le bonheur de mademoiselle Cécile, qui veut se
marier dans la saison des lilas.

— Cécile !

— Non, mon ami, vous ne lui ferez pas ce chagrin. Elle ne me pardonnerait jamais de ne pas
avoir su vous décider à accepter, et je serais très-

mal reçu dimanche quand j'irai vous faire ma
visite à tous deux.

Le jeune homme regardait avec des yeux où se
peignait l'agitation de son âme ce protecteur qui
lui tombait du ciel et il semblait hésiter encore.

— Voulez-vous que nous nous en rapportions à
elle? demanda le Californien. J'y consens; seulement nous serons obligés d'attendre quelques
jours, et je vous préviens que ce retard contrariera
beaucoup M. de Gondo, qui a besoin de vos services et qui compte vous installer dès demain dans
vos nouvelles fonctions.

Ce fut dit avec une cordialité enjouée qui triom-
pha des derniers scrupules de Savinien.

— J'accepte, monsieur, dit-il d'une voix émue;
j'accepte, quoique je mérite bien peu l'intérêt que
vous me portez. Je crois que, si mon pauvre père
vivait encore, il m'approuverait de ne pas refuser
les bienfaits d'un ami de Marcel Robinier, mais
je ne sais comment vous exprimer ma reconnaissance, et...

— Bon! interrompit en riant le Californien, ce
n'est pas moi qu'il faut remercier, c'est Marcel...
quand il reviendra.

— Je voudrais que ce fût bientôt.

— Hé! qui sait? il commence peut-être maintenant à penser à se fixer en France. En attendant
qu'il y rentre, voulez-vous que nous causions de
votre mariage?

— Mon mariage! répéta le jeune homme en
rougissant. Ah! je n'ose pas encore y croire et, si

je vous dois mon bonheur, combien je regretterai d'avoir douté de vos intentions et de vous avoir exprimé ce doute avec une vivacité...

— Qui a ajouté l'estime à la sympathie que vous m'inspiriez avant de vous connaître. Si j'avais été à votre place, mon cher Savinjen, j'aurais agi comme vous l'avez fait. Mais, à présent que nous sommes amis, j'espère que vous ne me chercherez plus querelle.

— Oh! monsieur!

— Et que vous me permettrez de vous dire tout le bien que je pense de votre fiancée. Si vous saviez comme je suis heureux de m'être trouvé là pour la défendre? Songez donc! moi qui ai été élevé en France et qui n'avais pas revu Paris depuis de longues années, ce Paris dont on dit tant de mal, rencontrer l'occasion de rendre service à une jeune fille charmante, et découvrir du même coup que cette jeune fille aime le fils de Michel Brévan, que je cherche depuis mon arrivée... en vérité, c'est trop de bonheur, et Marcel, à qui je vais écrire dès demain, aura peine à me croire. Je lui annoncerai donc qu'au printemps prochain vous allez épouser mademoiselle Cécile... elle ne m'a dit que son petit nom.

— Cécile Forgeot, dit vivement Savinien. Sa mère, qui est morte il y a deux ans, nous avait fiancés.

— Mademoiselle Cécile avait, je crois, déjà perdu son père?

— Oui, monsieur, depuis longtemps.

I   8

— Et le vôtre connaissait sans doute madame Forgeot?

— Non... je ne l'avais plus lorsque j'ai vu pour la première fois Cécile et sa mère... elles habitaient la même maison que moi... j'étais aussi pauvre qu'elles... je pus cependant leur être utile...

— Oui, elle m'a dit avec quel dévouement vous aviez soigné pendant sa dernière maladie celle que chaque jour elle va pleurer... là-bas... dans ce grand cimetière où je l'ai rencontrée. Elle m'a conté ses peines et ses espérances, sa vie pure et laborieuse; elle m'a parlé de ses fleurs, de vos promenades à la campagne. Si vous aviez entendu sa voix si douce prononcer votre nom! Il ne m'en a pas fallu davantage pour être sûr qu'elle vous aime de toute son âme, et il me tardait d'être à dimanche pour...

— Pardonnez-moi de vous relancer jusqu'ici, cher monsieur, dit M. de Gondo en montrant son nez d'oiseau de proie à la porte du parloir. Mais notre whist va mourir, faute d'un quatrième, et vous me devez une revanche.

— Je suis à vous, baron, dit Marcel assez contrarié de cette interruption. Permettez-moi d'abord de vous présenter mon ami, M. Savinien Brévan, que je vous recommandais tout à l'heure.

— Ah! c'est monsieur que vous deviez m'amener demain, dit le baron. Parbleu! voilà qui tombe à merveille et la présentation est faite.

Quel âge avez-vous, jeune homme?

— Vingt-cinq ans, monsieur.

— Vous êtes employé chez un négociant?

— Chez M. Marbos, place des Victoires.

— Bonne maison, jeune homme, très-bonne maison... dont le genre d'affaires n'a rien de commun avec les miennes. Mais vous vous ferez à la Banque. Vous connaissez la tenue des livres, la comptabilité?

— J'ai passé plusieurs années dans la meilleure école commerciale de Londres.

— Alors, vous parlez l'anglais?

— Comme le français, et, très-couramment, deux autres langues.

— C'est parfait, et vous me convenez à merveille. M. de Colorado vous a dit mes conditions. Je n'ai rien à lui refuser, et du moment où il s'intéresse à vous, jeune homme, vous pouvez vous considérer dès à présent comme appartenant à ma maison. Venez demain matin, à neuf heures. Mon caissier aura reçu mes ordres et vous mettra à la besogne séance tenante.

Venez-vous, cher monsieur? ajouta le baron en passant familièrement son bras sous celui du millionnaire.

Savinien aurait bien voulu demander au moins un jour de répit pour expliquer à son patron ce départ précipité; mais un coup d'œil de son nouvel ami lui fit comprendre que toute objection serait inopportune, et il se contenta de saluer M. de Gondo en disant :

— Je serai exact, monsieur.

Marcel lui serra affectueusement la main et se penchant à son oreille :

— A dimanche, murmura-t-il.

— Savez-vous qu'il est très-bien, votre protégé, s'écria M. de Gondo dès que Savinien eut pris congé. Du reste, ça ne m'étonne pas, puisque vous le recommandez. Il a, ma foi! l'air d'un jeune seigneur, et je connais au Jokey-Club bien des gens qui n'ont pas si bonne façon.

M. de Gondo détestait le Jokey-Club dont ses millions n'avaient pu lui ouvrir la porte. Il y avait été *black-boulé* deux fois et il ne perdait pas une occasion d'en médire.

— Son père était intimement lié avec le père de mon meilleur ami, dit M. de Colorado en traversant au bras du banquier la galerie qui menait du parloir aux salons du cercle.

— Mais c'est qu'il ferait à merveille dans un bal, reprit M. de Gondo. Justement, la baronne cherche partout des danseurs. Je parierais qu'elle va raffoler de votre jeune homme.

Marcel s'abstint de soutenir la gageure. Il pensait bien que Savinien ne se soucierait guère de figurer aux quadrilles organisés par madame de Gondo, mais il ne jugeait point à propos d'enlever au baron cette illusion.

— Vous savez, cher monsieur, dit gracieusement celui-ci, que ma femme et ma fille ne vous tiendront pas quitte de la visite dont votre protégé devait être l'occasion.

— J'aurai l'honneur de me présenter demain

chez madame la baronne, répondit Marcel, résigné à subir les conséquences de sa démarche en faveur de Savinien.

Deux fervents amateurs du whist attendaient avec impatience le financier et le Californien, qui étaient du petit nombre des joueurs disposés à perdre un millier de louis dans une seule soirée, et la partie s'engagea sans délai.

La table était placée dans le grand salon rouge, non loin de la cheminée où les oisifs commençaient à se rassembler, car il se faisait tard et les théâtres venaient de finir.

Il y avait eu justement une *première* ce soir-là et les plus blasés, ceux qui ne restent jamais jusqu'à la fin, apportaient déjà des nouvelles de la pièce, laquelle était, selon l'usage, proclamée idiote à l'unanimité.

On s'occupait, du reste, infiniment moins de l'auteur qui l'avait faite que des actrices qui l'avaient jouée, et ce n'était pas non plus pour en dire du bien.

Les indiscrétions et les méchancetés s'arrêtaient un instant, lorsqu'un membre retardataire faisait son entrée, et reprenaient de plus belle dès qu'on avait reconnu que le nouveau venu n'était pas intéressé dans la question.

Marcel n'écoutait guère les sots propos qui bourdonnaient à ses oreilles. Son esprit était ailleurs et il n'apportait à son jeu qu'une assez médiocre attention.

Il était, il est vrai, de première force et le baron,

8.

qui se trouvait être son *partner*, n'avait pas encore
eu une seule faute à lui reprocher.

— Voilà Belamer, dit un des causeurs de la cheminée, il va trancher la question. Voyons! toi qui
connais ce théâtre-là comme ta poche, est-ce vrai
ou non, que Valentine, tu sais, la petite qui fait
l'*artichaut*, dans la revue, au tableau des légumes,
est-ce vrai qu'elle est avec un Américain du Sud
qui a gagné sa fortune à vendre du lard salé pendant la guerre de sécession?

— Absolument, répondit le personnage interpellé. A preuve que ses bonnes petites camarades
ne l'appellent plus que *Galantine*.

—Délicate allusion au commerce de son *Yankee!*

Marcel se souvenait d'avoir entendu tout à l'heure
parler de ce Belamer à propos d'une aventure
scandaleuse où le nom d'un officier qu'il avait
connu en Amérique se trouvait mêlé.

Il se retourna et vit un grand gaillard, taillé en
force et barbu jusqu'aux yeux, qui cherchait à se
donner un air fatal et ne réussissait qu'à ressembler à un coiffeur languedocien.

— Et moi, cria un jeune homme à face blême
et imberbe, je soutiens que Valentine est engagée
en Russie. D'abord, je récuse l'opinion de Belamer. *Il n'est plus dans le mouvement*, depuis qu'il
s'est jeté dans les femmes du monde.

— Moi! allons donc! elles m'assomment.

— Oh! fais donc le discret. Tu vas peut-être
essayer de nous faire croire...

— Absolument, interrompit M. Belamer qui affectionnait cet adverbe.

— Quoi, absolument? Tu ne sais pas ce que j'allais dire.

— Je n'ai pas besoin de le savoir. Je déclare qu'elles m'assomment et j'ai mes raisons pour ça. Tiens! as-tu vu la *Petite Marquise*, aux Variétés?

— Parbleu!

— Eh! bien, je suis dans la situation de Dupuis, au deuxième acte, quand la *Petite Marquise* tombe chez lui à la campagne et lui annonce qu'elle ne le quittera plus. Ça m'apprendra à ne plus faire la cour aux femmes dont les maris sont à trois mille lieues de Paris.

Marcel, qui écoutait, fit à la fois un haut-le-corps et une grosse faute au jeu.

— Comment, cher monsieur, vous coupez mon *neuf* qui était roi! s'écria le baron stupéfait.

— Excusez-moi, baron. J'ai eu là une distraction impardonnable.

— Je vous la pardonne, mon cher client, s'écria M. de Gondo qui ne se fâchait jamais contre les gens aussi riches que lui. J'aurais, d'ailleurs, mauvaise grâce à vous la reprocher, car vous n'êtes pas coutumier du fait.

— Non, certes, dit un des adversaires, M. de Coorado joue d'une façon tout à fait supérieure.

— Belamer est insupportable avec ses conquêtes, grommela le quatrième joueur, un vieux viveur, très-redouté dans le cercle comme mauvaise lan-

guc et comme friand de la lame. Il n'y a en vérité
pas de quoi faire le beau ténébreux pour avoir
séduit la femme d'un pauvre benêt de marin qui
court le monde au lieu de garder sa moitié. Entre
nous, il faut qu'il soit bien laid ou qu'elle ait bien
mauvais goût, car ce Belamer...

— C'est à vous de jouer, monsieur, interrompit
le Californien.

La partie redevint silencieuse, mais la conversation de la cheminée reprit de plus belle.

— Ah! *elle est bien bonne*, celle-là, dit le *cocodès*
blême. Tu voudrais nous faire croire qu'elle se
propose de t'enlever, ta femme du monde.

— Absolument, mon cher, répondit en se rengorgeant M. Belamer.

— Et tu te laisseras enlever?

— Pourquoi pas?

— Parce que tu ne tiens pas à te brouiller avec
Félicie, juste au moment où elle a un succès *à tout
casser* dans la nouvelle féerie de la Gaîté.

— Je ne me brouillerai pas avec Félicie.

— Vraiment! avec ça qu'elle est commode, ta
princesse! Et la scène de l'autre jour au Café Anglais? Je sais bien qu'une histoire comme celle-là,
ça vous *pose*... le *Monsieur de l'orchestre* en a parlé
dans le *Figaro*... mais, c'est égal, je ne te conseille
pas de recommencer; il y a un mari qui ne badine
pas, à ce qu'il paraît.

— Pardon! tu n'en sais rien. Je te ferai remarquer que je n'ai nommé personne.

— Bon ! c'est le secret de Polichinelle. A quand l'enlèvement ?

— C'est pour cette nuit, mon bon.

— Et la chaise de poste viendra te prendre au cercle sur le coup de deux heures du matin ?

— Sur ce point, mon bon, tu me permettras d'être discret. Qu'il te suffise de savoir qu'à partir de ce soir, je vais disparaître pour un mois.

— Un mois ! ce n'est guère, surtout si, comme je n'en doute pas, tu as juré un amour éternel.

— Promettre et tenir sont deux, cher ami. Si on tenait tout ce qu'on promet aux femmes, on n'en aurait jamais qu'une.

— Parfait ! alors tu vas faire avec la dame un tour en Italie et la ramener ensuite dans sa respectable famille, qui se chargera sans doute, au retour du mari, de lui expliquer ce *déplacement*, comme on dit dans les journaux de *sport*.

— Absolument, cher ami.

— *Elle est raide !* et il faudra que ce mari soit de bonne composition pour...

— Trois levées et deux *d'honneur*. Nous perdons triple. C'est dix fiches, dit Marcel en élevant la voix de façon à être entendu des causeurs. J'en perdais déjà quinze. Voici deux mille cinq cents francs, ajouta-t-il en posant trois billets de banque sur la table de whist.

— Comment, cher monsieur, vous nous abandonnez, s'écria douloureusement son *partner*, M. de ondo, qui n'aimait pas à liquider en perte.

— Vous m'excuserez, baron ; je me sens un peu

fatigué et, d'ailleurs, j'aperçois M. de la Roche-Perrière qui arrive tout exprès pour me remplacer.

— Très-volontiers, messieurs, dit le *clubman* désigné.

M. Caradoc de Colorado lui céda sa chaise et vint se mêler au groupe de la cheminée.

— Ma parole! Belamer a raison, reprit le *cocodès*. Une femme du monde, *ça fait toujours bien dans le paysage.*

— Pardon, monsieur, demanda très-sérieusement Marcel, seriez-vous assez bon pour m'expliquer la locution dont vous venez de vous servir?

— Mais, monsieur, balbutia le joli monsieur assez interloqué, ça se dit.

— Où? Excusez-moi, j'arrive d'Amérique, et je ne connais pas bien la valeur de certaines expressions parisiennes.

— Celle-ci équivaut à : c'est fort agréable.

— Mille grâces, monsieur, dit avec une politesse froide M. de Colorado.

Puis il s'établit dans un fauteuil à deux pas du bel Oscar Belamer et se mit à lire un journal abandonné par le *cocodès* qui s'esquiva en grommelant :

— Il me semble qu'il me l'a *faite à l'oseille,* ce Californien.

L'aimable jeune homme était sur l'argot des petits théâtres et des petits journaux de la même force que *Pain-de-Blanc* sur l'argot du bagne.

Il parlait si bien cette langue imagée, qu'il avait

oublié le français... *absolument*, aurait dit M. Belamer.

Ce grand vainqueur était resté debout, le dos au
feu, le coude appuyé sur le manteau de la cheminée et la barbe au vent, une barbe noire comme du
jais et soigneusement peignée ; mais, malgré sa
pose triomphante, il était assez embarrassé de sa
contenance.

L'Américain le gênait.

On serait quelquefois tenté de croire qu'entre
deux hommes qui ne se connaissent pas il s'établit
un courant magnétique, et que ce courant les
éloigne ou les rapproche l'un de l'autre, suivant
les cas.

Ce soir-là, c'était le courant répulsif qui circulait.

Le beau ténébreux, troublé sans trop savoir pourquoi, méditait d'exécuter une retraite silencieuse,
lorsqu'il fut interpellé en ces termes par le jeune
Ernest de Gondo, qui traversait précipitamment le
salon rouge :

— Viens donc *ponter*, Oscar. Le gros Trigard a
mis cinquante mille en banque et il est en train de
sauter.

— Impossible, mon cher. Cette nuit, j'ai affaire,
dit d'un certain air M. Oscar.

— Affaire à une heure du matin ?

— Non, à une heure et demie. Quelqu'un doit
venir me demander en bas, et, dans ce cas-là, je ne
suis pas assez fat pour faire attendre.

— Allons! bien! encore une! Tu finiras par dis-
tancer don Juan et ses *mille et trois*.

— La grosse partie vous a-t-elle bien traité, monsieur, ajouta M. de Gondo fils en s'adressant à Marcel.

— Assez mal, répondit le Californien. J'ai fait perdre quelques louis à M. votre père, mais, pour calmer mes regrets, ce journal m'apporte une bonne nouvelle.

— Vos actions du Pacifique ont monté à la Bourse de New-York ? demanda Ernest avec empressement.

Il tenait beaucoup à plaire au richissime client de son père et, en fait de bonnes nouvelles, il ne pensait jamais qu'à celles qui avaient trait à la spéculation.

— Il ne s'agit pas tout à fait de cela. Je viens de voir que la *Terpsichore* a été rappelée en France, par un ordre du ministre de la marine, et qu'elle est attendue à Brest d'un jour à l'autre.

— La *Terpsichore!* répéta le jeune banquier, peu familiarisé avec l'annuaire naval.

— Oui, c'est une frégate que commande un officier de mes amis, M. Pouliguen. Je l'ai quitté, il n'y a pas un an, à San-Francisco, et je me fais une fête de le revoir à Paris.

— Oh ! je conçois cela, murmura Ernest en regardant à la dérobée le bel Oscar.

— J'irai dès demain au ministère pour savoir s'il est arrivé et pour demander son adresse, reprit Marcel en le regardant en face.

M. Belamer avait déjà dégagé la cheminée, qu'il obstruait avec tant de désinvolture.

— Décidément, Ernest, dit-il avec une certaine précipitation, je vais t'aider à achever Trigard. Il ne lui arrive pas souvent de perdre, et je tiens à profiter de l'occasion.

— Et ton rendez-vous?

— C'était avec Félicie. Elle doit être encore au théâtre. Je vais lui faire dire d'aller tout droit au *Grand-Seize*, et je l'y rejoindrai dans une heure. Le temps de gagner cinq cents louis à cet animal de Trigard.

Et il s'en alla aider le jeune Gondo à consommer le désastre d'un camarade en déveine.

Marcel le regardait s'éloigner et murmurait :

— Fat, menteur et lâche! Et voilà l'homme auquel cette femme va sacrifier son honneur, l'honneur de son mari! Et ce brave Pouliguen l'adore, cette créature! Là-bas, à San-Francisco, il m'en parlait sans cesse. Il ne pensait qu'à la revoir.

Parbleu! ajouta-t-il en se levant, il faut que je raconte cette histoire à Dominique pour lui prouver qu'à Paris toutes les femmes ne ressemblent pas à Cécile. Je sais bien qu'il va me répondre que Babouc avait vu aussi beaucoup d'épouses sans foi dans Babylone, et qu'il ne l'a pas détruite pour cela. Mais, c'est égal, je tiens à calmer son enthousiasme à l'endroit des Parisiennes.

Tout en faisant ces réflexions assez tristes, Marcel était sorti du salon et se dirigeait vers l'escalier du cercle.

Il lui tardait de fuir ce monde factice et de rentrer chez lui, pour penser au bonheur de Savinien

I   9

et aussi pour raconter à son ami l'entrevue du parloir.

Il n'avait pas dit à son cocher de venir l'attendre et, comme le temps était sec, il se proposait de regagner à pied la place de l'Europe.

Pendant que, dans l'antichambre, les valets de pied l'aidaient à endosser son pardessus, il se reprit à penser à la déplorable histoire qu'il venait d'entrevoir à travers les honteuses indiscrétions d'un sot.

— Pauvre femme! se disait-il en gagnant lentement le vestibule qui conduisait à la rue; elle se sera amourachée de ce misérable qui colporte dans un cercle le récit de ses conquêtes et qui se moque d'elle indignement. Et elle cède peut-être à une passion sincère, puisqu'elle veut fuir avec lui, car cela vaut encore mieux que de tromper froidement et clandestinement son mari.

Oui, elle va tout quitter, famille, situation dans le monde, pour se sauver avec un bellâtre qui lui préfère une créature banale et qui l'abandonnera au bout d'un mois. En vérité, je ne sais ce qui me retient de remonter, de souffleter ce drôle et de lui crever la poitrine d'un coup d'épée pour voir s'il a un cœur. Je rendrais là un fameux service à ce pauvre commandant... et à madame Pouliguen.

Marcel s'arrêta avant de franchir le portail du cercle.

— Bah! murmura-t-il après un instant de réflexion, ce ne sont pas mes affaires. Je ne suis pas venu à Paris pour arrêter les coquettes sur le che-

min de la perdition et protéger les maris. En fait
de protégés, j'ai déjà Savinien et Cécile ; ça me
suffit.

Sur cette conclusion, le Californien releva le collet
fourré de son paletot et mit le pied dans la rue.

Il n'avait pas fait trois pas sur le trottoir, qu'il
entendit le murmure d'une voix qui appelait tout
bas. Il se retourna, mais il ne vit personne. La rue
était à peu près déserte. Il n'y avait là qu'un fiacre
rangé contre le trottoir et un passant qui s'éloignait.

L'appel ne fut pas renouvelé, mais, en regardant avec attention, il crut apercevoir à la portière
de ce fiacre la figure d'une femme.

Assez étonné de cette découverte, il pensa d'a-
bord qu'une des nombreuses connaissances fémi-
nines de messieurs les *clubmen* l'avait pris pour
l'ami qu'elle attendait et, comme il ne se souciait
pas du tout de profiter de cette erreur, volontaire
ou non, il continua son chemin.

Pourquoi l'histoire du rendez-vous de M. Belamer lui revint-elle à l'esprit tout à coup ? Peut-
être parce qu'un honnête homme reçoit quelquefois des inspirations d'en haut. Toujours est-il
qu'il se souvint des paroles de ce personnage.

Ledit Belamer avait laissé entendre qu'on devait
l'enlever cette nuit même et que la femme assez
abandonnée pour se laisser aller à cette folie devait venir le chercher au cercle.

— Qui sait si ce n'est pas elle ? se demanda
Marcel. Il me semble avoir vu sur les épaules de

ce drôle un pardessus à fourrures tout pareil au mien. Nous sommes à peu près de la même taille, et il se peut qu'elle s'y soit trompée.

Puis, presque aussitôt, il dit entre ses dents :

— Que m'importe ? Les sottises de madame Pouliguen ne me regardent pas et je serais bien bon de m'occuper d'elle. Qu'elle se morfonde ici en soupirant pour ce godelureau qui lui préfère une partie de baccarat, c'est son affaire.

Et il hâta le pas.

Cette fois, il entendit distinctement la même voix prononcer le nom de M. Belamer.

Il n'y avait plus à en douter, c'était bien la victime des séductions du Don Juan barbu qui guettait au fond d'une voiture de place l'apparition de son vainqueur.

Marcel s'arrêta encore.

— Pourtant, murmura-t-il, le commandant Pouliguen m'a rendu un grand service. Il m'a servi de témoin dans le duel que j'eus l'année dernière avec ce juge de l'État de Californie qui m'avait fait perdre mon procès contre Atkins. Personne ne voulait m'accompagner sur le terrain, de peur de s'attirer l'inimitié de ce vénal et vindicatif personnage. Pouliguen ne se fit pas prier pour assister un compatriote et c'est à lui que j'ai dû la satisfaction de casser un bras à ce coquin de Yankee. Je suis son débiteur et Dieu sait quand je trouverai l'occasion de m'acquitter. Non, décidément, je ne puis pas laisser sa femme se perdre, quand il est peut-être encore temps de l'arrêter.

Et il revint sur ses pas pour se diriger vers le fiacre.

En le voyant s'approcher, la personne qui se montrait à la portière se retira vivement.

— Vous m'avez appelé, madame? dit-il en avançant la tête dans l'intérieur de la voiture.

Un cri de frayeur lui répondit et il distingua dans l'ombre une femme qui se blotissait dans le coin opposé en rabattant sa voilette sur son visage.

— Vous m'avez appelé, j'en suis sûr, reprit-il d'un ton décidé.

— Pardon, monsieur, balbutia une voix tremblante, je me suis trompée... j'attends quelqu'un... et, en vous voyant sortir du cercle, j'ai cru...

— Vous avez cru que j'étais M. Oscar Belamer, dit froidement Marcel.

Cette fois, on ne lui répondit que par une exclamation étouffée.

— Il ne viendra pas, madame, continua-t-il sur le même ton; il est inutile de vous compromettre davantage en l'attendant ici.

La femme voilée se replia sur elle-même pour se dérober au regard indiscret de cet inconnu.

— Monsieur, je ne sais qui vous êtes, dit-elle avec effort; mais ce que vous faites est indigne. On n'abuse pas ainsi de l'embarras où se trouve une femme.

— Qui je suis, madame? Je suis un ami de M. le commandant Pouliguen.

— Ah ! je suis perdue, murmura la dame en s'affaissant sur les coussins du fiacre.

M. de Colorado s'aperçut qu'elle s'évanouissait.

— Allons, pensa-t-il, j'avais deviné. Le diable, c'est que maintenant il faut achever ce que j'ai commencé.

Et, ouvrant sans hésiter la portière, il secoua le cocher qui dormait sur son siége et lui cria :

— En route, l'ami ! suivez les boulevards dans la direction de la Bastille.

Après quoi il sauta lestement dans la voiture et prit place à côté de l'imprudente, qui n'était plus en état de l'en empêcher.

— Compris, bourgeois ! grommela le cocher en fouettant ses chevaux.

Pendant que le fiacre s'ébranlait, Marcel prit doucement la main de la conquête de M. Oscar, mais elle se déroba en frissonnant de terreur.

— Ne craignez rien, madame, commença-t-il, je ne viens pas pour...

— C'est M. Pouliguen qui vous envoie, dit la pauvre égarée ; il est revenu... il m'attend.... il me tuera... Eh ! bien, je suis prête à mourir.

— Vous ne mourrez pas, car je viens vous sauver.

— Me sauver !

— Oui, vous sauver du piége où vous alliez tomber, du piége tendu par un misérable qui ne mérite pas que vous vous perdiez pour lui.

— Monsieur, je ne vous comprends pas. Qui

vous autorise à parler ainsi, et de quel droit m'hu-
miliez-vous par de telles paroles?

— Du droit qu'a tout honnête homme d'arrêter
une honnête femme au bord d'un précipice, et
aussi, je vous l'ai dit, du droit que me donne
l'amitié qui me lie à votre mari.

— Il est à Paris?

— Non.

— Où me conduisez-vous donc?

— Chez vous, madame. Je ne sais pas où vous
demeurez, et j'ai indiqué au hasard un chemin à
ce cocher. Si celui qu'il suit ne mène pas à votre
domicile, je vais lui dire de prendre la direction
que vous me désignerez.

— C'est inutile... en ce moment, du moins...
il suffit qu'il continue à remonter les boulevards.

— Je suis à vos ordres, madame. Quand il sera
temps de changer de route, vous voudrez bien
m'avertir.

Il y eut un assez long silence. Le cocher avait
mis ses rosses aux petites allures, assuré qu'il
était de voiturer des amoureux peu pressés d'arriver.

La femme cherchait à se remettre de son émotion et à recouvrer assez de sang-froid pour ques-
tionner cet inconnu qui venait de s'emparer d'elle
si cavalièrement.

Marcel réfléchissait à la suite qu'il convenait de
donner à la bizarre aventure où l'avait jeté un
généreux entraînement et se demandait comment
il allait s'y prendre pour décider cette épouse

affolée, sinon coupable, à rentrer dans le devoir.
Il ne s'était jamais trouvé en pareil cas et, pour
prêcher la morale conjugale, il manquait non pas
de bonne volonté, mais d'expérience.

La dame, heureusement, vint d'elle-même au-
devant du sermon qu'il méditait.

— Monsieur, dit-elle, le hasard vous a fait
maître d'un secret d'où dépend la vie de trois personnes ; je ne cherche point à nier, ni même à
à me justifier, mais il m'est bien permis de vous
demander de m'expliquer...

— Comment j'ai découvert ce secret et quel
usage j'en veux faire, interrompit Marcel. Je suis
tout prêt à vous répondre et je vous donne ma parole d'honneur de vous dire l'exacte vérité. Et
d'abord, s'il est inutile que je vous dise mon
nom, il faut du moins que vous sachiez que je
suis citoyen américain, que je viens d'arriver à
Paris où je ne connais presque personne, et que
j'habitais il y a six mois San-Francisco où je me
suis lié avec M. Pouliguen, commandant la frégate la *Terpsichore*, attachée à la division de l'O-
céan Pacifique.

A cette déclaration, la dame ne répondit pas,
mais Marcel crut entendre un léger soupir de satisfaction dont la cause n'était pas difficile à deviner. Elle se sentait soulagée d'une terrible inquiétude en apprenant que cet étranger n'avait eu
que des relations passagères avec son mari et
aucune avec sa famille à elle.

— Je fais partie du cercle à la porte duquel

vous attendiez, dit le Californien avec une dureté préméditée, et c'est dans ce cercle, devant dix personnes, que le nom du commandant a été prononcé par des drôles qui l'accompagnaient de réflexions désobligeantes pour son honneur de mari.

Madame Pouliguen dissimula très-mal un mouvement d'indignation et peut-être de honte.

— J'ai fait cesser à l'instant ces odieux propos, reprit Marcel, et je les avais presque oubliés, lorsque l'arrivée de M. Belamer les a fait renaître.

— Quoi ! lui ! il aurait... non, c'est impossible !

— Il s'est abstenu de vous nommer, madame ; mais, à cette réserve près, il vous a désignée assez clairement, pour moi du moins qui avais déjà entendu ce qu'on disait de vous et de lui avant qu'il entrât dans le salon.

— Ah ! ce serait infâme, et je ne puis croire encore...

— Voulez-vous une preuve ? Cet homme a annoncé bien haut qu'il allait enlever une femme, quitter Paris avec elle pour un mois.

— Un mois ! répéta la malheureuse, qui avait rêvé de consacrer sa vie à ce pitoyable fat.

— Il a ajouté que cette femme devait venir en voiture, à la porte du cercle, cette nuit, à une heure et demie, et attendre là, dans la rue, comme une mendiante, qu'il lui plût de venir la rejoindre pour la déshonorer en la conduisant en Italie.

— Oh ! vous êtes cruel, sanglota madame Pouliguen, qui cachait sa figure dans ses mains.

9.

— Tout ce qu'a dit ce misérable est vrai, n'est-
ce pas, madame ? demanda, sans s'émouvoir,
Marcel en touchant du bout du doigt un sac de
voyage placé sur la banquette de devant.

— Eh bien ! oui, c'est la vérité, dit la femme
du commandant. Je voulais fuir. J'étais si malheureuse... isolée... sans appui et... pourquoi ne
l'avouerais-pas ? j'aimais M. Belamer et j'avais foi
en sa loyauté.

— Vous l'aimiez ! dit amèrement Marcel.

— Oui, je l'aimais... je l'aime encore... et pourtant, s'il avait eu l'infamie de parler publique-
ment de moi, je vous jure, monsieur, que je ne le
reverrais jamais. Mais je ne puis croire à tant de
lâcheté. Je le mépriserais trop s'il était capable
de s'abaisser jusqu'à...

— Vous tenez à être certaine que M. Belamer
est un lâche ?

— Prouvez-le-moi, et je vous jure encore une fois
que je ne reverrai de ma vie M. Belamer. Mais, si
vous l'avez calomnié, s'il n'a pas tenu l'indigne
conduite que vous lui prêtez, je vous prie, monsieur, de descendre de cette voiture, où vous êtes
entré par surprise, et de me permettre d'aller au
rendez-vous que je lui ai donné.

— Ce serait inutile, madame ; vous ne l'y trou-
veriez pas.

— Qu'en savez-vous ?

— Veuillez m'écouter jusqu'au bout. Je vous disais tout à l'heure que cet homme parlait, dans ce
salon banal, et en termes fort clairs, de ce projet

d'enlèvement; vous ne m'avez pas laissé le temps de vous apprendre ce qui s'est passé ensuite.

Je vous fais grâce des réflexions dont il assaisonnait ses odieux propos. Je respecte trop la femme d'un brave officier dont je m'honore d'être l'ami, je la respecte trop pour les répéter et pour lui dire jusqu'à quelle honteuse rivalité son imprudence l'a fait descendre. Mais ces propos, je n'ai pu les entendre patiemment, et, si je n'avais écouté que ma juste colère, j'aurais châtié ce fat comme il le mérite. Je me suis contenu pourtant. Le nom du commandant avait déjà été prononcé trop souvent, et je voulais à tout prix éviter un éclat. J'ai donc dû chercher un autre moyen de mettre un terme à ce scandale, et le hasard m'a bien servi. Un journal qui m'est tombé sous la main m'a appris que la *Terpsichore* a été rappelée en France et qu'elle va bientôt arriver à Brest.

— Dites-vous vrai?

— Je n'ai jamais menti. M. Pouliguen sera ici dans quelques jours.

— Sa dernière lettre disait que sa frégate allait être envoyée au Canada.

— Une dépêche télégraphique lui a porté l'ordre de rentrer sur-le-champ à son port d'attache, et la frégate a dû mettre en mer dans les vingt-quatre heures. Elle est peut-être en vue des côtes de France.

— Je n'ai donc plus qu'à mourir, murmura la coupable en s'affaissant sur elle-même.

— Cette nouvelle, reprit le Californien sans s'é-

mouvoir, je l'ai annoncée à haute voix devant
M. Belamer.

— Eh bien ?

— Savez-vous ce qu'il a fait alors, ce misérable
qui se joue si lestement de l'honneur d'un mari ?
Non, vous ne le devinez pas, parce que vous ne
pouvez soupçonner qu'il a une âme de boue. Il
s'est troublé, il a pâli, et, pour sortir d'embarras,
il n'a rien imaginé de mieux que de s'en aller au
jeu, sans s'inquiéter de savoir si vous l'attendiez,
sans se soucier de vos angoisses, de votre douleur,
sans se demander ce que vous alliez devenir, vous
qu'il avait si cruellement compromise. Oui, il est
allé au jeu et il y restera toute la nuit, à moins qu'il
ne rejoigne dans quelque cabinet de restaurant à
la mode...

— N'achevez pas, je vous en supplie.

— Il s'est dit que le retour imprévu du commandant allait faire un drame sanglant de la comédie qu'il espérait jouer avec vous, qu'au lieu
de profiter d'une faiblesse passagère, au lieu de
s'associer à une folie qu'il croyait ne pas devoir
tirer à conséquence en l'absence de l'époux ou-
tragé, il allait se trouver engagé malgré lui dans
une grave aventure. Et alors, dans la brutalité de
son égoïsme, il a pensé que mieux valait, pour
éviter des explications et des larmes, manquer à
ce rendez-vous, sollicité par lui, imposé peut-
être...

— Il parlait de son désespoir... Il menaçait de
se tuer.

— Et vous avez cru à ses serments ! vous avez
eu foi dans cet infâme qui, pour éviter de déranger sa vie, brise froidement une liaison qu'il juge
maintenant dangereuse et vous livre sans pitié et
sans remords à la légitime vengeance d'un mari
qu'il redoute.

La pauvre femme ne répondit que par un gé-
missement.

— Vous voulez une preuve ? continua Marcel.
Tenez ! je vais dire à ce cocher de retourner au
cercle ; je descendrai avant d'arriver à la porte ;
vous ferez appeler un valet de pied et vous lui
direz de prévenir M. Belamer qu'on l'attend. Si ce
valet ne vient pas vous annoncer que M. Belamer
est parti, je vous permets de me traiter de calom-
niateur, et je suis prêt à...

Marcel s'arrêta en entendant sangloter la malheureuse victime d'une abominable séduction. Elle
pleurait à chaudes larmes et, à la lueur douteuse
des lanternes du fiacre, il voyait tressaillir tout son
corps agité par des mouvements convulsifs.

— Voulez-vous que je donne l'ordre de revenir ?
demanda-t-il plus doucement.

— Non, non, dit-elle avec effort. Je vous crois
maintenant, et je vous demande en grâce de m'a-
bandonner à mon sort. Oh ! je vous jure que je
ne chercherai plus à le revoir.

— Vous abandonner ! croyez-vous donc que j'aie
eu le courage de vous briser le cœur en vous éclai-
rant sur les sentiments de cet homme, pour vous
laisser après exposée aux suites de votre impru-

dence. Non, madame, non, je ne vous abandonnerai pas, car je me suis promis de vous sauver, et je vous sauverai.

— Ce n'est plus possible. Demain, mon histoire sera connue de tout Paris... de ma famille...

Et elle ajouta en baissant la voix :

— De lui, peut-être... il revient... il saura tout... il me tuera.

— Je vous défendrai, madame, aussi bien contre la colère de votre mari que contre les indiscrétions de M. Belamer.

— Vous, monsieur ! qu'ai-je donc fait pour que vous preniez intérêt à mon sort ?

— Rien. Je viens à votre aide comme j'irais au secours d'un enfant violenté par un fort de la halle. Je protége les faibles.

— Même quand les faibles sont coupables ?

— Je ne connais pas de faute que le repentir ne puisse racheter devant Dieu, et la vôtre est encore réparable devant les hommes, du moins je l'espère. Mais, pour en prévenir les conséquences, il faut que vous répondiez aux questions que je vais vous adresser.

Oh ! rassurez-vous, ajouta-t-il pour répondre à un geste qui exprimait l'inquiétude, je ne veux connaître ni votre famille, ni votre entourage, ni votre domicile. Je sais que vous êtes la femme du commandant Pouliguen et je n'en désire pas savoir davantage. Mais j'ai besoin d'être fixé sur un point. M. Belamer était-il reçu chez vous ? A-t-il été en relations avec votre mari ?

— Non, jamais, dit vivement la jeune femme.
Je l'ai rencontré souvent dans le monde, mais
c'est depuis le départ de M. Pouliguen et je ne l'ai
pas reçu chez moi. J'habite chez ma mère. Il n'y
est jamais venu.

— Et, pardonnez-moi d'insister, ce projet d'enlèvement, cette résolution insensée, les aviez-vous
arrêtés depuis longtemps?

— Non, répondit la coupable si bas que Marcel
l'entendit à peine. Il n'y pensait pas, lui; il me demandait avec instance de le présenter aux miens
afin qu'il pût me voir sans exciter les soupçons et
les propos du monde; mais j'avais horreur de
cette vie de dissimulation et de mensonge, et je
préférais l'éclat d'une fuite à l'hypocrisie d'une
liaison cachée. C'est moi qui l'ai supplié de m'emmener loin de la France, assez loin pour ne jamais
rencontrer l'honnête homme que je trompais, et
c'est hier seulement que notre départ a été décidé.

— Et vous deviez partir cette nuit?

— Demain matin, par l'express de Bâle.

— De sorte que personne chez vous ne se doute
encore...

— Non. Je suis sortie seule à minuit par une
petite porte dont j'ai la clef. Ma mère et ma sœur
me croyaient retirée dans ma chambre, qui est
assez éloignée de la leur. Nous habitons seules un
hôtel situé dans un quartier peu fréquenté. Les
domestiques étaient couchés. Je suis sûre que personne ne s'est aperçu de mon départ précipité.

— Alors, rien n'est perdu encore. Je vais vous

ramener dans cette maison que vous n'auriez jamais dû quitter. On ne vous a pas vue sortir, on ne vous verra pas rentrer, et demain, rien ne vous empêchera de croire que vous avez fait un mauvais rêve ; à condition toutefois que vous ayez la force d'oublier cet homme.

— L'oublier ! il m'a fait trop de mal pour que je l'oublie ; mais je le méprise déjà.

— Bien ! je me charge de l'empêcher de vous nuire.

— Vous allez le provoquer ! Oh ! monsieur, au nom du ciel...

— Ne craignez rien, madame. Je respecte trop le nom de M. le commandant Pouliguen pour le compromettre dans une rencontre, à propos de laquelle il serait certainement prononcé. Non, je ne me battrai pas avec M. Belamer, et si, malgré moi, j'étais forcé d'en venir à une telle extrémité pour lui imposer silence, je saurais donner à la querelle que je lui chercherais un prétexte plausible. Quant à vous, madame, je m'engage à ne pas chercher à vous revoir, et, si le hasard me faisait rencontrer votre mari, lorsqu'il sera de retour à Paris, j'éviterais de renouer avec lui des relations interrompues depuis près d'un an. Vous n'aurez donc pas même la peine de rougir devant un inconnu.

— Vous n'êtes plus un inconnu pour moi, monsieur, et si je savais le nom de mon sauveur, ce nom ne s'effacerait jamais de ma mémoire, car...

— Il est tout à fait inutile que je vous dise mon

nom, mais il est urgent que je vous reconduise chez vous. Veuillez donc me dire où nous allons pour que j'indique le chemin à ce cocher.

— Le chemin! répéta la pauvre femme, rappelée tout à coup au sentiment de la réalité, je crois bien que nous l'avons passé... pourvu qu'il ne soit pas trop tard !

Le cocher, faute d'indication plus précise, avait suivi tranquillement la ligne des boulevards, et le fiacre était arrivé à la hauteur de l'Ambigu, marchant toujours vers la Bastille, au petit trot des deux chevaux fourbus qui le traînaient.

— Vous craignez qu'il ne soit trop tard pour rentrer sans qu'on vous voie? demanda Marcel. Mais ne m'avez-vous pas dit que vous aviez la clef d'une porte dérobée?

— Oui, et heureusement je l'ai gardée, quoique je crusse bien ne plus jamais m'en servir, mais...

— Eh bien! que pouvez-vous redouter? Il est deux heures du matin; et si, comme vous venez de me l'apprendre, vous habitez un quartier peu fréquenté, personne ne vous verra.

— Non, sans doute; je l'espère, du moins, quoique j'aie un ennemi dans notre maison même, un homme intéressé à m'épier; mais, avant de fuir, j'avais écrit une lettre à ma mère, une lettre où je lui expliquais mon départ, où je lui demandais pardon du chagrin que j'allais lui causer; et cette lettre, je l'ai placée en évidence dans ma chambre. Si ma sœur ou ma mère avaient l'idée d'y entrer...

— Vous avez raison, madame. Il faut qu'il ne reste aucune trace d'une folie qui aurait pu vous coûter cher. Ne perdons pas un instant, et dites-moi où vous voulez aller.

— Heureusement nous ne nous sommes pas écartés de la route, répondit madame Pouliguen après avoir regardé par la portière. Le cocher n'a qu'à prendre la rue de Lancry.

Marcel abaissa une des glaces du devant et transmit l'ordre au cocher, qui tourna aussitôt à gauche et poussa ses bêtes dans la direction indiquée.

La voiture roula pendant quelques minutes. Madame Pouliguen se taisait et son sauveur aussi. Tous deux se disaient que cet étrange voyage tirait à sa fin, et ils ne voyaient pas sans quelque satisfaction approcher le dénoûment forcé d'un tête-à-tête assez pénible. Il tardait à la dame de se séparer d'un protecteur qu'elle n'osait plus regarder en face, et, de son côté, Marcel trouvait qu'il avait assez fait pour le sauvetage de l'honneur conjugal de son ami le marin.

— Monsieur, dit tout à coup la victime désabusée de M. Belamer, l'hôtel que j'habite est au bout de cette rue. Le bruit d'une voiture s'arrêtant à la porte, à cette heure de nuit, pourrait attirer l'attention. Je vous demande comme une grâce de me permettre de descendre et de rentrer seule à pied.

— Vous avez raison, madame, répondit M. de Colorado en tirant le cocher par le bas de son manteau et en lui donnant à demi-voix l'ordre de s'arrêter.

Puis, ouvrant la portière, il sauta lestement sur le pavé et aida la dame à mettre pied à terre.

Il eut un instant l'idée de garder le fiacre pour le reprendre après avoir conduit madame Pouliguen jusqu'à sa maison, mais il réfléchit qu'il valait mieux se débarrasser d'un témoin, et il renvoya le cocher en le payant largement. Cet homme ne se fit pas prier pour empocher le double du prix de sa course et tourna bride aussitôt.

Marcel, en lui mettant l'argent dans la main, avait cru entrevoir une forme humaine qui se glissait sous l'auvent d'une porte cochère, mais il ne prêta que peu d'attention à cette apparition aussi incertaine qu'insignifiante.

Du reste, la rue était silencieuse et, à la clarté lointaine d'un bec de gaz, on ne voyait à droite et à gauche que des maisons étroites et hautes à la façade desquelles ne brillait pas une seule lumière. Plus loin, s'étendait un grand mur sans ouvertures et ce chemin semblait aboutir à un espace vide.

Le Californien, qui n'avait pas mis les pieds dans ce quartier depuis plus de vingt ans, ne savait pas du tout où il était et ne s'en inquiétait guère. Il revint à madame Pouliguen. Elle l'attendait la tête basse et tenant à la main le nécessaire de voyage qu'elle s'efforçait de cacher comme si elle eût redouté la vue d'un objet qui lui rappelait sa folle équipée.

— Le moment est venu de nous quitter, monsieur, dit-elle avec une émotion qu'elle ne cherchait point à dissimuler; je n'ai plus qu'à vous exprimer ma reconnaissance. Je n'oublierai jamais que je vous dois l'honneur, et peut-être la vie.

— J'ai fait mon devoir et rien de plus, répondit brièvement Marcel, mais permettez-moi de vous accompagner jusqu'à votre hôtel.

— C'est inutile; je n'ai que quelques pas à faire pour y arriver, et je craindrais...

— Que je ne remarque la porte et que je ne retienne le numéro? Rassurez-vous, madame, je n'en ai nulle envie et je fermerai les yeux, s'il le faut pour ne rien voir, car je ne veux pas me souvenir de ce qui s'est passé cette nuit. Mais, par cette obscurité, vous courriez risque, si court que soit le trajet, de faire une dangereuse rencontre. Veuillez donc prendre mon bras. Vous le quitterez lorsque nous serons arrivés et, je vous le promets, je m'éloignerai dès que j'aurai la certitude que vous êtes en sûreté.

— Je serais impardonnable de me défier de vous, monsieur, dit la dame en posant la main sur le bras de son sauveur.

Ils remontèrent silencieusement la rue et, après deux ou trois minutes d'une marche assez rapide, madame Pouliguen s'arrêta et dit :

— C'est ici.

Elle montrait une petite porte basse percée au coin d'une muraille qui paraissait enclore un vaste jardin.

Marcel se dégagea aussitôt, s'inclina comme il eût fait en quittant une femme dans un bal après avoir ramenée à sa place et attendit que sa protégée ouvrît cette porte qui la séparait du saint asile de famille où il l'avait décidée à se réfugier.

La dame introduisit d'une main tremblante une petite clef dans la serrure, et le battant tourna sans bruit sur ces gonds.

Au moment de se glisser par l'entrebâillement, elle hésita un instant, et, tendant à Marcel une main qu'il ne refusa pas de serrer :

— Adieu, monsieur, dit-elle d'une voix étouffée ; que Dieu vous récompense ! adieu ! et, si vous pensez quelquefois à moi, que ce soit pour me plaindre, car je ne vivrai plus que pour souffrir.

— Pauvre femme ! murmura le Californien, quand la porte se fut refermée sur elle. Oui, elle souffrira, car elle aime encore ce triste personnage. Mais j'ai fait tout ce que j'ai pu pour la guérir de sa passion insensée, et je n'aurai rien à me reprocher. Le diable c'est que me voilà condamné à fuir ce brave commandant que j'aurais eu tant de plaisir à revoir. Je me consolerai en pensant que je lui ai rendu à son insu un service qui m'acquitte envers lui. Et maintenant, ajouta-t-il en s'éloignant du mur, il s'agit de regagner la place de l'Europe.

Il allait naturellement reprendre le chemin par où il était venu, afin de regagner le boulevard,

mais il aperçut encore, et très-distinctement cette
fois, un homme qui s'approchait en rasant lentement les maisons.

— Est-ce qu'on l'aurait suivie? pensa-t-il tout
à coup.

Au lieu de redescendre la rue, il la remonta
jusqu'au point où elle débouchait sur un large
quai, et, tournant à droite, il se blottit à l'angle du
mur qui faisait le coin du côté opposé à celui
qu'occupait le jardin où madame Pouliguen était
entrée. De là, en avançant un peu la tête, il pouvait
voir sans être vu, et il se mit à observer les manœuvres du passant suspect.

Cet individu cheminait avec précaution, s'arrêtant presqu'à chaque pas pour regarder et pour
écouter et se remettant à ramper comme un chat,
dès qu'il se croyait sûr de n'être pas surveillé.
C'était bien l'allure d'un rôdeur de nuit méditant
un mauvais coup, et Marcel le prit pour un malfaiteur qui cherchait aventure en ces solitudes, où
il ne devait pas craindre d'être dérangé dans ses
opérations. Mais, arrivé devant la petite porte,
l'homme s'arrêta, tira une clef de sa poche, ouvrit,
se glissa dans le jardin et referma le battant, précisément comme venait de le faire madame Pouliguen.

Pour le coup, le Californien tomba dans une
profonde stupéfaction, et il y avait bien de quoi.

Était-ce un simple voleur qui venait de s'introduire, à l'aide d'une fausse clef, dans cet hôtel
très-habité? La supposition lui paraissait peu pro-

bable. Et, d'autre part, si cet homme en voulait à la femme du commandant, comment admettre qu'il l'attendît à cette porte? Il était impossible de croire que cet espion, si c'en était un, eût pu la suivre depuis le cercle, puisqu'aucune voiture n'était entrée dans la rue de Lancry, à la suite du fiacre qui la ramenait. Et puis, qui donc avait intérêt à l'épier? Pas assurément M. Belamer qui avait montré tant d'empressement à s'en aller au jeu pour fuir les complications qu'il prévoyait.

— Si c'était le commandant lui-même, se demanda Marcel. Mais non; ma supposition est absurde. La *Terpsichore* doit être encore à sept ou huit cents milles des côtes de France, si la date de son départ donnée par le journal est exacte.

Il réfléchit encore, il réfléchit longuement et il ne trouva aucune explication satisfaisante. Il finit par y renoncer et il se disposait à quitter la place, lorsqu'un cri perça tout à coup le silence de la nuit.

A ce cri retentissant, un cri de détresse, il n'y avait pas à en douter, Marcel crut d'abord que madame Pouliguen était attaquée dans sa propre maison par l'individu qui venait de s'y introduire, et son premier mouvement fut de courir à la porte pour l'enfoncer. Mais un appel plus faible succéda au premier et, cette fois, il reconnut qu'il ne partait pas du jardin, et, de plus, qu'il n'était pas jeté par la voix d'une femme. Cela ressemblait plutôt au dernier râle d'un homme qu'on étrangle et cela venait d'assez loin, du côté de ce quai dont le Cali-

fornien n'entrevoyait dans l'ombre que les premières bornes reliées entre elles par des chaînes.

— Parbleu! dit-il entre ses dents, je suis fort
aise qu'il ne s'agisse pas de cette folle, car j'aurais
eu de la peine à la tirer d'affaire. C'est quelque
passant que des voleurs assomment; j'aime mieux
cela.

Je ne puis pourtant pas laisser tuer ce pauvre
diable tout près de moi, ajouta-t-il en se lançant à
toutes jambes vers le quai d'où étaient partis les
cris.

Il n'avait pas fait dix enjambées qu'il s'arrêta.
Il venait d'apercevoir deux hommes qui couraient
plus vite que lui le long d'une berge déserte.

Si un crime avait été commis, ces gens qui
fuyaient ne pouvaient être que les assassins, et
Marcel jugea qu'au lieu de les poursuivre, il était
plus sage de secourir leur victime. Il s'approcha
donc rapidement de l'endroit où il supposait que le
coup avait dû se faire et il se mit à examiner le terrain, mais il eut beau chercher, il ne trouva ni
mort ni blessé.

Il se baissa et il ne découvrit d'autre trace d'une
lutte qu'un pan d'habit qui semblait avoir été vio-
lemment arraché et un chapeau tout bossué. Il
regarda autour de lui pour savoir où il était, car il
n'en avait qu'une idée assez confuse, et il constata
qu'il se trouvait sur le bord d'un canal. Il se pencha
et il ne vit que l'eau dormante d'une écluse.

Si un homme avait été jeté dans cette cuve profonde, il devait être déjà noyé, et c'eût été une

folie inutile que de s'y jeter pour essayer de le repêcher.

M. de Colorado eut cependant quelque velléité
de tenter l'aventure, car il nageait à merveille, et
il plongeait encore mieux, mais il y résista.

— Non, ma foi! s'écria-t-il, ce serait par trop
bête de prendre un bain au mois de décembre pour
ramener un cadavre, si tant est seulement qu'il y
en ait un. Je viens de sauver une femme qui ne
m'intéressait que médiocrement; je ne réussirais
pas à sauver un homme qui ne m'intéresse pas du
tout. Décidément, j'ai assez fait le Don Quichotte
cette nuit et je vais me coucher.

Sur cette judicieuse réflexion, Marcel s'orienta.
Il était fort rouillé sur la topographie parisienne.
Il reconnut pourtant sans trop de peine le canal
Saint-Martin, sur lequel il avait plus d'une fois pa-
tiné dans son enfance, et dont les rives, en ce
temps-là, ne passaient pas pour être très-sûres la
nuit. Cela le confirma dans l'idée que les deux
fuyards venaient de faire un mauvais coup.

— Il s'en passe de belles dans Babylone, dit-il
entre ses dents. Je conterai cette histoire à Dominique pour refroidir un peu son enthousiasme. Et
j'en parlerai aussi à M. X. Chambras, pour lui
prouver que sa police n'est pas si parfaite qu'il
veut bien le dire.

Le souvenir de cet agent, dont il avait reçu la visite
dans la journée, lui inspira la pensée d'emporter
le chapeau abandonné sur la berge et de le lui envoyer comme pièce de conviction. Il le ramassa et

il allait reprendre enfin le chemin du boulevard, quand il se dit que les bandits qui remontaient le canal, allaient sans doute continuer leurs exploits et qu'il dépendait peut-être de lui d'y mettre un terme.

Il lui importait peu de rentrer chez lui par un chemin ou par un autre et, sans se demander si la partie était égale entre lui et deux scélérats, probablement bien armés, il entra aussitôt en chasse, quoiqu'il n'eût que ses poings pour les attaquer. Du reste, il n'espérait guère les rattraper, car les coquins avaient de l'avance, mais enfin il voulait en avoir le cœur net.

— Il serait, parbleu! curieux qu'un vieux Californien en remontrât à la police parisienne pour arrêter les *escarpes*, murmurait-il en suivant la berge en amont.

Le canal, en cet endroit, faisait un coude et, au delà de ce coude, le quai n'était plus bordé que par des hangars ou des masures à peine habitées.

Par une nuit obscure, à deux heures du matin, ce coin perdu de la grande ville était aussi désert qu'une gorge des Montagnes Rocheuses, et on n'y entendait d'autre bruit que le roulement lointain des charrettes de maraîchers apportant des légumes à la halle.

Marcel marcha bien dix minutes sans rien voir de suspect, et il désespérait de rejoindre ceux qu'il suivait à la piste, quand il crut les apercevoir à une centaine de pas devant lui.

Les deux coquins étaient assis côte à côte sur une

des larges bornes qui servent à amarrer les bateaux, et vu l'heure et le lieu, il y avait de grandes
chances pour que ces flâneurs nocturnes ne fussent
pas de paisibles bourgeois devisant de leurs affaires.

C'était le moment ou jamais d'agir avec prudence, et, ne se souciant pas de se les mettre tous
les deux sur les bras avec le canal pour unique
ligne de retraite, M. de Colorado se baissa pour ne
pas être vu et attendit, dans la position d'un chasseur à l'affût.

Autant qu'il pouvait en juger à distance, ces sin-
guliers rôdeurs gesticulaient beaucoup et il lui vint
à l'esprit qu'ils se disputaient probablement sur le
partage du butin. Il ne tenait point à se mêler de leur
discussion ; la question pour lui était de savoir s'ils
allaient continuer leurs opérations, car il n'avait
nulle envie de passer le reste de la nuit à les surveiller, s'ils se bornaient à causer en plein air.

Après cinq minutes d'observation, il crut entendre des pas résonner dans le lointain. Bientôt le
bruit s'accentua, et il devint évident qu'un homme,
arrivant du côté de la Villette, marchait sur le quai
et qu'il n'allait pas tarder à passer devant les drôles
embusqués au milieu de la berge.

Évidemment ils l'avaient entendu venir, car ils se
levèrent aussitôt et, après un très-bref colloque, ils
se séparèrent.

L'un se jeta brusquement à gauche et disparut
dans l'ombre projetée par les constructions faisant
face à la rue parallèle au quai. L'autre chemina

tout droit à la rencontre de l'homme qui s'avançait sans défiance.

Marcel eut le pressentiment que cette stratégie avait pour but de préparer une attaque, et il se rapprocha tout doucement du théâtre présumé de l'action.

Aucun des trois personnages destinés, selon toute apparence, à y prendre part, ne paraissait soupçonner sa présence, et il avait notablement diminué la distance qui le séparait d'eux, lorsqu'il vit celui qui marchait devant lui s'arrêter nez à nez avec le passant attardé et engager une conversation dont il ne pouvait pas de si loin saisir un seul mot.

Tout à coup, après avoir fait un long détour en se traînant par terre comme un tigre qui rampe sur le ventre pour arriver à portée de saisir sa proie, l'autre se dressa derrière le promeneur occupé à causer avec son complice.

Il y eut un cri aussitôt étouffé, et les trois hommes ne formèrent plus qu'un seul groupe.

Alors, jetant le chapeau qu'il n'avait pas encore lâché, Marcel se rua sur ces bandits, en criant à pleins poumons :

— Tenez bon ! voici du renfort.

D'un seul bond, il tomba sur le brigand qui lui tournait le dos, fort occupé qu'il était à fouiller le malheureux que l'autre avait saisi par derrière. Il lui asséna sur la tête un coup de poing magistral et le fit rouler sur les dalles du quai. Mais le drôle se releva prestement et s'enfuit comme un lièvre cinglé par le plomb d'un chasseur.

Le Californien ne pensa point à le poursuivre et fondit sur l'autre qui se fit d'abord un bouclier du corps de sa victime, puis la poussa dans les bras de Marcel, et profitant, pour se dérober, de la stupeur de son adversaire, prit à toutes jambes le même chemin que son acolyte.

Assez heureux d'avoir eu affaire à des brigands poltrons et d'en être quitte à si bon marché, le vainqueur se hâta de remettre sur pied l'homme que ces misérables avaient presque étranglé. Après quoi, il l'entraîna sous un bec de gaz qui brûlait non loin de là, et il n'eut pas plutôt examiné sa figure qu'il poussa un cri de surprise.

Il venait de reconnaître Dominique, Dominique en personne, Dominique à demi suffoqué et hors d'état d'articuler une parole, mais gesticulant furieusement d'une main et de l'autre fouillant dans sa poche pour y prendre son *revolver*.

— Comment! c'est toi? s'écria Marcel,

— Laisse-moi, hurla le Canadien, dès qu'il eut retrouvé sa voix, laisse-moi courir après eux et leur casser la tête.

— Ils sont déjà bien loin. Mais que diable faisais-tu sur ce quai désert?

— Je me promenais. Tu sais bien que j'étouffe quand je reste à la maison. Ah! les gredins! ils m'ont pris en traîtres. L'un est venu me demander l'heure qu'il était et, pendant que je tirais ma montre, l'autre m'a jeté un mouchoir roulé autour du cou. Mais laisse-moi les poursuivre, te dis-je. Tout en leur donnant la chasse, je tirerai des coups

10.

de pistolet; le bruit amènera du monde, et...

— Non pas, dit vivement M. de Colorado : j'ai des raisons pour éviter d'avoir à expliquer ma présence dans ce quartier à cette heure de nuit. Tu n'es pas blessé. C'est tout ce qu'il faut. Prends mon bras, si tu en as besoin, et quittons la place au plus vite. Je tiens beaucoup à ce que personne ne me rencontre ici. Plus tard, tu sauras pourquoi.

Voici qui aidera M. Chambras à retrouver les assassins, ajouta-t-il en ramassant le chapeau qu'il avait laissé tomber pour venir au secours de son ami.

Et il entraîna Dominique malgré ses protestations.

V

La matinée qui suivit cette nuit si agitée fut employée par Marcel à s'entretenir avec Dominique de leur aventure sur les bords peu fleuris du canal Saint-Martin.

Le Canadien ne put que répéter ce qu'il avait déjà raconté à son ami. Ayant entrepris après son dîner de faire sa promenade favorite par le chemin de ronde, il avait suivi les fortifications depuis l'avenue de Clichy jusqu'à la porte de Pantin, et, pour achever de se dégourdir les jambes, il venait de parcourir dans toute sa longueur la rue d'Allemagne et il se dirigeait par le quai du canal vers la place de la Bastille, quand il avait été assailli à l'improviste. L'un des deux brigands lui avait jeté par-derrière autour du cou un mouchoir dont il tenait les deux bouts, et, le chargeant sur son dos

après s'être retourné vivement, l'avait tenu ainsi
suspendu, ou plutôt pendu, tandis que l'autre visi-
tait ses poches tout à son aise.

Il n'était pas douteux que ces scélérats n'eussent
complété ce tour de force et d'adresse en précipitant Dominique dans le canal.

Marcel dont l'intervention avait prévenu ce funeste dénoûment se souvint d'avoir lu, dans un
journal de tribunaux, la description de cet effroya-
ble procédé, connu dans le monde des assassins
sous le nom de *charriage à la mécanique*, et il n'hésita point à croire que les coquins venaient de l'ap-
pliquer au malheureux dont il avait ramassé le
chapeau sur la berge. Mais, au lieu d'envoyer,
comme il y avait pensé d'abord, cette pièce de
conviction à M. Chambras, l'habile agent de la
préfecture de police, il se décida à la garder.

L'arrestation des auteurs de ce crime dont il ne
connaissait pas la victime lui importait beaucoup
moins que le soin de sauvegarder la réputation de
madame Pouliguen. Pour expliquer son aventure,
il eût été obligé, à moins d'inventer un mensonge,
d'entrer dans des détails qu'il tenait essentiellement
à tenir secrets.

Il s'abstint même de les confier à son ami qui,
n'étant pas d'un naturel curieux, se contenta très-
bien de ce qu'il voulut lui dire.

Le brave Canadien pensa cependant qu'il s'a-
gissait d'une aventure de femme. Or, il avait été
promu par Marcel au poste de ministre des bienfaits et la galanterie n'étant pas de son départe-

ment, il se borna à demander si la jeune fille du
cimetière n'avait pas encore une fois couru un
danger et il fut ravi d'apprendre que ce n'était pas
le soin de la protéger qui avait conduit Marcel
dans le quartier qu'elle habitait.

Dominique savait déjà que la rue Albouy n'est
pas très-loin du canal Saint-Martin et il lui avait
d'abord passé par la tête que son vieux camarade
s'était transporté dans ces parages pour protéger
Cécile contre quelque nouvelle entreprise.

Du reste, dès que le souvenir des bandits lui revenait à l'esprit, il ne tarissait pas en impré-
cations, et il se consolait difficilement de n'en
pas avoir expédié au moins un dans l'autre
monde.

— Ces gredins-là sont plus adroits et plus rusés
que les *Peaux-Rouges*, dit-il par forme de conclusion destinée à cicatriser les blessures faites à son
amour-propre. Mais, par Sainte-Anne de Québec,
ils ne m'y reprendront pas une autre fois. J'ai déjà
préparé ma riposte, et je ne leur laisserai pas le
temps de me passer au cou leur vilaine cravate.

— Tu persistes donc dans ta manie de courir les
rues toutes les nuits? lui demanda son ami.

— Que veux-tu! Quand on a pris l'habitude de
faire ses quinze lieues par jour, on ne la perd pas
aisément. Comme je veux jouir de ta compagnie
jusqu'à l'heure du dîner, il faut bien que je marche après le coucher du soleil.

Marcel sourit et s'abstint d'insister. Il savait qu'il
était aussi impossible de condamner le Canadien

à une vie sédentaire que d'accoutumer une hiron-
delle à vivre en cage.

Du reste, il n'avait, ce matin-là, que peu de
temps à consacrer aux causeries intimes. Il voulait
s'acquitter, dans la journée, de la visite annoncée
à madame de Gondo, et se présenter ensuite chez
cette dame Dortis, veuve du fabricant qui avait employé jadis, pendant quelques mois, son père, Paul
Robinier.

Il quitta donc Dominique d'assez bonne heure,
et il se rendit d'abord au boulevard Malesherbes,
où le financier habitait un magnifique hôtel.

Les bureaux de la maison de banque occupaient
un corps de logis séparé, et Marcel, qui avait précisément une signature à y donner pour un règlement de compte, eut la satisfaction d'y trouver Savinien installé dans ses nouvelles fonctions.

Déjà absorbé par les opérations de caisse, dont
il s'acquittait d'ailleurs à merveille, le fiancé de Cécile ne put que remercier brièvement son protecteur, à travers un guichet, et le Californien, comme
il l'avait promis la veille à M. de Gondo, monta
chez la baronne qui, très-évidemment, l'attendait.

Madame de Gondo trônait dans un salon splendide où les dorures faisaient tort aux objets d'art,
et le reçut avec tous les honneurs qu'on rend volontiers dans le monde de la haute finance au seigneur et maître d'une douzaine de millions.

La femme de *grand-papa Vautour* était une beauté
un peu mûre et tournait un peu trop à l'embon-

point, mais elle pouvait encore prétendre à plaire,
et, avec ses grands yeux noirs et son profil d'im-
pératrice romaine, elle n'aurait eu aucune peine à
tourner la tête à un collégien.

Du reste, elle n'était que la belle-mère du jeune
Ernest et de sa sœur Noémi, M. de Gondo père,
resté veuf de bonne heure, s'étant remarié sur le
tard.

Mademoiselle de Gondo, moins majestueuse
que madame, aurait eu moins de succès en Orient,
où on estime, dit-on, les femmes d'après leur
poids, mais elle plaisait fort aux Occidentaux, qui
admiraient en elle le type israélite dans toute sa
pureté.

Elle aurait pu servir de modèle à un peintre de
sujets bibliques et, de plus, elle possédait à fond
toutes les élégances parisiennes.

Cette Rebecca, qui allait plus souvent au bois
qu'à la fontaine, s'était mise sous les armes pour
recevoir M. Caradoc de Colorado. Sa toilette, d'une
simplicité savante, avait certainement été choisie
en vue de faire la conquête du richissime étranger
et son sourire engageant équivalait à une tendre
déclaration de guerre.

Marcel s'était juré de résister à tant de charmes
et il se tint obstinément dans les limites d'une réserve polie, glissant rapidement sur le récit tant
désiré de ses aventures dans les déserts du Nou-
veau-Monde, remerciant chaleureusement quand
on lui parlait de son protégé, et prétextant de ses
habitudes de sauvagerie quand on lui insinuait

que son immense fortune l'obligeait à se lancer dans la grande vie mondaine.

Il n'évita cependant pas d'accepter une invitation au bal qui devait se donner la semaine suivante à l'hôtel de Gondo, et, grâce à cette concession un peu forcée, il put abréger sa visite.

Du reste, appelé ce jour-là à présider le conseil d'administration d'une puissante société industrielle, le baron ne se montra point et Marcel ne regretta nullement son absence.

Après s'être acquitté d'un devoir qu'il s'était imposé pour ne pas nuire à Savinien Brévan dans l'esprit de son nouveau patron, Marcel se fit mener quai de Valmy, chez madame Dortis, dont M. Chambras, l'habile agent de police, lui avait indiqué l'adresse.

Il avait fait atteler ce jour-là ses deux plus beaux cheveaux à son coupé le plus neuf, prévoyant bien qu'il serait mieux reçu dans cet équipage que s'il s'était présenté à pied pour demander des renseignements à une brave bourgeoise dont il n'était pas connu.

Son cocher, qui avait beaucoup plus pratiqué les quartiers élégants que les régions lointaines des faubourgs, s'égara quelque peu dans les rues qui avoisinent le boulevard Magenta, remonta plus haut qu'il ne fallait et, finalement, déboucha sur un quai dont la vue rappela aussitôt à Marcel un souvenir tout récent.

Ce quai, dont il lut le nom sur une plaque municipale, bordait le canal où la nuit dernière, lui et son ami Dominique avaient eu maille à partir avec de dangereux rôdeurs de nuit.

Il crut reconnaître la borne où ces misérables s'étaient assis pour partager les dépouilles de leur première victime et la place où ils s'étaient jetés sur le Canadien. Cela le surprit et l'amena à penser que le jardin à la porte duquel il avait reconduit madame Pouliguen ne devait pas être loin.

Pendant qu'il réfléchissait à cette coïncidence assez singulière, son coupé, qui filait au trot le plus accéléré, s'arrêta devant une grille de bonne apparence.

Le valet de pied sauta à terre, sonna, et bientôt un domestique sans livrée, qui avait bien la mine d'un serviteur vieilli au service de ses maîtres, ouvrit et s'approcha, la casquette à la main.

Marcel s'informa si madame Dortis était chez elle, et, sur la réponse affirmative du bonhomme, lui remit sa carte en disant :

— Demandez à madame si elle veut bien me recevoir. J'arrive de San-Francisco, et je suis chargé par un de mes amis de...

— Oh ! du moment que monsieur arrive de San-Francisco, madame le recevra pour sûr, s'écria le vieux domestique. Madame est au salon. J'y cours et je reviens.

— Voilà un empressement bien inattendu, pensa M. de Colorado en le voyant se précipiter vers le perron du petit hôtel qui s'élevait au fond d'une cour tenue avec un soin remarquable.

Et il se mit à examiner cette habitation, dont

I   11

l'aspect élégant contrastait avec les tristes abords du canal.

— Est-ce que la veuve de ce Dortis aurait appris, par une indiscrétion de M. Chambras, que je viens de Californie pour lui parler tout exprès de Paul Robinier? se demandait Marcel, surpris et presque inquiet.

L'hôtel, si bizarrement planté dans ce quartier perdu, était de construction assez récente et d'un style très-médiocre. Il ne visait point au grandiose, pas plus qu'il ne brillait par l'ornementation extérieure, mais il avait bonne mine avec sa façade blanche et son perron abrité sous une élégante marquise.

Au-dessus du toit à l'italienne pointaient les cimes des arbres d'un grand jardin dont les pelouses, soigneusement ratissées, faisaient une ceinture verte au soubassement tapissé de lierre.

Au milieu de la cour, bruissait un jet d'eau retombant dans une vasque de marbre; des deux côtés s'élevaient des communs bâtis en brique rose, et, sous une remise ouverte, on apercevait une bonne calèche de famille bien large, bien massive, un peu démodée, mais très-confortable et très-proprement tenue.

Toute habitation a sa physionomie particulière et son aspect trahit toujours quelque chose des mœurs, de l'origine et de la manière de vivre de ceux qui l'occupent. Celle de madame Dortis respirait l'aisance, le calme et le bonheur. Rien qu'à la voir, on devinait que là devaient s'écouler bour-

geoisement des existences paisibles, honnêtes, faciles et heureuses. Et surtout il était impossible de
supposer que des passions violentes pussent s'agiter
au delà de ces fenêtres à travers lesquelles on apercevait des caisses de fleurs et des cages d'oiseaux.

Cette apparence de simplicité vertueuse décon-
certait un peu Marcel, venu là avec l'idée précon-
çue de déclarer la guerre à la famille de l'homme
qui avait jadis chassé son père. Mais il se rappela
que les renseignements donnés sur ces gens-là par
M. Chambras n'étaient pas défavorables et il se
promit de les juger par lui-même avant de prendre
parti contre eux. Il s'étonnait aussi qu'un riche
commerçant fût venu demeurer sur les rives dé-
plaisantes du canal Saint-Martin, et il en conclut
que la fabrique exploitée jadis par feu M. Dortis
devait se trouver dans ce quartier industriel.

. Il fut tiré de ses réflexions par le retour du
domestique à cheveux gris qui accourait en
criant :

— Madame attend monsieur au salon. Je lui ai
dit que monsieur arrivait de là-bas. Elle est bien
contente.

M. de Colorado descendit de voiture, en se demandant ce que signifiait cette joie causée par sa
présence et suivit le vieux serviteur qui l'introduisit avec un empressement extraordinaire.

Madame Dortis l'attendait dans un petit salon
placé au rez-de-chaussée et très-élégamment meublé. Elle vint au-devant de lui, de l'air le plus affable,
en lui disant :

— Soyez le bienvenu, monsieur, puisque vous nous êtes envoyé par...

— Par M. Marcel Robinier, de San Francisco, madame, acheva Marcel pour couper court au malentendu qu'il soupçonnait.

— Quoi ! ce n'est pas de la part de mon... excusez-moi, monsieur... on m'avait annoncé que vous arriviez de Californie et j'avais cru... Je vois que je me suis trompée, dit madame Dortis d'un ton assez désappointé.

Mais peu importe, reprit-elle poliment, veuillez vous asseoir, monsieur, et me dire à quelle circonstance je dois l'honneur de votre visite.

Et, pendant que le Californien prenait place, elle regagna son fauteuil placé devant un métier à tapisserie.

A côté d'elle une jeune fille dessinait sur un album, une jeune fille dont la figure frappa Marcel. Elle avait de magnifiques cheveux châtains, le teint d'une blancheur mate, et les yeux bleus, de grands yeux qu'elle leva timidement sur le nouveau venu et qu'elle baissa aussitôt.

— Ma fille, monsieur, dit madame Dortis. Si vous désirez m'expliquer à moi seule l'affaire qui vous amène, je...

— Je puis parfaitement parler devant mademoiselle, interrompit Marcel, à qui le charmant visage de la jeune personne n'inspirait que de la sympathie. Voici ce dont il s'agit. Le père de M. Marcel Robinier, mon meilleur ami, a été employé autrefois chez M. Dortis.

— Robinier, répéta la veuve du fabricant; ce nom ne m'est pas inconnu, mais je ne me souviens pas de l'employé qui le portait.

— Moi, je m'en souviens très-bien, dit la jeune fille d'une voix harmonieuse et pénétrante, une voix qui impressionna singulièrement M. de Colorado. J'étais toute enfant quand il vint travailler aux écritures avec Tolbiac.

— En effet, je crois me rappeler maintenant : n'était-ce pas un vieillard? demanda madame Dortis.

— Oui, mère; il avait des cheveux blancs et une figure si douce! Il me donnait toujours des bonbons quand j'allais à la fabrique avec mon pauvre père, et il me parlait toujours de son fils qui était bien loin... en Amérique, je crois.

— C'est ce fils qui m'envoie, mademoiselle, dit le Californien très-ému, quoi qu'il fît pour rester calme.

— Oh! alors, monsieur, vous allez rendre M. Robinier bien heureux. Il l'aimait tant!

— M. Robinier est mort, murmura Marcel.

— En effet, dit madame Dortis, il me semble que Tolbiac, notre ancien contre-maître, m'a raconté autrefois que son employé, après avoir quitté notre maison, où il n'est resté que six ou sept mois, était entré comme simple ouvrier dans un atelier et qu'un peu plus tard, après une longue maladie...

— Il a succombé au chagrin et à la misère, acheva Marcel.

— Oh! mon Dieu! s'écria la jeune fille, et nous

ne l'avons pas su... Il n'a pas eu recours à nous...

— Pardonnez-moi, madame, la question que je vais vous adresser, reprit M. de Colorado en regardant fixement madame Dortis. M. Robinier a-t-il quitté volontairement l'emploi qu'il occupait dans votre maison, où l'en a-t-on chassé ?

— Chassé! Oh! monsieur, mon mari n'a jamais chassé un seul de ses employés. Il n'a sans doute pas pu garder M. Robinier pour des motifs que j'ignore, que Tolbiac doit connaître et qu'il pourra vous expliquer, car il est resté chez moi après la mort de M. Dortis.

Mais, à votre tour, pardonnez-moi de vous demander pourquoi vous vous informez avec tant d'insistance de...

— Je vais vous le dire, madame, avec une entière franchise, et j'aurais dû commencer par là.

Marcel Robinier, mon ami, retenu à San Francisco pour ses affaires, m'a chargé, à mon départ pour l'Europe, d'entreprendre une sorte d'enquête sur les dernières années de la vie de son père. Marcel, arrivé très-pauvre en Californie, y a fait une grande fortune. Il tient à honneur d'acquitter les dettes que son père a pu laisser et de prouver sa reconnaissance à ceux qui l'ont obligé. Il voudrait aussi connaître le nom de ceux qui l'ont persécuté.

— Afin de leur pardonner le mal qu'ils lui ont fait, n'est-ce pas, monsieur? s'écria mademoiselle Dortis.

Marcel tressaillit et ses yeux rencontrèrent ceux de la jeune fille.

— Peut-être, mademoiselle, murmura-t-il en y voyant briller une larme d'attendrissement.

La physionomie avenante de madame Dortis s'était rembrunie, et elle allait sans doute répondre sévèrement à l'énoncé des prétentions du Californien, quand la porte s'entr'ouvrit pour laisser passer une figure assez déplaisante.

— Voici quelqu'un qui va vous répondre, monsieur, dit la veuve d'un air offensé. Venez, Tolbiac, et dites à monsieur comment a quitté la maison M. Robinier, un employé qui a travaillé sous vos ordres, il y a quelques années.

L'homme s'avança et Marcel put l'examiner à loisir, car, avant de s'expliquer, ce personnage se recueillit en lui lançant des regards peu bienveillants. Il était porteur d'une physionomie sournoise qui ne prévenait pas en sa faveur, et, quoiqu'il fût très-convenablement vêtu, il ressemblait à un ouvrier endimanché.

— C'est moi, répondit-il enfin, qui ai renvoyé Robinier parce qu'il ne faisait pas du tout notre affaire. Il était trop vieux.

— Fort bien, dit sèchement Marcel. Alors, quand un employé a travaillé toute sa vie et qu'il est vieux...

— Il n'est plus bon à rien, c'est tout clair.

— Et vous n'avez pas hésité à chasser un homme qui n'était bon à rien, c'est encore plus clair. Vous ne savez pas, je suppose, ce qu'il a pu devenir?

— Si. Il est entré comme ouvrier dans l'atelier de Vermille, un fabricant de la rue Chapon. Là, c'était bien pis. Il ne faisait seulement pas la besogne d'un apprenti. On lui a réglé son compte au bout de la première quinzaine.

— Et il ne lui restait plus qu'à mourir. C'est ce qu'il a fait. Je vous remercie, madame, je sais tout ce que voulais savoir, dit Marcel en se levant.

Madame Dortis se leva aussi et s'inclina froidement.

L'ex-contre-maître Tolbiac regardait alternativement la veuve de son maître et l'étranger qui venait de l'interroger.

La jeune fille avait pâli, et dans ses yeux humides Marcel crut lire une prière. Il lui semblait qu'ils lui disaient : Ne nous accusez pas, ni ma mère ni moi. Mais il se raidit contre cette impression, et il saluait pour prendre congé, lorsqu'il vit entrer une jeune femme dont l'apparition le surprit et le troubla. Il lui semblait la reconnaître, sans pouvoir se rappeler dans quelles circonstances il l'avait vue.

Elle paraissait, du reste, beaucoup plus surprise et plus frappée que lui de sa présence dans ce salon où il n'était jamais venu.

Le Californien, qui cherchait à rassembler ses souvenirs, restait immobile, sans songer à se retirer, et la situation devenait embarrassante pour tout le monde.

— Madame Pouliguen, ma fille aînée, dit ma-

dame Dortis d'un ton qui signifiait évidemment :
Pourquoi la regardez-vous ainsi ?

Le nom de Pouliguen, brusquement jeté par
madame Dortis, expliqua tout à Marcel.

Il comprit en même temps pourquoi la vue de
cette gracieuse jeune femme lui causait une impression singulière et pourquoi on avait d'abord
accueilli avec tant d'empressement un visiteur
arrivant de San-Francisco. La veuve du fabricant
avait cru que ce visiteur lui apportait des nouvelles
de son gendre, le commandant de la *Terpsichore*.
Les souvenirs vagues qui avaient assailli M. de
Colorado lui venaient de son aventure de la nuit
précédente, et il reconnaissait très-bien maintenant des traits confusément entrevus dans la voiture.

Celle qu'il avait sauvée l'avait reconnu tout de
suite, elle, et sa figure exprimait l'émotion, l'inquiétude, presque la terreur. Évidemment, elle ne
s'expliquait pas la visite de son protecteur de rencontre et elle l'attribuait naturellement à quelque
dessein hostile, car il avait juré de ne jamais chercher à la revoir et il manquait à son serment.

L'ex-contre-maître n'était pas le moins agité
de tous les acteurs de cette scène intime, et ses
petits yeux gris lançaient à madame Pouliguen et
à l'étranger des regards inquisiteurs.

Marcel sentit le péril et la nécessité d'y parer.

— J'ai beaucoup connu à San-Francisco,
M. Pouliguen, capitaine de vaisseau, dit-il en
feignant d'être étonné d'une rencontre inattendue.

11.

— C'est mon gendre, monsieur, répondit madame Dortis ; vous vous êtes fait annoncer comme arrivant de Californie, et je pensais que vous veniez de sa part.

Il y avait dans cette phrase un reproche que Marcel comprit à merveille et qui lui servit de point de départ pour les explications qu'il lui tardait de fournir, afin de rassurer sur ses intentions l'imprudente épouse du commandant.

— Je me félicite presque de cette méprise, puisqu'elle m'a valu l'honneur d'être reçu par vous, madame, dit-il courtoisement ; mais si j'avais pu deviner que je me présentais chez la belle-mère de M. Pouliguen, mon ami, je n'aurais pas manqué, veuillez le croire, de me recommander de son nom.

— Et moi, monsieur, puisque M. Pouliguen est votre ami, je suis charmée que vous ayez été conduit ici par le désir de vous renseigner sur M. Robinier. C'est un heureux hasard que celui auquel nous devrons d'entrer en relations avec vous avant l'arrivée de mon gendre. Vous savez peut-être que nous l'attendons. Le journal nous a appris ce matin que la *Terpsichore*, qu'il commande, revient en France.

— Je le sais depuis hier, et je...

— Nous comptons bien que la présence à Paris de M. Pouliguen vous amènera souvent ici, car il habite avec nous.

Madame Dortis avait complètement changé de ton, et l'invitation qu'elle adressait à l'étranger fut faite avec une simplicité cordiale qui ne laissait aucun doute sur sa sincérité.

Pendant que la mère parlait, M. de Colorado observait à la dérobée les deux filles.

Il crut voir briller dans les yeux de la plus jeune un éclair de joie; mais il ne se trompa certainement pas en lisant un tout autre sentiment dans les yeux de l'aînée.

La pauvre jeune femme n'était rassurée qu'à demi, car elle ne comprenait pas encore bien ce que Marcel venait chercher dans cette maison, et si l'homme qui possédait son secret devait renouer avec son mari une intimité d'outre-mer, elle entrevoyait mille dangers.

Marcel devinait si bien ce qu'elle pensait, qu'il eut pitié d'elle et qu'il fut au moment de répondre à madame Dortis par un refus poli, en prétextant d'un prochain départ. Mais la sœur de madame Pouliguen était là, cette sœur qui avait donné une larme au récit des malheurs de son père. Leurs regards se croisèrent et sa parole trahit sans doute sa pensée, car il répondit :

— Je suis vivement touché, madame, de l'accueil que vous me faites, et je serai heureux de profiter de la présence à Paris du commandant pour...

— Oh! bien, monsieur, voilà qui est dit, interrompit madame Dortis avec une bonhomie charmante; plus de compliments, je vous en supplie. Vous savez que mon gendre ne les aime pas, et nous ne les aimons pas plus que lui. Vous êtes

son ami, c'est comme si vous étiez de la famille.
Voici mes deux filles, Clotilde Pouliguen, et Claire
Dortis. J'espère que mon fils René va rentrer et
que je vais pouvoir vous le présenter dès aujourd'hui. Et maintenant, si vous avez encore quelques moments à nous donner, nous serons ravies de
causer avec vous de ce beau pays que nous connaissons déjà un peu par les lettres de mon gendre.

— Vous n'avez plus besoin de moi, madame ?
demanda d'un air bourru l'ex-contre-maître.

— Non, mon cher Tolbiac. Je vous remercie de
vos renseignements.

— Il n'y a pas de quoi, grommela le sieur
Tolbiac en gagnant la porte.

Quand il l'eut refermée, madame Dortis crut
devoir dire à Marcel :

— Il est un peu brusque, et il manque d'éducation première ; mais c'est un brave homme qui a
rendu autrefois de grands services à mon mari
et qui nous est resté très-attaché.

— Il habite votre hôtel ?

— Oui, je lui ai fait arranger un logement dans
la maison de notre jardinier, et je suis bien aise
qu'il l'occupe, car ce quartier est fort désert la
nuit ; en l'absence de mon gendre, j'ai mon fils,
mais il est très-jeune et nos domestiques sont très-
vieux. Un homme de plus n'est pas de trop pour
veiller à la sûreté de la maison.

Marcel s'inclina assez froidement. M. Tolbiac
ne lui inspirait pas beaucoup plus de confiance
que de sympathie.

— Je regrette qu'il se soit exprimé si durement
sur le père de votre ami, reprit madame Dortis;
je regrette surtout de ne pas avoir été informée
dans le temps de la triste position de M. Robinier.
Te rappelles-tu, Clotilde, demanda-t-elle à sa fille
aînée, un employé de ce nom qui travaillait autre-
trefois à la fabrique?

— Vous savez bien, ma mère, que je n'y allais
jamais, répondit madame Pouliguen d'un air assez
distrait.

Marcel, pour la première fois, regarda avec attention la femme de son ami le capitaine de
vaisseau.

C'était une grande personne très-brune de peau,
avec des cheveux très-noirs, des lèvres rouges et
des dents blanches. Elle avait tout à fait l'air d'une
Espagnole et elle devait ressembler à son père,
car sa figure, très-caractérisée, ne rappelait en rien
celle de sa mère, dont Claire Dortis, sa plus jeune
sœur, était le vivant portrait. D'ailleurs, madame
Pouliguen était fort belle, de cette beauté qui im-
pose plus qu'elle ne séduit et qu'on admire surtout dans un bal ou dans une loge de spectacle.
Marcel s'expliquait fort bien que M. Belamer lui
eût adressé ses vulgaires hommages. Elle était de
celles que remarque la foule et qui *font bien dans le
paysage*, aurait dit le blême cocodès du cercle.

— Ta sœur s'en souvient, de cet employé, dit
madame Dortis, et ton mari a peut-être connu son
fils en Californie.

— Je ne le pense pas, madame, dit M. de Co-

lorado; Marcel Robinier était aux mines lorsque
la *Terpsichore* vint relâcher dans la rade de San-
Francisco, et il n'a jamais eu l'occasion de rencontrer le commandant.

— Mère, voici René, je reconnais le pas de son
cheval, s'écria mademoiselle Claire en courant à la
fenêtre.

Madame Dortis y alla aussi, et pendant qu'elles
lui tournaient le dos, Marcel trouva le moyen de
s'approcher de madame Pouliguen et de lui dire
tout bas :

— Ne craignez rien de moi, madame, je tiendrai
ma parole.

Elle le remercia d'un regard.

— Mais, prenez garde, ajouta-t-il rapidement.
Cette nuit vous avez été suivie par un homme. Il
avait la clef de la petite porte du jardin, et y est
entré après vous.

— Lui ! murmura la jeune femme en pâlissant.

Elle n'eut pas le temps d'en dire plus long, car
sa mère et sa sœur quittèrent la fenêtre, et au même
moment entra un jeune homme, habillé avec une
élégance recherchée et assez bien tourné.

Il s'arrêta tout surpris en voyant un étranger
dans le salon de sa mère, et rougit comme un
collégien.

— Mon fils, monsieur, dit la veuve du fabricant.

René, M. Caradoc de Colorado, un ami de ton
beau-frère.

Marcel tendit la main à l'héritier de ce nom de

Dortis qu'il commençait déjà à ne plus tant haïr, et René s'inclina, en disant :

— J'ai eu l'honneur de rencontrer plusieurs fois M. de Colorado... dans sa voiture... au bois de Boulogne...

— Où tu vas plus souvent qu'à ton bureau, n'est-ce pas ? interrompit la mère d'un ton moitié riant, moitié fâché.

— Il est assez naturel que j'aie remarqué M. de Colorado, qui a les plus beaux chevaux de Paris. Je vous en ai parlé bien souvent depuis trois mois, répondit René.

— Quoi ! s'écria étourdiment sa plus jeune sœur, c'est monsieur qui a fait en Californie cette immense fortune.

Et elle s'arrêta toute honteuse de ce qu'elle venait de dire.

Marcel, qui ne la quittait pas des yeux, la vit rougir et crut s'apercevoir que son charmant visage s'attristait un peu.

— Ne serait-elle donc pas de celles à qui les millions plaisent ? se demanda-t-il en cherchant à se défendre contre ses impressions, trop favorables à la famille Dortis.

Puis, comme il lui tardait d'être seul pour réfléchir aux incidents inattendus de cette première visite en pays ennemi, il prit congé en demandant l'autorisation de revenir, et on la lui accorda avec empressement.

En traversant la cour, il aperçut, planté contre

la grille comme une sentinelle en faction, Tolbiac,
qui ne jugea pas à propos de lui ôter son chapeau,
et il remonta dans son coupé en se disant :

— Je commence à croire que je n'aurai de
compte de vengeance à régler qu'avec ce drôle.

VI

C'était dimanche et il faisait une de ces belles journées que le climat brumeux de Paris accorde quelquefois aux pauvres gens qui travaillent toute la semaine.

L'air était tiède et le ciel à peine voilé. Le soleil dorait joyeusement les pots de fleurs aux fenêtres des mansardes, et ses doux rayons égayaient au fond de leurs chambrettes les ouvrières procédant à leur toilette matinale.

De frais visages se montraient aux lucarnes des toits, des bras blancs se levaient pour garnir de verdure les cages où chantent les chardonnerets, et des rires clairs faisaient lever la tête aux passants.

Les marchandes babillaient sur le pas de leurs boutiques, et les enfants jouaient dans les rues.

C'était la fête que le bon Dieu donne aux déshérités de la grande ville, à ceux qui n'ont pas de

quoi aller au bal, ni au spectacle, et les moineaux
en s'appelant sur les gouttières semblaient dire aux
prisonniers de l'atelier ou du bureau : Voici le jour
de liberté, le jour où vous allez pouvoir comme
nous vous envoler loin des rues enfumées.

Marcel, ce matin-là. était sorti à pied, et bien que
pour lui, grâce à ses millions, tous les jours de la
semaine se ressemblassent, il jouissait tout aussi
vivement qu'un petit employé du plaisir de s'en
aller à pied le long des boulevards.

Enchaînés à leur carrosse comme les marins à
leur vaisseau, les riches ne connaissent guère ces
joies-là, mais le Californien, accoutumé à vivre au
grand air, les appréciait infiniment.

Il marchait donc d'un pas allègre au milieu d'une
foule endimanchée, et chaque promeneur qu'il
croisait lui laissait en passant un peu du contente-
ment peint sur sa figure épanouie. En coudoyant
ces heureux à peu de frais, il lui semblait qu'il
emportait sa part de leur humble bonheur.

Il faut dire aussi qu'il avait déjà en lui-même
une ample provision de joie, car, depuis quelques
jours, tout allait au gré de ses désirs.

Il savait que son protégé faisait merveille chez
M. de Gondo, il se dirigeait en ce moment vers la
rue Albouy pour porter à Cécile des nouvelles de
son amoureux, retenu dans les bureaux du banquier par les travaux de fin d'année, et il se faisait
une fête de revoir cette chère enfant qu'il affectionnait cent fois plus encore depuis qu'il connaissait
Savinien.

Quelle joie de lui raconter les succès du jeune Brévan, ses espérances, de lui dire tout le bien qu'il pensait de ce vaillant fils du dernier ami de son père ! et aussi d'écouter les projets de la fiancée, de s'associer à ses rêves d'avenir, de parler longuement avec elle de ce mariage si ardemment désiré, et de lui promettre qu'il pourrait s'accomplir avant que la saison des lilas fût passée !

Marcel avait, ce jour-là, l'âme ouverte à la tendresse comme un écolier de quinze ans. Il oubliait ses haines, et, de toutes les figures qui avaient passé récemment devant ses yeux, une seule revenait souvent dans sa pensée, celle de Claire Dortis.

Il revoyait ses traits si doux, l'expression attristée de son charmant visage quand son frère avait parlé de l'immense fortune de M. de Colorado, la larme qui avait brillé sous ses longs cils au souvenir du pauvre employé chassé de la fabrique. Et, malgré lui, chaque fois qu'il songeait à Cécile, il songeait aussi à Claire.

Pourtant, il n'avait pas tenté de la revoir. Il sentait trop combien la situation de sa sœur, madame Pouliguen, était délicate, et, avant d'entrer dans l'intimité de la famille Dortis, il lui semblait plus convenable d'attendre le retour du commandant de la *Terpischore*. Si, comme il l'espérait, ce retour n'amenait pas de catastrophe, il pouvait compter sur une visite de M. Pouliguen, visite qui le mettrait plus à l'aise pour se présenter de nouveau à l'hôtel du quai de Valmy.

— Pourvu qu'elle ne commette pas la folie de

renouer avec ce Belamer! se disait-il, en pensant à l'imprudente qu'il avait arrêtée au bord du précipice. Je l'ai sauvée de ce fat, je ne la sauverais pas de la colère de son mari, s'il venait à soupçonner seulement sa conduite.

Il s'était retrouvé, lui, en face du Belamer et il avait pu constater que ce triste personnage affectait de parler bien haut de ses aventures quotidiennes avec des demoiselles des petits théâtres, ce qui ne le rassurait qu'à demi.

Ces réflexions, et d'autres relatives à l'attaque nocturne dont il avait délivré Dominique et à la promesse que M. Chambras lui avait faite de rechercher les coquins de toute catégorie qui avaient ruiné son père, le conduisirent jusqu'à l'entrée de la rue Albouy, sans lui laisser le temps de s'apercevoir de la longueur du chemin.

Il reconnut la place où Cécile l'avait brusquement quitté, effarouchée par la subite apparition d'une voisine, et il se mit à la recherche du numéro 75.

La maison habitée par la jeune fille était une haute, étroite et noire bâtisse à six étages, irrégulièrement percée d'une quantité de fenêtres disparates et zébrée d'enseignes de toutes les couleurs. Avec les bigarrures de sa façade étranglée entre deux constructions plus larges et moins élevées, elle ressemblait assez à une tranche de pâté moisi.

Du rez-de-chaussée au grenier on y exerçait les métiers les plus divers, et cette ruche laborieuse s'accédait par une allée sombre que fermait une barrière à claire-voie et à hauteur d'appui.

Le Californien entra bravement et s'engagea dans un escalier aux marches usées et quelque peu boueuses.

Il se souvenait que dans les immeubles de ce genre, la loge se trouve assez souvent placée à l'entre-sol et il comptait se renseigner auprès du portier sur l'étage où se trouvait la chambre de la jeune fille. Mais il ne vit sur le premier palier que trois portes peintes en jaune, et ornées de cartons portant le nom du locataire et l'indication de l'industrie qu'il exerçait.

Comme il continuait à grimper, il entendit des pas, et bientôt il se croisa avec un homme qui descendait rapidement. Il aurait pu s'adresser à lui, mais autant qu'il put en juger dans le clair-obscur de l'escalier, cet individu, porteur d'une casquette à visière rabattue sur les yeux, avait assez mauvaise mine. Marcel jugea qu'il souillerait le joli nom de sa protégée en le confiant aux oreilles de ce maroufle, et il passa outre.

A l'étage suivant, il se trouva face à face avec une grosse femme occupée à examiner si le pène de la porte de son logement jouait facilement. Il lui sembla même qu'elle était en train de l'huiler, probablement pour éviter le bruit désagréable de la clé tournant dans la serrure.

Cette personne si soigneuse interrompit sa petite opération dès qu'elle aperçut un visage inconnu, et elle allait s'enfermer chez elle, lorsque Marcel lui demanda poliment :

— Pourriez-vous m'indiquer, madame, où loge mademoiselle Cécile, une ouvrière fleuriste?

— Cécile! vous venez voir la petite Cécile du sixième! s'écria la femme.

— Oui, et comme vous venez de me dire qu'elle habite le sixième étage, me voilà renseigné.

— Elle y est, mais c'est joliment haut, et si monsieur voulait entrer chez moi pour souffler un peu... l'escalier est si raide!

Ce disant, la dame ouvrait sa porte toute grande.

— Entrez donc, monsieur, reprit-elle avec une volubilité incroyable. J'ai de belles choses à vous montrer, des bijoux, des dentelles, tout ça presque neuf et pas cher. C'est une fameuse occasion pour faire un cadeau à Cécile... Une jeunesse qui est jolie à croquer et qui n'a que de l'indienne à se mettre sur le dos au mois de décembre... Si ça ne fait pas pitié de se priver d'une robe de soie pour un gringalet qui lui a promis le mariage... Monsieur est un homme comme il faut... monsieur doit s'y connaître, en étoffes et en diamants, et si monsieur veut voir... la vue n'en coûte rien. J'ai aussi des tableaux et des faïences. Monsieur aime peut-être le *biblot*. Ça tombe bien. Je fais la toilette et la curiosité. On me connaît à l'Hôtel des ventes... Madame Alexis...

Marcel avait essayé plusieurs fois d'arrêter d'un geste ce flux de paroles et il n'y avait aucunement réussi.

Il apercevait dans le logement de cette verbeuse commère des entassements d'objets hétérogènes, des robes de velours étalées sur des cabinets italiens à incrustations d'ivoire, des guipures anciennes accrochées à une cotte de mailles, des assiettes de Sèvres empilées sur un dressoir en vieux chêne.

Assez étonné de voir dans ce taudis un tel fouillis d'objets curieux et précieux et peu tenté de faire des emplettes, le Californien aurait volontiers continué son chemin sans même se donner la peine de répondre à l'impudente revendeuse qui arrêtait ainsi les gens au passage. Mais il était cloué sur place par la désagréable surprise que lui causaient quelques-uns des propos de madame Alexis.

Pour que cette créature s'avisât ainsi de lui proposer à brûle-pourpoint d'acheter des nippes à l'intention de mademoiselle Cécile, il fallait qu'elle fît peu de cas de la vertu de l'ouvrière du sixième.

Il ne tenait qu'à lui de se renseigner plus amplement, car la revendeuse ne demandait pas mieux que de prolonger la conversation ; mais le dégoût le prit et peut-être aussi la peur d'apprendre quelque chose de défavorable sur sa protégée.

— Je n'ai besoin de rien, dit-il, en reprenant l'escalier.

— Ce sera donc pour une autre fois, lui cria la grosse femme. Pour sûr, monsieur me reviendra... et la petite aussi.

Il feignit de ne pas entendre et il avait déjà enjambé trois ou quatre marches, lorsqu'il aperçut à l'étage inférieur la figure d'un homme qui le regardait à travers les barreaux de la rampe.

C'était une face blafarde, encadrée par deux mèches de cheveux plats qui s'échappaient d'une casquette molle, une face que Marcel avait déjà rencontrée à l'étage inférieur et qu'il eut un moment l'intuition d'avoir aperçue ailleurs.

L'apparition de cette tête ignoble procura au Californien la sensation désagréable qu'on éprouve quand on marche sur un crapaud.

Il revit tout à coup par la pensée les abominables figures des habitués de la Roquette, et il lui sembla qu'il se trouvait rejeté encore une fois dans ce monde des coquins et des vagabonds qu'il cherchait à oublier depuis l'exécution de *Casse-Dos*.

Son aventure au bord du canal Saint-Martin l'avait déjà, bien malgré lui, remis en contact avec eux, et voilà qu'au moment de se retrouver en face de la fiancée de son cher protégé, il se heurtait à des êtres vils ou repoussants : une revendeuse à tout faire et un drôle qui avait bien la mine d'un affreux chenapan.

Il s'était débarrassé, non sans peine, des obsessions de l'une ; l'autre le délivra promptement de sa présence, car, après l'avoir rapidement dévisagé, il se plongea dans les profondeurs de l'escalier.

Mais, tout en continuant son ascension vers les toits, Marcel se disait que la maison de Cécile était bien mal fréquentée.

Ce n'était cependant pas la faute de l'ouvrière, si la modicité de ses ressources lui interdisait de demeurer dans un bel hôtel du quartier de la Madeleine ou des Champs-Elysées.

En arrivant sur le palier du troisième, il crut entendre dans les régions basses le murmure de deux voix, et il pensa qu'après avoir fait semblant de gagner la rue, l'homme à la casquette était peut-être revenu sournoisement sur ses pas pour causer avec la marchande. Il se pencha sur la rampe et il écouta avec attention; mais il ne put rien voir et il n'entendit que le bruit d'une porte qui se fermait.

L'homme était-il entré chez la négociante suspecte? C'est ce que Marcel ne put pas savoir, et il se remit à grimper, non sans se préoccuper un peu de toutes ces rencontres. Assurément, il n'en tirait aucune conclusion fâcheuse contre la jeune ouvrière, mais il était arrivé le cœur plein de tendresse, presque d'admiration pour Cécile, et il lui semblait qu'il venait de recevoir une douche d'eau froide sur son enthousiasme.

Les paroles de la revendeuse l'agaçaient comme une note fausse jetée par un exécutant maladroit au milieu d'un concert harmonieux.

— Pourquoi, se demandait-il, pourquoi cette femme s'est-elle avisée de me proposer d'acheter des robes et des bijoux à Cécile, comme elle dit, car elle ne l'appelle ni mademoiselle, ni madame? Elle la croit donc capable d'accepter des cadeaux du premier venu?

Et un soupçon germa dans son esprit.

— Me faudra-t-il encore perdre cette illusion, moi qui n'en ai plus guère? murmurait le Californien tout attristé; et Savinien se serait-il trompé sur le compte de sa future? Il paraît que cette

I   12

marchande à la toilette le connaît aussi, puisqu'elle se moque de Cécile qui espère l'épouser. Elle m'a dit, il est vrai, que la pauvre enfant se privait de tout en vue de ce mariage...

Allons ! allons ! je ne suis qu'un sot. Je rencontre par hasard le désintéressement, l'innocence, et au lieu de me réjouir d'avoir découvert du premier coup des vertus si rares, je m'ingénie à leur trouver des taches. Dominique seul est dans le vrai et je ferais mieux de l'écouter que d'attacher de l'importance au bavardage d'une vieille drôlesse.

Ces réflexions fort sages le menèrent jusqu'à la fin de l'escalier qui, dans sa partie supérieure, ressemblait beaucoup à une échelle.

Là, il n'y avait pas moyen de se tromper de porte, car sur celle de la chambre de l'ouvrière on lisait son nom écrit à la main sur un morceau de papier collé avec des pains à cacheter.

Du reste, à défaut de cette indication, Marcel aurait été guidé par la voix fraîche et pure de Cécile qui chantait un air dont le rhythme lent et cadencé éveilla en lui un vague souvenir. Il frappa doucement et elle vint aussitôt lui ouvrir. Elle rougit un peu en le voyant, mais elle se remit tout de suite.

— Je savais que vous viendriez, dit-elle en lui tendant la main ; Savinien me l'a écrit.

Et elle le fit entrer sans embarras, sans fausse honte, dans sa pauvre mansarde où la propreté tenait lieu non-seulement de luxe, mais de confortable.

Une coquette jouant l'ingénue y aurait certes mis plus de façons, Marcel le savait bien, et les impressions qu'il avait reçues au premier étage s'effacèrent aussitôt devant cette simplicité de manières.

La petite fleuriste n'ignorait plus maintenant qu'il était archi-millionnaire, puisqu'elle avait vu son fiancé depuis la conversation dans le parloir du cercle, et elle recevait cet opulent visiteur comme elle aurait reçu un ami d'enfance.

Cet honnête accueil devait plaire infiniment au Californien, qui s'y connaissait, ayant vu dans sa jeunesse des Parisiennes plus intimidées par la présence d'un riche inconnu, parce qu'elles étaient moins vertueuses.

— J'aurais voulu amener Savinien et vous allez me maudire d'être venu seul, dit-il doucement.

— Oh! non, s'écria Cécile. Je vous remercie au contraire.

— Comment! vous êtes contente de ne pas le voir?

— Je crois bien! Je sais tout ce que vous avez fait pour lui ; je sais que, grâce à vous, il a une place superbe chez un banquier, et qu'il travaille, même le dimanche. Et j'avais peur qu'il ne s'échappât pour venir. Pensez donc! mécontenter son patron! c'eût été un joli début! Il y aurait eu de quoi retarder notre mariage d'un mois.

— Décidément, se disait Marcel, je ne me corrigerai jamais. Voilà encore que je l'ai soupçonnée pour un mot que j'ai compris de travers.

— Tandis qu'avec la position qu'il vous doit, reprit la jeune fille, il aura bien vite amassé l'argent nécessaire pour nous mettre en ménage, et je suis sûre qu'il se fera aimer de ses chefs. Si vous saviez comme il est laborieux, et instruit, et intelligent, et rangé !

— Je puis vous assurer que M. de Gondo appré_cie déjà une partie de ses qualités et je crois qu'il se chargera de son avenir. Il me disait encore hier qu'il ne le traitait pas comme un employé ordinaire. Il l'a déjà invité à un grand bal qu'il donne cette semaine.

— Un bal ! répéta Cécile tout attristée. Savinien sera obligé d'aller au bal... dans le monde des belles dames !

— Obligé, non, dit Marcel en souriant; mais je lui conseillerai d'accepter l'invitation de son patron, car il ne faut pas le mécontenter, et je vous jure, mademoiselle, qu'il ne vous oubliera pas pour les belles dames.

— Vous avez raison. Je suis folle... Il m'aime et il me l'a bien prouvé... Oui, je suis folle, car j'oublie de vous conter la joie que j'ai eue quand il m'a dit que son père avait rendu service au père de votre meilleur ami. Quand je pense que, sans cela, il aurait dû refuser votre protection... car il m'a dit aussi qu'il avait commencé par vous chercher querelle.

— C'est vrai, et je n'en ai eu que plus d'estime pour lui.

— Parce que vous êtes bon, généreux, mais c'est égal, je lui ai fait des reproches. Oh ! les hommes

ne nous ressemblent pas... ils voient partout le
mal... Moi, je ne vous connaissais pas et j'ai eu
confiance en vous tout de suite.

Marcel ne put s'empêcher de rougir un peu de
la leçon que l'ouvrière venait de lui donner sans
s'en douter.

— Il n'y a qu'une chose qui me fâche, reprit-
elle; c'est... je vous demande pardon de vous dire
ça... c'est que vous êtes immensément riche.

— Eh bien?

— Eh bien, nous ne pourrons pas vous voir souvent quand je serai la femme de Savinien.

— Je compte, au contraire, que nous nous verrons bien davantage. D'abord, j'espère que vous
m'inviterez à la noce.

— Comment! vous y viendriez?

— Si j'y viendrai! je crois bien, et, de plus,
quand vous serez en ménage, je me promets de
vous demander à dîner au moins une fois par semaine.

— Vrai? bien vrai? s'écria Cécile en battant des
mains. Oh! que je serai contente! Vous verrez
comme je fais bien les beignets aux abricots.
Mais non... ça ne se peut pas... vous qui êtes habitué au luxe d'une table bien servie, aux mets
recherchés, vous ne vous contenteriez pas de mes
beignets.

— Essayez.

— Au fait! pourquoi pas? Vous avez bien
monté mes six étages; c'est plus difficile que de
manger un mauvais dîner.

12.

— Je les monterai encore plus d'une fois, à moins que vous ne me le défendiez. Mais savez-vous que j'ai eu quelque peine à trouver votre logement. J'avais oublié l'indication que vous m'aviez donnée et si je n'avais pas rencontré, au premier, une femme qui a bien voulu me renseigner...

— Au premier ! mais alors c'est madame Alexis. Et vous lui avez parlé? demanda Cécile dont le visage changea tout à coup d'expression.

— Mon Dieu ! oui, je lui ai parlé. Ai-je eu tort?

— Oui. C'est une méchante femme.

— Je l'ai jugée à peu près comme vous le faites, et je ne lui ai rien demandé, mais je n'ai pas pu éviter de l'entendre.

— Que vous a-t-elle dit?

— Oh ! beaucoup de choses que je n'ai écoutées qu'à moitié. Elle vous connaît et Savinien aussi.

— C'est-à-dire que je ne puis pas éviter de la rencontrer quelquefois dans l'escalier ni l'empêcher d'épier Savinien, quand il vient me chercher le dimanche; mais j'ai toujours refusé d'entrer chez elle, et c'est pour cela qu'elle m'en veut. Figurez-vous qu'elle me guette; chaque fois que je passe devant sa porte, elle m'arrête et elle me tourmente pour me montrer des étoffes, des dentelles, des bijoux... comme si une ouvrière pouvait se donner toutes ces choses-là !

— Elle est donc marchande?

— Oui, à la toilette. Elle achète aux ventes du mont-de-piété toutes sortes d'objets qu'elle va colporter à domicile et qu'elle revend très-cher. Et

peut-être fait-elle aussi d'autres commerces moins
honnêtes... j'ai vu quelquefois sortir de chez elle
des hommes qui avaient de bien mauvaises figures.
Mais, je vous en prie, ne parlons plus de cette
vilaine voisine et venez admirer la belle vue que
j'ai sans sortir de chez moi.

Marcel se sentait soulagé d'une inquiétude, depuis que Cécile s'était expliquée si franchement
sur ses relations avec madame Alexis, et il suivit
bien volontiers sa protégée à la fenêtre.

Elle avait tiré un merveilleux parti de la gout-
tière, car elle y avait installé une volière et elle y
cultivait des fleurs, au mépris de toutes les ordon-
nances de police.

Quant à la vue qu'elle signalait à l'admiration de
M. de Colorado, elle était des plus étendues et aussi
des plus originales.

Au delà des toits accidentés qui s'étageaient au
loin comme les vagues d'une mer houleuse, où les
cheminées figuraient assez bien des récifs escarpés
et dentelés, se dressait la butte Montmartre toute
chargée de maisons découpant leurs silhouettes
sombres sur l'horizon clair : un vrai paysage civi-
lisé qui ne rappelait nullement au Californien les
savanes du Nouveau Monde; Paris, vu d'en haut
comme le voient les oiseaux qui volent dans le ciel
et les ouvrières qui travaillent dans les mansardes.

— N'est-ce pas que c'est beau? s'écria Cécile. Le
soir, quand le soleil se couche, là-bas, derrière le
Mont-Valérien, Montmartre devient tout rose. Mais
j'y pense, vous avez voyagé en Amérique, vous

avez vu de bien plus belles choses et vous allez
vous moquez de moi.

— Je n'ai rien vu qui m'ait autant touché, murmura Marcel, beaucoup moins occupé de l'aspect
pittoresque des toitures que des naïfs enthousiasmes
de la jeune fille.

— Et puis, continua-t-elle, j'oublie que j'ai bien
peu de temps à rester avec vous, car il faut que
j'aille reporter de l'ouvrage tout en haut du faubourg Saint-Denis... une commande pressée...

— De roses mousseuses. Vous en avez parlé à
Savinien dans votre lettre.

— Comment! il vous l'a montrée? C'est très-mal.

— Pourquoi lui en voudriez-vous d'avoir confiance en moi? Ne suis-je donc pas son ami... et le
vôtre?

— Oh! si, et je lui ai déjà pardonné; mais c'est
vous qui allez m'en vouloir de vous quitter si vite.

— Non, car j'imagine qu'il faut créer beaucoup
de fleurs artificielles pour gagner de quoi se marier aux prochains lilas, dit gaiement M. de Colorado.

— Pas tant que vous le pensez. Depuis trois jours,
j'ai gagné bien près de vingt francs, répondit Cécile
d'un petit air fier. Mais j'ai joliment travaillé. Ce
matin, j'étais à la besogne avant le jour; à dix
heures, j'étais revenue du Père-Lachaise...

— Ainsi, vous y allez tous les jours?

— Si j'y manquais, il me semblerait qu'il va
m'arriver un malheur. A dix heures et demie,
j'avais fini mon petit pain et ma tasse de café au

lait. A midi ma commande était prête à livrer, et, quand vous avez frappé, je venais d'achever ma toilette pour sortir.

— Et je ne veux pas vous retarder. Voulez-vous me donner une de ces roses pour Savinien?

Cécile réfléchit un instant et dit :

— Non, pas celle-ci. Attendez.

Et courant à une table toute couverte de menus objets dont Marcel ne s'expliquait pas du tout l'usage :

— Je suis sûre, reprit-elle, que vous ne savez pas comment se fait une rose.

— Non, je l'avoue.

— Je ne parle pas de celles qui naissent sur les rosiers. Celles-là, c'est le secret du bon Dieu. Mais vous allez voir comme je les imite.

Tout en parlant, elle avait pris un brin de fil de laiton, elle fixait à l'un de ses bouts des brins de fil de soie écrue, et elle les coupait avec des ciseaux pour les égaliser.

— Voici les étamines, dit-elle. Je les trempe, comme vous voyez, dans la colle à gants pour les rendre raides. Je les sèche au feu de ce fourneau. Là ! maintenant qu'elles sont sèches, j'humecte la pointe avec cette pâte... c'est de la gomme arabique mêlée à de la farine de froment... puis, je les plonge dans ce vase rempli de semoule teinte en jaune. Regardez ! chaque fil a retenu un grain de se-moule... le cœur de ma rose est fait.

— C'est merveilleux ! s'écria Marcel qui n'avait pas cessé de suivre des yeux les jolis doigts roses

de Cécile manœuvrant avec autant d'adresse que
de grâce les fils de soie et la tige de laiton.

— A présent, il s'agit d'y mettre des pétales et
de les bien choisir, et de les bien placer, car je
veux qu'elle soit belle, ma rose. J'en ai justement
là de tout découpés et de tous les modèles. Voyez!
ils sont en batiste très-fine. Je les prends un à un
avec cette petite pince. Je les mouille, j'y passe un
peu de carmin avec ce pinceau à pointe fine. J'ai
soin de laisser les bords un peu plus pâles. Je les
colle autour des étamines. Je les gauffre avec ce
fer... heureusement, il est encore chaud... Ma rose
commence déjà à prendre tournure.

— C'est-à-dire qu'un papillon s'y poserait.

— Oh! pas encore. Les papillons s'y connaissent.
Voici mes feuilles du calice. Je les ai découpées
à l'avance dans un morceau de taffetas vert et pas-
sées ensuite à l'amidon. Je n'ai plus qu'à les ap-
pliquer. Voilà qui est fait.

— En vérité, dit en riant M. de Colorado, je ne
sais pas pourquoi on s'amuse encore à planter des
rosiers.

— Je serais bien fâchée qu'on n'en plantât plus,
monsieur. Je fais des fausses fleurs, mais je n'aime
que les vraies. Voulez-vous que celle-ci ait des
boutons? Non, ce serait trop long; il me faudrait
coudre la peau après l'avoir bourrée de coton
gommé. Je vais seulement y ajouter des feuilles.
Si j'avais à les gauffrer, je n'en finirais pas, car
c'est bien plus compliqué que pour les pétales. Il
faut produire le brillant de l'endroit, le velouté de

l'envers, imiter les nervures. Mais vous voyez qu'il
m'en reste de ma commande. Je n'ai plus qu'à les
attacher. Bon! elles y sont. Maintenant, j'enroule
ma tige avec du coton filé et, par-dessus, je l'enveloppe de papier serpente teint en vert... C'est tout,
ma rose est finie et vous avez le droit de l'admirer.

— Et je l'admire, je vous le jure.

— Alors, vous me permettez de vous l'offrir?

— Si je vous le permets!

— Et vous l'acceptez?

— Oui, pour Savinien.

— Savinien n'y a pas droit, puisqu'il n'est pas
venu.

— Pour qui donc alors?

Cécile réfléchit un peu, et répondit d'un air décidé :

— Pour la femme que vous aimerez.

— Alors, je la garderai longtemps.

— Pourquoi?

— Parce que j'ai passé l'âge d'aimer.

— On n'aime donc pas toujours? demanda naïvement la jeune fille.

Et comme Marcel secouait tristement la tête,
elle ajouta :

— Je suis pourtant bien sûre que j'aimerai toujours Savinien.

Le Californien la regardait et il lui sembla un
instant qu'un autre visage passait devant ses yeux,
un visage aussi doux, aussi frais, aussi pur, et cette

apparition fugitive avait tout à fait les traits de mademoiselle Claire Dortis.

— Eh bien! murmura-t-il, si jamais j'aime encore, je vous promets de donner à celle que j'aimerai cette fleur qui me vient de vous.

— J'espère qu'elle vous portera bonheur, s'écria Cécile.

Marcel lui prit la main, et la serra dans les siennes.

— Merci, dit-il, merci, et au revoir. Je vous quitte puisque vous devez sortir, car il vaut mieux que cette femme ne nous voie pas descendre ensemble. Je dirai à Savinien que vous pensez à lui et je tâcherai d'obtenir de M. de Gondo qu'il le laisse libre dimanche prochain.

Et il s'en alla le cœur plein de douces émotions, sans plus songer à madame Alexis. D'ailleurs, il ne la rencontra point dans l'escalier, car elle avait pour le moment des occupations plus importantes que le soin d'huiler la serrure de son appartement.

VII

Marcel ne s'était pas trompé lorsqu'en montant l'escalier, après son colloque avec madame Alexis, il avait cru entendre chuchotter à l'étage inférieur.

L'homme à la casquette molle avait fait semblant de gagner la rue, dès qu'il s'était aperçu que le monsieur qu'il venait de croiser se retournait pour regarder sa vilaine face collée aux barreaux de la rampe. Mais il ne dépassa point l'allée, et, remontant à pas de loup, il retrouva la marchande sur le palier et engagea avec elle à petit bruit un colloque animé, dont le résultat fut qu'elle l'introduisit chez elle et referma soigneusement sa porte aussitôt qu'il fut entré.

— Un millionnaire! ce *pékin*-là! s'écria la dame quand elle se trouva seule avec ce personnage à mine suspecte; allons donc! c'est pas à moi qu'il

I   13

faut pousser ces *colles*-là ! Un épicier en gros, je
ne dis pas non, car il a l'air cossu tout de même,
ou bien un fabricant de bronzes de la rue des Trois-
Bornes, mais un grand seigneur de la Californie,
ça ! jamais ! il n'a seulement pas de fourrures à son
paletot.

— Parce qu'il ne fait pas froid aujourd'hui, mais
il a le moyen d'en avoir, c'est moi qui vous le dis,
frangine dabusche, répondit l'homme.

— Ça t'écorcherait donc la bouche de m'appeler
« ma tante, » au lieu de « *frangine dabusche*, » s'écria
madame Alexis d'un air courroucé. Tu sais bien
que je t'ai défendu de parler argot.

— Faut pas m'en vouloir. Je sais que vous le
comprenez, et...

— C'est pas vrai.

— Alors, c'est que vous l'avez oublié. Mais ne
vous fâchez pas, ma respectable tante, ça ne nous
empêchera pas de causer. Je *jaspine* (1) au goût
des personnes. *Jaspinons* donc comme les *pantes* (2),
du moment que vous y tenez.

— Oui, que j'y tiens. J'ai pas envie de nuire à
mon commerce.

— Ça, c'est vrai que, quand vous allez brocanter
des *frusques* ou des diamants dans la *haute*, vous ne
pouvez pas *rouscailler bigorne* (3). Ça vous ferait
du tort, quoique, c'est pas pour dire, mais, j'en
connais des *huppées* qui ne s'en privent pas quand

(1) Parle.
(2) Bourgeois.
(3) Parler argot.

elles en trouvent l'occasion... à preuve que Fifine
m'en remontrerait à moi, Arthur Canoche, dit
Pain-de-Blanc.

— Ta sœur! ah! *ben*, parlons-en, jolie pratique !
elle me doit sept mille francs et il n'est pas seulement question de me les payer.

— Avec ça qu'elle ne vous en a pas fait assez
gagner. Tenez, *dabusche...*

— Encore !

— Faites pas attention, ça ne m'arrivera plus.
Mais non, là, vrai, vous n'êtes pas juste avec Fifine.
Elle vous prend tous vos *rossignols* sans marchander,
et moi elle me fait droguer pour m'*abouler* une
pauv' pièce de cent sous.

— Elle a raison, vu que tu n'as pas de tenue et
que tu compromets sa maison chaque fois que tu
y mets les pieds.

— Pas de ma faute, *dab...* non, ma tante. Si
Fifine veut que j'y fasse honneur, elle n'a qu'à me
faire des rentes.

— Faudrait pour ça qu'elle en *aye*. Et elle n'en
prend pas le chemin. Une mange-tout qu'est depuis deux ans avec le fils du plus riche banquier
de Paris et qui n'a pas encore su se faire une position. Tiens! veux-tu que je te dise! toi et ta sœur,
vous êtes des rien du tout.

— Des rien du tout! vos héritiers! oh! *dabusche!*

— Mes héritiers! oui, comptez là-dessus! Mais
c'est pas tout ça. J'ai pas le temps de bavarder. *Qué*
que t'as à me conter sur ton millionnaire de carton?

— D'abord, il n'est pas de carton, vu qu'il *reste*
place de l'Europe, dans un hôtel à lui, qu'il s'appelle M. de Colorado, et qu'il a un crédit de je ne
sais pas combien de millions chez M. de Gondo, le
père du monsieur à Fifine. Demandez-lui plutôt,
quand vous la verrez.

— C'est elle qui t'a dit tout ça?

— Fifine! il y a pas de danger. Elle m'a fait
mettre à la porte par ses *larbins*, la dernière fois
que j'y ai été. Je l'ai vue à la Roquette, lundi, le
matin où on a *fauché Casse-Dos*, mais j'ai pas pu lui
parler, car elle se pavanait avec son Ernest, à la
fenêtre du *mastroquet* qui fait le coin et moi je me
mouillais les pieds dans la *trime* (1). Ça n'empêche
pas que je suis sûr de mon affaire. J'ai un ami
qu'est valet de chambre chez le milord de Californie. C'est lui qui m'a fait tout le *boniment* que je
viens de vous *débagouler*. Sans compter que j'avais
déjà rencontré son maître causant avec la petite du
sixième, même qu'il l'a reconduite depuis le Père-
Lachaise jusqu'au coin de la rue Albouy.

— Quel jour?

— Justement, le jour de *Casse-Dos.*

— Alors s'est lui que j'ai vu comme il la quittait
en lui remettant sa carte, au coin du boulevard
Magenta, s'écria la revendeuse, frappée tout à coup
d'un souvenir.

— Vous voyez bien que je ne vous *monte pas le
coup*, dit *Pain-de-Blanc*, car c'était l'ignoble ami de
l'*Époulardeur* que madame Alexis venait de rece-

(1) Rue.

voir, madame Alexis, dont il avait l'avantage d'être le propre neveu. Il en tient pour la petite du sixième, ajouta-t-il.

— Bon. Et après?

— Après? Eh ! *ben*, c'est une rude occasion pour lui vendre des robes de velours, et des breloques, et des *toquantes*.

— Possible. Mais c'est mon affaire. Vas-tu pas me demander une remise?

— Je serais dans mon droit, répondit gravement le drôle; mais avec ma tante je ne fais pas de ces crasses-là.

— Bon! je la connais, celle-là. Tu es monté tout à l'heure pour me soutirer quarante sous, sous prétexte que c'est bientôt le jour de l'an. J'ai été assez bête pour te les donner. Tu remontes; bien sûr que ce n'est pas pour le plaisir de me donner des renseignements sur une bonne pratique.

— Pour ça et pour autre chose.

— Quoi?

— Voilà. Vous allez gagner de l'argent gros comme vous avec le Californien...

— Tu n'en sais rien. La petite est *toquée* d'un sans le sou qui lui a promis le mariage, et elle se donne le genre de refuser les cadeaux des messieurs.

— Pourquoi donc alors qu'elle reçoit le millionnaire? Avec ça qu'il ne vient pas de monter chez elle.

— Mettons qu'elle ne lui ferme pas la porte au nez. Ça la regarde, ça ne te regarde pas. Même que si ton soi-disant millionnaire te rencontrait une autre fois dans l'escalier, j'ai dans l'idée qu'il ne reviendrait pas souvent. Si tu crois que tu poses bien la maison avec ta casquette de soie et tes mèches en accroche-cœurs.

— Faites pas attention, ma tante, ça plaît à Phémie.

— Assez de Phémie et de *blagues* comme ça. *Qué* que tu me veux ?

— Je voudrais que vous me prêtiez des *biblots*. Oh ! la moindre chose de n'importe quoi... du Chine, du Saxe, du Japon, ou des tableaux, ou des sabres turcs... Ça m'est égal, pourvu que ça *aie* l'air vieux et que ça me serve à mettre dedans le *rupin* de la place de l'Europe.

— Rien que ça ! pauv' petit ! tu t'es levé de bonne heure pour trouver cette invention-là.

— Oui, j'ai idée de me lancer dans le bric-à-brac. Je tiens à enfoncer la Californie. Mais soyez tranquille, sur chaque *biblot* que je *cameloterai* (1) à M. de Colorado, vous aurez votre part du *bénef*.

— Merci. J'aime mieux lui vendre moi-même.

— Des robes et des bijoux pour la petite, quand il repassera par ici, possible. Mais vous ne seriez pas reçue dans son hôtel, au lieu que mon ami le *larbin* m'y laissera entrer quand je voudrai.

Il y eut un silence. Madame Alexis réfléchissait.

— As-tu seulement une garantie à me donner

(1) Vendrai.

pour que je te lâche comme ça des *biblots* qui valent plus d'argent que ta peau?

— Bien sûr que je ne vas pas déposer un cautionnement à la Banque de France, dit en gouaillant le préféré de Phémie. Pas besoin, vu que ça ne vous serait pas difficile de me repincer si je vous *faisais voir le tour.*

— Non, décidément, je n'ai pas confiance.

— Vous avez tort, chère et respectable tante. Le père *Machin*, de la rue Traversière, ne demanderait pas mieux que de m'aider, si j'allais lui conter l'affaire, et vous devriez me remercier de vous donner la préférence.

— Le père Machin est un *fourgat* (1), dit madame Alexis qui savait plus d'argot qu'elle n'en voulait convenir. Un de ces jours, il ira coucher à Mazas, et toi aussi. Moi, je ne veux pas me mêler de vos manigances. Je fais mon commerce honnêtement.

— Et moi donc! Je ne veux gagner avec le Californien que trois cents pour cent, pas un sou de plus que vous, quand vous vendrez vos nippes à la petite.

— Ah! çà, est-ce que tu voudrais me faire *gober* que ton millionnaire te recevra dans son hôtel, *ficelé* comme te voilà?

— Ma tante, vous me faites de la peine. Vous n'ignorez que je trouverai tout ce qu'il me faut pour me *camoufler* (2) chez le *père Rigolo*. Vous savez

(1) Recéleur.
(2) Déguiser.

bien, le *père Rigolo*, la boutique de *Décrochez-moi ça*, à l'enseigne des *Deux-Drapeaux* où *on habille un homme des pieds à la tête pour* 1.90? C'est écrit dessus. Et il me connaît, le *père Rigolo*, et il a confiance en moi, lui, à preuve qu'il va me louer une livrée de *larbin*, pour servir au buffet chez M. le baron de Gondo, qui donne un grand bal cette semaine. Demandez plutôt à Fifine, qu'est avec le fils, si c'est pas vrai que son baron de beau-père donne un bal et que M. de Colorado roule sur l'or.

Ce dernier argument fit sans doute impression sur madame Alexis, car, après y avoir pensé un instant, elle dit brusquement à son neveu :

— C'est bon. Reviens ici après-demain, sur le coup de cinq heures, quand il fera nuit.

— Et vous *m'aboulerez* les *biblots?*

— Nous verrons ça. En attendant, tourne-moi les talons et tâche de ne pas te faire remarquer dans l'escalier.

Pain-de-Blanc, ravi de cette demi-promesse, salua sa vénérable tante en portant la main à sa casquette et en exécutant avec la jambe gauche une glissade en arrière, ouvrit doucement la porte aux gonds huilés et s'esquiva.

Dès qu'il fut parti, madame Alexis mit son chapeau et son manteau des grands jours, prit dans un tiroir deux ou trois écrins à bijoux, et après avoir soigneusement fermé et cadenassé sa porte, s'achemina vers la place du Château-d'Eau, où elle monta dans l'omnibus de la Madeleine.

La revendeuse savait parfaitement que son

neveu Arthur était un coquin fieffé et ne se souciait
guère de l'associer à ses affaires. Non qu'elle fût
bien scrupuleuse sur le choix des trafics variés
que comportait son honorable profession, mais elle
avait toujours vécu dans la crainte salutaire de la
police correctionnelle et elle tenait à l'éviter encore
plus qu'à gagner de l'argent. Seulement, à travers
les propositions de l'ingénieux *Pain-de-Blanc*, elle
entrevoyait la possibilité de réaliser un gros gain
sans se compromettre, et elle ne négligeait jamais
ces occasions-la.

C'est pourquoi elle avait résolu d'aller d'abord
se renseigner chez la sœur du susdit chenapan,
Coralie de Marly, de son vrai nom Joséphine
Canoche. Coralie ne lui inspirait pas, d'ailleurs,
une confiance illimitée, mais c'était sa nièce, après
tout, et, de plus, sa débitrice.

En se transportant rue de Castellane, où la plus
rousses des *dames du lac* occupait un superbe appartement, madame Alexis espérait bien faire,
comme on dit, d'une pierre trois coups : prendre
des informations sur M. de Colorado, d'abord ;
ensuite, tâcher d'obtenir un à-compte sur les sept
mille francs dont elle était créancière, à titre plus
ou moins légitime, et, enfin, vendre à crédit, et six
fois plus cher que de raison, une parure de diamants et rubis achetée pour un morceau de pain
à la femme d'un boursier, ruiné par la baisse du
Mobilier espagnol.

Animée de ces louables intentions, la brocan-
teuse descendit à la Madeleine, roula comme une

13.

boule jusqu'à la rue Tronchet, puis, tournant à
gauche, entra dans une belle maison qui ne ressemblait pas du tout à celles de la rue Albouy, et,
malgré son embonpoint, monta lestement au second étage, où demeurait Coralie.

Il ne faisait pas encore jour chez madame de
Marly, c'est-à-dire qu'elle n'était pas encore coiffée
et qu'Adèle, sa femme de chambre, avait l'ordre
de ne recevoir aucune visite masculine avant
quatre heures. Mais madame Alexis avait ses
grandes et ses petites entrées, et la complaisante
Adèle, qu'elle gratifiait assez souvent d'un châle
ou d'une robe, s'empressa de la conduire tout
droit au petit salon jaune, où sa maîtresse, étendue
à plat ventre sur un magnifique tapis de Smyrne,
était occupée à se tirer les cartes.

— Tiens ! la mère Alexis ! s'écria-t-elle sans se
déranger. J'en étais sûre que tu viendrais aujour-
d'hui. La dame de trèfle, c'est de l'argent. Tu
m'en apportes, hein ?

— Ne dis donc pas de bêtises, Fifine, répondit
la revendeuse en s'asseyant sans cérémonie sur un
délicieux pouf capitonné qui gémit sous son poids.

— Tu ne viens pas m'en demander, au moins ?

— Justement, si.

— Tu tombes mal, maman. Pas le sou. *Mince
de braise*, comme on dit dans mon pays... à la
place Maubert.

— Voyons, ma fille, sois raisonnable. Tu sais
bien que tu me dois dans les sept mille, sept mille
cinq cents.

— Tant que ça ?

— Et encore je ne te compte pas l'intérêt.

— Merci ! Tu es bien bonne pour ta famille.

— Et toi, tu seras toujours une *toquée*. Si c'est Dieu possible d'avoir une position comme tu en as une et de manger tout, sans te mettre un liard de côté ! Mais tu n'es donc pas de notre sang, que tu t'arranges pour finir tes jours dans la *dèche !*

— Dis donc, mère Alexis, est-ce que c'est pour me faire de la morale que tu viens de la rue Albouy avec des socques crottés qui salissent mes tapis ?

— Non, vu que ça ne servirait à rien. Je viens pour te demander des renseignements.

— Sur Ernest ?

— Non.

— C'est dommage. Ça serait bientôt fait de te les donner. Mon seigneur et maître est un pingre *di primo cartello ;* toi tu dirais un pingre premier numéro, parce que tu n'es pas abonnée aux Italiens.

— Il ne s'agit pas de ton Gondo ; il ne me revient pas du tout, ce jeune homme ; mais c'est égal, tu ferais bien d'être un peu plus gentille avec un garçon qui héritera un jour de son richard de père.

— Et après ? On voit bien que tu ne le connais pas. Quand il aura hérité, il trouvera que je ne suis plus assez *chic* pour lui, et il me plantera là.

— Alors, raison de plus pour faire des économies. Mais c'est pas de ça qu'il s'agit pour le moment. Je suis venue pour te parler d'un Américain qui *reste* place de l'Europe, et qui s'appelle M. de Colorado.

— Tu le connais ? demanda vivement Coralie.

Et, laissant là ses cartes, elle reprit aussitôt la position verticale et vint se planter debout devant son honorable tante.

— Non, dit madame Alexis qui ne regardait pas à un mensonge.

— Tant pis. Il paraît qu'il a autant de millions que d'années et, pour sûr, il a plus de trente ans.

— C'est donc vrai ce qu'il m'a dit, ce gueusard-là ?

— Quel gueusard ?

— Ton frère, pardine !

— Arthur ! Tu vas peut-être essayer de me faire croire qu'il est reçu chez M. de Colorado ?

— Non, mais il m'a demandé de lui prêter des *biblots* pour aller lui faire l'article à domicile, et il m'offre de partager le *bénef.*

— T'offre-t-il aussi de partager les cinq ans qu'il attrapera en correctionnelle quand il aura volé l'Américain ?

— Alors, tu crois que les *biblots*, c'est une *frime* pour...

— Pour entrer dans la Californie et y prendre les empreintes des serrures. C'est pas plus malin que ça, mère Alexis. Ma parole ! on dirait que tu ne le connais pas, ton neveu !

— Je le connais trop.

— Et moi donc ! Je l'ai consigné à la porte, depuis qu'il s'est permis une fois de se montrer

ici en blouse et en casquette. Sans compter que
l'autre jour, à la Roquette, où Ernest m'avait loué
une fenêtre, M. Arthur *gouapait* sur la place avec
ses bons petits amis retour de Cayenne; et il s'est-
permis de m'appeler par mon nom devant toute la
bande à ce *rat* de Gondo, qui m'a fait une scène et
qui a profité de l'occasion pour me refuser des
boucles d'oreilles en brillants, comme celles de
Valentine.

— J'ai justement là les pareilles et la broche
avec, dit madame Alexis, qui s'empressa de saisir
au vol cette heureuse transition.

— Combien?

— Pour toi, vingt mille; mais je voudrais au
moins cinq mille comptant.

— Cinq mille graines de potiron. Je suis *panée*
comme trois côtelettes. Tu repasseras une autre
fois. Je ne veux seulement pas les voir. Causons
plutôt du Californien. Toutes les fois qu'on parle
de cet homme-là devant moi, ça me fait le même
effet que si j'entendais remuer de l'or à la pelle.

— Alors tu ne me conseille pas de faire l'affaire.

— Avec Arthur? Ah! non, par exemple! Mais
avec moi ça se pourrait peut-être. Je le rencontre
tous les jours au bois, et si je voulais...

— Pas sûr. Il est déjà pincé.

— Ce n'est pas vrai; ça se saurait dans notre
monde.

— Non, car il ne donne pas dans les princesses
de ta société. Il en tient pour une ouvrière qui
reste dans ma maison.

— La petite du sixième ?

— Juste. Pas plus tard qu'il y a une heure, il est venu la voir ; même que j'ai voulu lui faire l'article quand il a passé devant ma porte et que ça n'a pas pris. Arthur sortait de chez moi; il l'a rencontré dans l'escalier et il est remonté pour me conter le *boniment* que tu sais. Tu vois que je ne te cache rien.

— Ah ! il aime les ouvrières, ce bon M. de Colorado, qui ne regarde personne quand il passe en voiture ! Après ça, elle est rudement gentille, la petite du sixième, et on pourrait la lancer.

— Pas moyen. Elle a un *béguin* pour un commis de quatre sous.

— Laisse donc ! tu me fais rire, et si je voulais m'en mêler... tiens ! c'est une idée ! j'irai la voir.

— Je ne t'empêche pas d'essayer. Moi, il n'y a pas mèche, elle m'abomine. Mais si, par elle ou autrement, tu pouvais me procurer la pratique du milord de la place de l'Europe, eh ! bien, là, vrai, Fifine, je ne regarderais pas à un rabais de deux mille à deux mille cinq cents sur les boucles d'oreilles et la broche.

— Parbleu ! tu y gagnerais encore soixante pour cent.

Madame Alexis allait se récrier, mais la femme de chambre montra son nez pointu sous la portière de soie qui séparait le boudoir du cabinet de toilette, et dit d'une voix aussi aiguë que son nez :

— Madame, c'est ce jeune homme qui vous a écrit.

— M. René Dortis?

— Oui, il demande si madame est visible.

Coralie réfléchit un instant.

— Dis-lui que je m'habille et fais-le attendre au salon, répondit-elle.

— Comment, tu vas le recevoir! s'écria la tante. Et si ton monsieur rentrait?

— M'ame Alexis, tu n'es qu'une bête. Il n'y a pas de Bourse aujourd'hui, et Ernest est à la chasse. C'est pour ça que j'aime tant le dimanche. Au moins, ce jour-là, je ne le vois pas ce rat de Judée. Mais parlons d'autre chose. Accepterais-tu pour la parure vingt mille en billets à trois mois avec une bonne signature au-dessous de la mienne?

— Ça dépend. Faudrait la voir, cette signature.

— Tu la verras, et le signataire aussi, puisqu'il attend, là, dans le salon.

— Le jeune homme qui t'a écrit? Merci! Quelque joli *cocodès*, brûlé chez tous les usuriers. Ça ne s'escompte pas, ce papier-là, ma fille.

— Le cocodès en question n'a pas un sou de dettes; en revanche, il a, pour le moment, trente mille francs de rente, et il en aura encore autant le jour où il héritera de sa mère.

— Alors, il n'a pas vingt et un ans et ce billet signé de lui n'est qu'une feuille, un chou.

— Il les a depuis trois mois. J'ai pris mes renseignements, et tu devrais savoir que je ne reçois jamais de mineurs. Pas si bête! C'était bon de ton temps, les mineurs, mais ils ont fait des progrès depuis ta jeunesse. Maintenant, ils endossent tout ce qu'on veut et, à leur majorité, ils font plaider la nullité de l'engagement. Et c'est encore une chance quand les juges ne vous font pas des misères. Détournement de mineurs... on connaît son code, ma vieille, et on ne s'y fait pas mordre.

— Oui, ma petite Fifine, je sais que tu entends les affaires. Sans ça tu ne serais pas de la famille. Mais pourquoi ne payerait-il pas comptant, ton cocodès, puisqu'il a *le sac* et puisqu'il est majeur ?

— Parce qu'on ne lui a pas encore rendu de comptes de tutelle et qu'il n'ose pas les demander, de peur de faire de la peine à sa maman.

— C'est d'un bon cœur. Alors, tu l'y décideras, à les demander ?

— Parbleu !

— Et tu dis qu'il s'appelle ?

— René Dortis.

— Est-ce que ça serait le fils de Dortis, le fabricant, qui avait dans le temps ses ateliers rue Saint-Maur ?

— En plein. Et il demeure quai de Valmy. C'est dans ton quartier. Tu n'auras pas à te déranger pour aller aux références.

— Ce n'est pas la peine. Je connais la maison. Le père a laissé quatre millions, au bas mot.

— Alors, tu fais l'affaire ?

— Oui, à condition que je passerai les effets à Zacharie.

— L'usurier de la cour Batave ? Celui-là ou un autre, ça m'est égal.

— Oui, mais il ne les prendra pas, même à moi, à moins de vingt pour cent d'escompte et cinq de commission.

— Bon! alors, quand le petit sera là, tu me feras la parure vingt-cinq mille; je marchanderai et tu me la laisseras pour vingt-deux. Comme ça, tout le monde y trouvera son compte.

— Excepté le petit. Mais ce n'est pas tout. Le père Zacharie mettra les effets en circulation.

— J'y compte bien. Ils seront à trois mois, c'est plus de temps qu'il ne m'en faut pour plumer ce pigeon-là, et il lui restera toujours de quoi payer vingt-cinq malheureux billets de mille.

— Alors, c'est dit. Je vais jouer ma petite comédie, et tu seras contente, foi d'honnête femme. Mais, dis donc, Fifine, tu me donneras bien cinq cents francs sur notre vieux compte.

— Pas un radis. Tu vas gagner assez d'argent aujourd'hui. Allons, mère Alexis, en scène! en scène! Étale ta marchandise pour que le petit la voie en entrant.

— Comment! tu vas le recevoir dans c'te toilette-là?

— Un peu. Voudrais-tu pas que je mette une robe à queue et un manteau de cour.

— T'es seulement pas coiffée!

— C'est exprès. Mes cheveux, c'est ce que j'ai de mieux dans la figure.

Madame de Marly tira un cordon de soie et dit à la femme de chambre qui montra aussitôt son museau de fouine :

— Serre le jeu de cartes et fais entrer le petit.

Et se plantant devant une immense glace Psyché qui décorait le boudoir, elle passa rapidement ses doigts nerveux dans la masse désordonnée de sa chevelure fauve.

Coralie ne mentait pas. Elle avait ce point de commun avec Samson, vainqueur des Philistins, que toute sa force était dans ses cheveux. Des cheveux drus, épais, abondants, ruisselants qui étaient bien à elle, et dont la couleur rappelait celle de l'acajou. Cette créature, qui avait vu le jour rue de la Bûcherie, à deux pas de la place Maubert, pouvait poser pour un peintre à la recherche de cette nuance si chère aux maîtres vénitiens.

Et elle ne s'en était pas privée dans sa jeunesse.

Seulement, comme elle avait eu la chance de naître rousse à une époque où les rousses commençaient à devenir à la mode, elle avait de bonne heure déserté les ateliers pour se produire sur les planches des petits théâtres, d'où elle n'avait fait qu'un saut dans un huit-ressorts attelé d'une paire de chevaux de cinq cents louis.

Quant à sa taille et à ses traits, il n'y avait rien à en dire. Elle ressemblait à une foule de ses pareilles; elle n'était ni grande ni petite, ni grasse ni maigre; elle avait des yeux sans éclat, un teint sans couleur, un nez de forme indéterminée et le reste à l'avenant. Franchement laide ou décidément ravissante, suivant les jours ou plutôt suivant les goûts, à l'idée des personnes, comme disait

la mère Alexis en proposant ses marchandises
d'occasion.

Un vrai type parisien, un type sans relief,
comme celui des monnaies quand elles ont circulé
beaucoup.

Dotée par la nature de cheveux qui lui économi-
saient de gros frais de teinture, Coralie possédait
encore cette redoutable faculté d'assimilation qui
permet à des faubouriennes élevées sur le carreau
des Halles de jouer convenablement les grandes
coquettes et mêmes les ingénues.

A Paris, on pourrait sans inconvénient supprimer
le Conservatoire où on forme les actrices, car, sur
les deux rives de la Seine, les femmes naissent
toutes comédiennes.

Madame de Marly donna ce jour-là un joli échan-
tillon de ses aptitudes pour le théâtre.

— C'est vous, mon ami, dit-elle d'une voix lan-
guissante, dès que le jeune homme parut. Vous
n'en voulez peut-être de vous avoir fait attendre ;
eh ! bien, vous devriez me savoir gré de vous recevoir aujourd'hui, car depuis ce matin j'ai mes nerfs
et j'avais défendu ma porte.

— Pardonnez-moi, madame, d'avoir insisté,
balbutia René Dortis. Vous m'aviez dit hier...

— Que je serais chez moi à deux heures, oh ! je
m'en souviens... croyez-vous donc que j'oublie si
facilement ce que je promets dans l'allée d'Armenonville ?

— Pourquoi votre mémoire est-elle plutôt fidèle

à cette allée-là? demanda le jeune homme en rian
pour se donner une contenance.

— Pour moi, c'est l'allée aux serments. Pourquoi? je n'en sais rien. Est-ce que les femmes savent jamais pourquoi elles se souviennent, pour
quoi elles oublient, pourquoi elles aiment? Tenez
c'est peut-être parce que la première fois que je
vous ai rencontré, c'était là.

René rougit jusqu'aux oreilles et chercha ur
compliment qui ne vint pas. Pendant qu'il le cherchait, madame Alexis, qui avait prestement tiré de
leur écrin les boucles d'oreilles et la broche, les
étalait sur le velours noir d'une table placée au
milieu du boudoir.

— Si j'ai eu envie un instant de ne pas vous recevoir, reprit Coralie en se posant de façon à ce
qu'un rayon de soleil tombât sur son opulente chevelure, c'est que je ne voulais pas vous initier à
une de mes faiblesses.

— Je ne vous inspire donc aucune confiance?
demanda timidement M. Dortis.

— Oh! si, une très-grande confiance, au contraire. Sans cela croyez-vous donc que je vous aurais dit de venir? Mais vous tombez juste au moment où je me défends contre une brave marchande
qui veut me vendre une parure, et vous allez me
prendre pour une femme qui ne songe qu'à la toilette, tandis que mon rêve, ce serait de passer ma
vie dans une maison de garde, en pleine forêt,
avec des sabots et un grand chapeau de paille. Et
voilà comme on nous juge!

— Pas moi, je vous assure. Je ne doute ni de vos goûts champêtres, ni de votre fidélité aux serments de l'allée d'Armenonville

Madame de Marly avait dit à peu près autant de mensonges que de mots, car sa sympathie pour son jeune adorateur se fondait sur des informations très-sérieuses prises dès le lendemain de leur première rencontre au bois de Boulogne, et, de plus, elle exécrait la campagne.

— Que voulez-vous! reprit-elle, j'aime les arbres, les fleurs, mais j'aime aussi les diamants, j'aime tout ce qui est beau, et c'est si beau les diamants! Malheureusement, c'est très-cher, et, comme je suis raisonnable, je me contente de la vue, qui ne coûte rien. Ainsi, ma bonne madame Alexis, vous pouvez plier bagage.

— Chère, cette parure-là, s'écria la revendeuse, ah! madame sait bien que c'est une occasion qu'elle ne retrouvera jamais. Pensez donc! les boucles d'oreilles toutes seules ont coûté, neuves, vingt-quatre mille francs, rue de la Paix, chez...

— Ça m'est égal, puisque je ne veux pas les acheter. Remportez vos cristaux. Je les ai assez vus et j'ai peur de me laisser tenter.

— Vrai comme je suis une honnête femme, je n'y gagne pas seulement un billet de cinq cents. Et, pas plus tard qu'avant-hier, madame Félicie, de la Gaîté, m'en a offert vingt mille et je n'ai pas voulu les lui laisser.

— Félicie! cette grue qui a des jambes de coq et qui chante comme une chouette enrhumée?

Voilà ce que c'est que d'être au théâtre. Il n'y [a]
que ces princesses-là pour se payer des vingt mill[e]
francs de bijoux.

— Le fait est que ceux-là iraient joliment mieu[x]
à madame, et les temps sont si durs, que je laisse[-]
rais la parure à vingt-deux mille.

— Allez-vous-en, madame Alexis, allez-vous-e[n]
au nom du ciel! Je n'ai pas d'argent et je n'en au[-]
rai pas de tout l'hiver.

— Oh! madame sait bien que je m'arrangerai d[e]
billets à trois mois. C'est de l'or en barre que l[a]
signature de madame, et M. Ernest de Gondo n[e]
lui refusera pas d'endosser les effets.

— Ernest, endosser des billets! Vous êtes foll[e]
ma pauvre madame Alexis.

— Mais, dit la revendeuse d'un air naïf, M. d[e]
Gondo est dans les affaires, et il sait bien que l[a]
Banque exige trois signatures.

— Oh! il le sait parfaitement, mais vous ne l[e]
connaissez pas. Il se couperait la main plutôt qu[e]
de signer des billets pour me faire plaisir.

— Pas possible! un jeune homme si riche.

— C'est ainsi, et d'ailleurs je suis déjà asse[z]
malheureuse d'être obligée de permettre qu'i[l]
m'aide à soutenir un train de maison trop lour[d]
pour ma fortune personnelle. Pour rien au mond[e]
je ne descendrais jusqu'à solliciter de lui un ca[-]
deau de cette importance. J'accepterais peut-êtr[e]
ce service d'un ami, je ne veux pas le demander [à]
un homme que je n'aime pas.

— Alors, soupira madame Alexis, j'en suis bie[n]

fâchée, mais j'espère que madame m'excusera...
Madame sait que je fais mon petit commerce au
jour le jour et que je n'ai pas assez de crédit pour
escompter des valeurs où il n'y aurait que mon
nom avec celui de madame. Ah! Seigneur! ils
sont si durs aujourd'hui ces marchands d'argent.
Bientôt il leur faudra la signature de Rothschild
pour vous prendre un malheureux effet de mille
francs.

La conversation qui venait de s'engager entre
les deux femmes était si animée, que René
Dortis n'avait pas trouvé le plus petit joint pour y
prendre part, mais à coup sûr, il n'en avait pas
perdu un mot, et à l'expression de son visage, on
pouvait deviner aisément qu'il y prenait un vif
intérêt.

Les derniers mots lancés par Coralie, qui les
tenait en réserve pour les séductions de la fin, n'a-
vaient pas manqué leur effet.

Les sarcasmes à l'adresse de M. de Gondo, les
déclarations de désintéressement négligemment
jetées après l'évocation sentimentale des souvenirs
de l'allée aux serments, tous ces propos savam-
ment calculés s'adressaient aux passions de l'ado-
lescent et les avaient toutes excitées. Madame de
Marly avait touché du premier coup le cœur et la
vanité de René, qui était justement à l'heureux
âge où on croit encore à la sincérité des *dames du
lac*, et où on n'hésite guère à acheter au prix d'une
lourde sottise un triomphe d'amour-propre.

Coralie, déjà assurée du succès, tournait et retournait les bijoux entre ses doigts blancs et chantonnait d'une voix adorablement fausse l'air de Carmen : *Ah! ne me tente pas!* Tout à coup elle les tendit à madame Alexis, qui murmura douloureusement :

— Allons, je vais les porter à Félicie. Elle ne me donnera que vingt mille, mais elle paye comptant. Ça me fait de la peine tout de même de les emporter. Les rubis vont si bien à madame ! Mais les affaires sont les affaires... Madame le sait bien... et si elle voulait...

— Je veux que vous me laissiez la paix, ma bonne Alexis. Félicie aura la parure. Tant mieux pour elle. Ce ne sera pas la première fois qu'on verra des diamants aux oreilles d'une laideron. Il y a bien au Jardin des Plantes des grues couronnées. Moi qui me flatte de ne point appartenir à cette intéressante espèce, je vais faire atteler et, pour me consoler, j'irai, sans boucles d'oreilles, faire un tour dans l'allée d'Armenonville.

Ce dernier trait délia la langue de René Dortis.

— Madame, dit-il, non sans quelque embarras, vous venez de convenir que vous accepteriez un service d'un ami... Je ne sais si je dois me considérer comme étant le vôtre...

— Vous ? mais oui, certainement, répondit Coralie en feignant d'un air étonné. Pourquoi cette question ?

— Parce que, si vous le permettez et si madame veut bien s'en contenter, je serai heureux de mettre ma signature à votre disposition.

— Vous feriez cela, vous !

— Sans doute. Et à l'instant même, si vous le désirez.

— Non, non... cela ne se peut pas...

— Pourquoi ?

— Je suis folle quelquefois... et je vous demande pardon de vous avoir fait assister à un de mes accès... oubliez ce que j'ai dit, je vous en supplie...

— Et l'allée des serments, faut-il que je l'oublie aussi ?

— Non... je vous permets de vous en souvenir... mais ce n'est pas une raison pour que je consente à laisser prendre un engagement pour une si grosse somme à... à un jeune homme de votre âge.

— Je suis majeur et je puis disposer de ma fortune.

— Monsieur n'est-il pas le fils de madame Dortis, qui a un si joli hôtel sur le quai de Valmy ? demanda la marchande.

— Vous me connaissez ? s'écria René très-étonné.

— Je suis du quartier. Je vois souvent passer monsieur à cheval ou en tilbury et, Dieu merci ! la fortune laissée par défunt M. Dortis est assez connue. Les banquiers prendraient la signature de monsieur les yeux fermés, et, si madame voulait...

— Non, madame Alexis, non, c'est impossible. Je sais bien que je serai en mesure à l'échéance puisque je touche au mois d'avril mes coupons de la Ville et mes dividendes russes, mais peu importe... je me reprocherais toute ma vie d'avoir entraîné M. Dortis à un acte d'obligeance... qu'il pourrait regretter...

— Moi ! je vous l'offre; bien plus, je vous supplie de l'accepter... et je vous jure qu'en le refusant, vous me feriez beaucoup de chagrin.

Coralie baissa les yeux, comme si elle se fût plongée dans une méditation profonde.

— Tenez, mon ami, murmura-t-elle après quelques secondes de réflexion, je vais vous faire un aveu. Oui, je meurs d'envie d'avoir cette parure ; mais quand j'ai des fantaisies elles passent très-vite, si je ne puis pas les satisfaire à l'instant même. Alors même que je me déciderais à accepter votre très-aimable offre, nous ne pourrions pas terminer l'affaire ici, et je suis sûre que demain je ne me soucierai plus de ces diamants, oh ! mais là plus du tout, du tout. Ainsi, n'en parlons plus et venez me rejoindre au bois dans une heure.

— Pardon ! se hâta de dire madame Alexis, rien ne nous empêche de conclure l'affaire tout de suite. J'ai ce qu'il faut sur moi.

Et elle tira aussitôt de son sac une petite liasse de papiers oblongs qu'elle feuilleta avec une rapidité prodigieuse pour en extraire les timbres voulus.

Il y avait par hasard sur la table, — un hasard prémédité peut-être, — le buvard qui servait à Coralie pour écrire sa correspondance galante, laquelle était des plus actives.

— Si madame veut mettre le *bon pour*, dit la revendeuse, monsieur n'aura plus qu'à endosser, et je remplirai le corps du billet.

— Vous le voulez absolument, René? demanda Coralie d'une voix émue.

— Je vous le demande en grâce.

La sœur de *Pain-de-Blanc* s'assit et griffonna d'une main agile les mots sacramentels sur les billets que l'héritier du respectable nom de Dortis s'empressa de compléter, en écrivant sa signature au dos.

Ce fut très-vite fait. Il ne faut guère plus d'une minute à une Joséphine Canoche pour lancer un fils de famille sur le chemin de la ruine.

— Merci, mon ami, dit madame de Marly en offrant sa main à René.

Et René la baisa comme si elle eût appartenu à une duchesse de la vieille roche, cette main qui avait autrefois puisé si souvent dans un cornet de pommes de terre frites achetées sur le Pont-Neuf.

Puis, d'un geste moins royal, elle saisit avidement la broche, la piqua au corsage de sa robe de chambre et, passant aux pendeloques, se mit en devoir de les accrocher à ses oreilles.

— Venez donc m'aider, mon cher René, dit-elle d'un ton de familiarité caressante.

Le jeune homme s'avança tout ému, mais ses mains tremblaient si fort, qu'il fut d'un médiocre secours à la belle Coralie.

Cependant, les boucles d'oreilles étaient déjà en place, et la mère Alexis rédigeait avec ardeur ce qu'elle appelait le corps du billet, sans oublier le terrible : *valeur en marchandises*, qui soumet le débiteur à la juridiction commerciale, quand un bruit insolite s'éleva dans le salon.

Une voix aigrelette répondait à une voix de basse courroucée, et presque aussitôt la porte s'ouvrit avec fracas.

— Ernest ! s'écria madame de Marly en se précipitant à la rencontre de l'envahisseur.

Et, en effet, c'était bien M. Ernest de Gondo, baron et financier en herbe, qui venait de forcer brutalement l'entrée du boudoir.

Il avait le chapeau sur la tête el la menace à la bouche. René, très-pale, le regardait en serrant sa canne d'une main crispée. Madame Alexis engloutissait précipitamment les billets dans son sac.

Cela formait un tableau qui aurait eu beaucoup de succès au théâtre.

— C'est indigne ce que vous faites là, dit Coralie, pendant que la marchande à la toilette s'esquivait avec son butin.

— Ah ! pas de grands mots, si ça t'est égal, riposta le jeune Gondo. La situation est bien simple. Tu me croyais à la chasse et tu en as profité pour recevoir tes petits amis.

— Monsieur ! s'écria René.

— Parfait, ma biche, reprit M. Ernest sans s'émouvoir, tu es dans ton droit. Tout citoyen est libre et toute citoyenne aussi. Seulement, moi, ça ne me va pas de commanditer une affaire où je ne suis pas seul à toucher les dividendes.

— Monsieur, madame de Marly est chez elle et je ne souffrirai pas...

— Souffrez ou ne souffrez pas, je m'en moque, et je liquide ; pas fin courant, tout de suite. Tu en- tends ça, Coralie, n'est-ce pas ? Maintenant, bon- jour, conclut M. de Gondo fils en se précipitant dans le salon.

— Vous me rendrez raison de votre conduite.

— Oui, quand j'aurai le temps, répondit Ernest qui était déjà dans la salle à manger.

— Ah ! murmura Coralie en se laissant tomber sur le divan de son boudoir et en prenant une pose qui exprimait le désespoir avec une grâce infinie, ah ! mon avenir est brisé... je suis perdue !... que vais-je devenir, mon Dieu ?

— Perdue ! s'écria René. Non, vous n'êtes pas perdue, car je suis prêt à vous consacrer ma vie.

14.

VIII

C'est fête chez le baron de Gondo, grande fête, annoncée depuis huit jours par tous les journaux qui s'occupent du *high life*, fête dont la description fournira demain vingt lignes à tout rédacteur un peu informé, et finira, de feuille en feuille, par faire le tour de l'Europe.

Bien des gens, et des plus haut placés, n'y sont venus que pour faire savoir à l'univers par cette voie sûre que le grand monde ne s'assemble jamais sans les inviter, et aussi pour se donner le plaisir de dire au cercle en lisant leur nom dans un fait divers dont ils ont sollicité l'insertion : Ces journalistes poussent l'indiscrétion jusqu'à l'impudence.

Et ceux de la race de M. Prudhomme ne manquent pas d'ajouter : La vie privée doit être murée.

D'autres, que le richissime financier a négligé de convier, affectent de se montrer toute la soirée en grande toilette de bal et de s'éclipser sur le coup de minuit, pour faire croire aux profanes qu'ils vont se montrer un instant chez M. de Gondo.

C'est qu'une invitation à la fête du baron équivaut presque à un brevet d'opulence, car madame de Gondo qui les dispense les a triées sur le feuillet du grand livre ou des comptes courant de la Banque de France.

D'autres salons s'ouvrent à deux battants devant les illustrations de la politique, de l'art, de la littérature. Le sien ne reçoit guère que les seigneurs de l'argent. Son almanach de Gotha, c'est la liste des notables commerçants. Et, si quelques transfuges du faubourg Saint-Germain y sont reçus, voire même quelques irréguliers de tous les mondes, poëtes, peintres ou autres excentriques, c'est à titre de curiosité agréable, comme on sert à des convives d'élite un coq de bruyère de la Forêt-Noire ou un sterlet du Volga. Mais la masse se compose de manieurs d'or, tous gens bien posés dans le monde des affaires, accoutumés à jongler avec les millions, solides sur leur base financière, sérieux comme si la Bourse était un temple et les opérations à terme un sacerdoce, fiers de leur importance et inaccessibles à l'idéal.

Il convient pourtant d'ajouter que l'héritier présomptif du baron, en sa qualité de représentant de la jeune banque, s'était cru obligé d'introduire chez son père certains capitalistes de sa connaissance dont les revenus se fondaient principalement sur la partie de baccarat du cercle.

Donc, ce soir-là, le magnifique hôtel du boulevard Malesherbes resplendissait de lumières ; les feux du gaz qui en éclairait les abords éblouissaient les passants et effarouchaient les corneilles du parc Monceaux. Les lustres, chargés de mille bougies, brillaient d'un éclat magique à travers les glaces des hautes fenêtres, et les harmonies de l'orchestre, adoucies par les tentures, passaient dans l'air sec de la nuit comme les vibrations lointaines d'une harpe éolienne.

Il gelait à pierre fendre et un tapis de neige durcie s'étalait sur le macadam. Les équipages, dont les roues glissaient silencieusement sur le sol capitonné par l'hiver, arrivaient à la file et, avant de franchir la grille, passaient entre deux haies de pauvres diables accourus là pour se réchauffer par les yeux, regardant avidement les vitres lumineuses de ces salons où les heureux de ce monde respiraient un air tiède et parfumé.

Il y avait là des femmes aux joues bleuies par la bise, des femmes en haillons qui tenaient dans leurs bras des enfants tout grelottants de froid.

Les coupés filaient comme des météores, emportés par le trot cadencé d'un attelage aux hautes allures et, à la lueur des lanternes, apparaissaient un instant des femmes blotties sur les coussins de soie et frileusement encapuchonnées dans leur mante.

Les enfants des pauvres tendaient leurs petites

mains à ces visions fugitives qu'ils prenaient peut-
être pour de belles poupées que le bon Dieu de la
Noël leur envoyait. Mais les visions s'évanouissaient
bien vite, et alors ils se souvenaient qu'ils avaient
faim et ils pleuraient.

Il y en eut un de ces équipages dont la glace
s'abaissa pour laisser passer une main qui sema
sur les malheureuses mères une pluie de pièces
blanches.

Mendiantes et mendiants se battirent pour les
ramasser, et ce tumulte, promptement apaisé par
les sergents de ville, engendra encore un fait divers
que les journalistes racontèrent le lendemain, sous
le titre ingénieux de : *Résurrection de l'homme au
petit manteau bleu.*

L'homme au petit manteau bleu, c'était Dominique Le Planchais, que son ami avait décidé non
sans peine à l'accompagner au bal.

— Que diable fais-tu là? lui demanda Marcel.

— J'exerce mon ministère, répondit gravement
le Canadien. Tu m'as confié le département des
bienfaits. J'en répands.

Marcel rit de bon cœur, et le coupé, décrivant
dans la cour une courbe savante, vint s'arrêter
avec une précision mathématique devant le perron.

Les deux amis descendirent et tombèrent au milieu d'un bataillon de laquais dorés sur toutes les
coutures.

M. de Colorado avait amené son valet de chambre,
celui dont la figure avait, dix jours auparavant, at-

tiré l'attention de M. X. Chambras, envoyé du préfet. Ce serviteur empressé débarrassa aussitôt ses maîtres de leurs fourrures et s'en alla rejoindre un ami à lui qu'il avait aperçu parmi la livrée du banquier.

L'ami, c'était *Pain-de-Blanc*, vêtu, — il aurait dit *camouflé*, — en domestique de grande maison, grâce à l'obligeance intéressée du *père Rigolo*, qui habille un homme des pieds à la tête pour 1.90.

Pain-de-Blanc avait payé beaucoup plus cher son habit vert et or, sa culotte de panne cramoisie, ses bas de soie blancs et ses aiguillettes, aussi ne déparait-il point la valetaille du baron et sa figure n'était pas plus plate que celle des autres laquais.

Le vestibule et l'escalier encombrés de fleurs des tropiques procuraient aux invités l'agréable sensation du passage subit de la zone glaciale à la zone torride, et Dominique charmé s'écria :

— On se croirait au Mexique dans la *tierra caliente* (1).

Un ours empaillé se dressait au milieu d'un buisson de camélias; ce décor zoologique est de mode en Russie, et M. de Gondo, qui avait beaucoup voyagé, s'appropriait volontiers les élégances exotiques.

La vue de la bête arracha un soupir de regret au chasseur des prairies américaines et le rejeta dans les souvenirs mélancoliques de sa vie d'au-

(1) La terre chaude. Les provinces mexicaines qui avoisinent la mer.

trefois. Il n'appréciait pas du tout les fêtes parisiennes, ce bon Dominique, et c'était bien à contre-
cœur qu'il s'était décidé à accompagner son vieux
camarade à celle que donnait le baron. Marcel,
pour le décider à le suivre, avait dû recourir à un
argument irrésistible, en lui promettant de lui montrer l'amoureux de Cécile.

Le Canadien avait donc *envergué*, comme il disait, l'habit noir obligatoire et ceint son cou robuste
de la cravate blanche réglementaire. Il était bien
un peu empêtré dans ce costume de gala. Ses larges
épaules faisaient craquer le drap de l'habit, et son
gilet, bombé par le relief de sa puissante poitrine,
avait l'air d'une cuirasse. Les valets le prirent pour
un officier de grosse cavalerie en bourgeois.

D'ailleurs il ne se sentait nullement intimidé,
ayant, de longue date, contracté l'habitude d'aller
droit son chemin par tout pays, sans s'inquiéter du
danger ni du ridicule et ne faisant pas plus de cas
d'un *cocodès* que d'un jaguar.

Marcel, lui, portait la grande tenue de soirée,
comme s'il n'eût de sa vie fait autre chose.

Ils pénétrèrent ensemble dans le premier salon
que balayait en ce moment l'impétueux tourbillon
d'une valse entraînante exécutée par trente couples
ardents dont les évolutions circulaires refoulaient
contre les banquettes de velours les spectateurs
inactifs.

M. de Colorado chercha des yeux la baronne,
car il tenait à la saluer le plus tôt possible, afin
d'être libre de se retirer après avoir fait acte de

présence. Il n'était venu que pour témoigner aux Gondo de tout âge et de tout sexe qu'il leur savait gré d'avoir bien accueilli son protégé et il ne tenait pas du tout à passer chez eux la nuit entière.

Il l'aperçut tout de suite, cette majestueuse baronne, et il ne fut pas peu surpris de voir qu'elle valsait précisément avec Savinien.

Le jeune homme avait fort à faire pour suivre avec la dame la mesure précipitée de la valse à deux temps et on devinait sans peine qu'il s'acquittait d'un service commandé, mais en somme il s'en tirait fort bien et madame de Gondo confiait avec une satisfaction visible sa taille un peu massive au bras souple et nerveux du jeune sous-caissier de son mari.

La figure de Marcel se rembrunit. Il revoyait par la pensée la petite chambre du sixième et la pauvre Cécile prolongeant sa veillée laborieuse pour amasser l'argent de son modeste trousseau. Du reste le coup d'œil était splendide. L'or brillait sur tous les lambris, les diamants ruisselaient sur toutes les épaules, et, dans le vol rapide de la danse tournante, leurs feux passaient en scintillant comme des lueurs d'étoiles qui filent. On aurait dit que le vent d'hiver avait emporté les pierreries exposées aux vitrines de tous les joailliers de Paris et les chassait en cercle comme il chasse les feuilles sèches.

Dominique regardait froidement cette sarabande de joyaux et Marcel prenait en pitié toutes ces opulences, quand il sentit qu'on lui touchait légè-

rement le bras par derrière. Il se retourna et se
trouva face à face avec un personnage de bonne
mine qui lui souriait en montrant des dents très-
blanches.

Il lui sembla tout d'abord qu'il l'avait déjà vu ailleurs, mais il eût été fort embarrassé de mettre un
nom sur cette figure avenante.

— Je vois que M. de Colorado ne me reconnaît
pas, dit à demi-voix cet invité de M. de Gondo.

Marcel avait beau chercher dans son souvenir,
il ne parvenait pas à se rappeler où il avait vu ce
visage frais, ces favoris blonds et soyeux, cette
bouche souriante et ces yeux à demi fermés.

— Il me semble en effet, monsieur, que nous
nous sommes déjà rencontrés, dit-il avec une certaine hésitation; mais j'avoue que je ne saurais
préciser dans quelles circonstances j'ai eu cet honneur.

— Je m'appelle Chambras, murmura le personnage en se penchant à l'oreille du Californien.

M. de Colorado fit un haut-le-corps. L'agent de
la préfecture de police était certes l'individu qu'il
s'attendait le moins à rencontrer en pareil lieu.

Il se mit à le regarder avec une attention qui
n'avait d'égale que sa surprise, et, dans cette
figure pleine et reposée, il lui sembla bien démêler
quelques-uns des traits du policier dont il avait na-
guère reçu la visite, mais la physionomie n'était
plus du tout la même. Les lèvres pincées s'étaient
épanouies, des favoris avaient poussé subitement
sur les joues rasées, le front avait grandi, le menton

s'était effacé, et les yeux, débarrassés des lunettes bleues qui en voilaient l'éclat, petillaient d'intelligence.

Le chef de bureau correct, compassé, empesé, s'était miraculeusement transformé en homme du monde.

Il avait l'air satisfait d'un banquier qui vient de négocier un gros emprunt d'État et les façons dégagées d'un boursier que la dernière liquidation a bien traité.

C'était lui, pourtant, et Marcel finit par le reconnaître à un certain froncement de sourcil qu'il avait remarqué lors de leur première entrevue.

— Vous ici ! dit-il.

— Cela vous étonne, répondit en riant M. Chambras ; il est vrai que, dans ce salon, je suis peut-être le seul qui ne roule pas sur les millions ; mais, sur ma carte d'invitation, j'y porte le nom et le titre de comte de Saint-Planchers, et il n'y a aucune raison pour que le comte de Saint-Planchers ne soit pas immensément riche. C'est donc comme si je l'étais.

— Est-ce que vous venez pour surveiller quelque malfaiteur qui se serait glissé dans la fête ?

— Chut! On pourrait nous entendre, et je tiens essentiellement à garder l'incognito.

— Dans l'embrasure de cette fenêtre, nous causerons sans craindre d'être écoutés, dit Marcel, dont la curiosité était vivement piquée.

Et, laissant là Dominique, il recula vers le coin

qui lui paraissait propice à un entretien confiden-
tiel. M. Chambras l'y suivit sans difficulté.

— Mon métier m'oblige à aller un peu partout,
dit-il dès qu'il se trouva suffisamment abrité par
un épais rideau de soie. Par devoir, j'assiste assez
régulièrement aux grandes fêtes du monde financier, et ceux qui les donnent ont souvent à se louer
de ma présence.

— Alors, M. de Gondo sait...

— Non pas. Il ne sait rien du tout au contraire,
ce cher baron, et moi-même, il y a une heure, je
ne songeais pas à mettre une cravate blanche, car
je rentrais d'une tournée assez fatigante dans les
bals de barrières, qui ne ressemblent guère à celui-
ci... comme coup d'œil.

— Mais vous ne vous êtes pas décidé sans motif
à vous présenter chez M. de Gondo?

— J'ai trouvé chez moi un ordre du préfet et
une invitation au nom de M. de Saint-Planchers.

— Et vous avez pu en si peu de temps changer
de costume?

— Oh! j'en ai tellement l'habitude. Et puis, passer du bourgeron à l'habit noir, ce n'est qu'un jeu
d'enfant, et si, comme je l'espère, je dois avoir
quelquefois l'honneur de vous rencontrer, je vous
ferai assister à des métamorphoses beaucoup plus
difficiles à exécuter.

— Alors... pardonnez-moi d'insister... vous êtes
envoyé pour observer quelqu'un... ou quelque
chose.

— Je n'ai aucune raison pour vous le cacher.

Nous avons été avisés par un *indicateur*, c'est ainsi que nous nommons les coquins dont nous rémunérons les dénonciations, tous repris de justice dont nous tolérons la présence à Paris à cause des services qu'ils nous rendent, nous avons été prévenus, dis-je, qu'un coup doit être fait cette nuit par des *caroubleurs* qui se sont introduits ici habillés en domestiques. Les *caroubleurs* sont des voleurs qui se servent de fausses clefs, et je les connais presque tous.

— Ces gens-là sont donc classés par catégories ? demanda Marcel que ces détails commençaient à intéresser.

— Ils ont chacun leur spécialité et il est bien rare qu'ils en sortent. Un voleur à la *tire* se contente de fouiller les poches et ne se fait jamais *drogueur de la haute,* pas plus qu'un boursier ne devient diplomate. Dans l'armée des coquins, il n'y a guère d'avancement; un *carreur,* un *roulotier* végètent dans les bas grades de la *pègre* et ne passent point *escarpes*, à moins de circonstances exceptionnelles; ils ne transgressent que les articles du Code pénal qui n'entraînent pas la peine de mort.

Il faut dire aussi que les *escarpes* ne redescendent jamais aux méfaits vulgaires. Quand ils ont tué une fois, ils tuent toujours.

Tenez, l'autre jour, je *filais* aux Champs-Élysées un escroc qui nous avait été signalé par la police de Londres. Tout en suivant mon homme, je vois un vieillard proprement habillé qui causait avec trois ou quatre *voyous* en blouse. Je le reconnais.

Il a été compromis autrefois dans des affaires de vol à main armée aux environs de Paris. J'écoute en passant. Les *voyous* lui demandaient respectueusement : Qu'est-ce que vous faites maintenant, père Salambier ? Il leur a répondu bonnement : Toujours *la grande soulasse*, mes enfants, toujours *la grande soulasse*.

La *grande soulasse*, dans le langage de ces messieurs, c'est l'assassinat sur les grands chemins ou dans les rues.

— Diable ! je commence à croire que dans ce Paris si bien policé il ne fait pas bon se promener trop tard, dit Marcel, qui se souvenait de son aventure nocturne.

— Oh ! les attaques sont rares maintenant, quoique hier on ait repêché dans le canal Saint-Martin un homme qui pourrait bien avoir été *scionné* ou *charrié à la mécanique*.

— Vraiment? demanda M. de Colorado, très-désireux d'obtenir des renseignements, et très-peu désireux d'en donner.

— Oui, l'affaire s'instruit, mais je n'en suis point chargé. Et, ce soir, je n'ai qu'à dépister mes *caroubleurs*. Petite besogne, en somme, et qui ne vaut pas que vous vous amusiez à me voir opérer.

— Ces *caroubleurs*, comme vous dites, en veulent sans doute à la caisse du baron ?

— Ou à celle de la baronne. C'est selon les facilités qu'ils rencontreront. Mais tout à l'heure j'irai faire ma tournée depuis le vestibule jusqu'au buffet pour examiner la valetaille, et il y a bien des chances pour que je dévisage mes *caroubleurs*, s'ils y sont.

Ces gaillards-là sont pourtant quelquefois bien hardis et bien habiles.

Croiriez-vous, monsieur, qu'un jour... il y a longtemps, je n'appartenais pas encore à la préfecture... un *caroubleur*, un nommé Beaumont, arrive en habit noir, en cravate blanche, avec un portefeuille sous le bras, la tenue et les allures d'un magistrat affairé, requiert un soldat au poste de la *permanence,* le place en faction devant la porte du cabinet du chef de la sûreté qui était absent, lui donne l'ordre de ne laisser passer personne, entre, ouvre la caisse avec une fausse-clef, la dévalise, reconduit le soldat au poste, remercie l'officier de sa complaisance, s'esquive et écrit le soir même au chef pour s'excuser de lui avoir causé de l'ennui. On ne l'a jamais revu.

Mais, monsieur, il me semble que votre ami vous cherche, votre ami qui tue si bien les moineaux à balle franche.

En effet, Dominique dont la haute stature dominait le groupe où Marcel l'avait laissé, Dominique, las de voir tournoyer les valseurs et peu curieux sans doute de se promener seul dans les salons, regardait de tous côtés pour tâcher de découvrir son vieux camarade.

— Je ne le perds pas de vue et je le retrouverai tout à l'heure quand la valse sera finie, dit le Californien qui avait encore plusieurs questions à adresser à M. Chambras.

— Et moi, je vous demanderai la permission de
vous quitter lorsque vous l'aurez rejoint, reprit
l'agent secret. Si peu important que soit le service
dont je suis chargé ici, encore faut-il que je le
fasse. Du reste, je n'ai pas perdu mon temps en
causant avec vous. Il y a toujours à observer dans
la haute société, et je vois là plus d'une figure de
ma connaissance.

— Quoi! il y aurait des voleurs parmi les invités
du baron !

— Des voleurs, non. Mais quelques *faiseurs*,
comme on dit chez nous. Depuis que nous sommes
dans ce coin, j'ai déjà vu passer deux administra-
teurs de sociétés en commandite que j'ai eu l'honneur d'arrêter jadis pour distribution de dividendes
fictifs, un banquier condamné autrefois pour
usure, et un industriel qui a eu dans le temps de
gros démêlés avec la justice pour des histoires de
fausses marques de fabrique.

Oh! soyez tranquille, monsieur, ajouta Chambras sur un geste de Marcel, tous ces gens-là sont
en règle. Ils ont purgé leur contumace et, depuis,
ils ont fait fortune.

— Je vois qu'il y a beaucoup à apprendre ici,
dit ironiquement M. de Colorado, mais, avant de
nous séparer, je voudrais vous demander, monsieur, si vous avez pu recueillir quelques indications nouvelles sur les auteurs du vol dont le père
de mon ami Robinier fut victime.

— Je crois que nous tenons une bonne piste, et,

à ce propos, monsieur, j'ai une proposition à vous
faire.

— Quoi! vous croyez être sur la trace de ces
misérables! Parlez, monsieur, je vous en prie, ap-
prenez-moi le résultat de vos démarches, et quant
à la proposition que vous voulez m'adresser, elle
est acceptée d'avance, puisqu'elle se rapporte aux
poursuites dont vous êtes chargé.

Mon temps, ma fortune, ma personne sont à
vous pour vous aider à atteindre ceux qui ont volé
et ruiné Paul Robinier. Vous pouvez disposer de
moi comme il vous plaira.

— Je vous remercie, monsieur, de la confiance
que vous voulez bien m'accorder, et je ferai en
sorte de la mériter. Mais permettez-moi de vous
faire observer que le moment serait assez mal
choisi pour raconter ce que j'ai fait et ce que j'ai
appris relativement à l'affaire qui vous intéresse.

M. Chambras, qui s'était laissé aller un instant
à la causerie familière, avait déjà repris le ton administratif.

— Si vous le désirez, ajouta-t-il, nous continue-
rons cet entretien chez moi.

— Chez vous?

— Oui, si vous n'y voyez pas d'inconvénients.
Pour certaines raisons que je vous expliquerai, je
désire éviter de me présenter à votre hôtel.

— Qu'à cela ne tienne. Mais vous venez de me
parler d'une proposition...

— Que rien ne m'empêche de vous faire ici.
Comme je viens d'avoir l'honneur de vous le dire,

nous avons recueilli certains indices que nous tenons à appuyer de preuves. C'est moi qui suis
chargé de diriger les recherches et, d'ici à très-peu
de jours, je vais me mettre en chasse. Vous serait-il
agréable de m'accompagner?

— Très-volontiers, mais... où cela?

— Partout où se tient le gibier que je vais poursuivre, partout où vont les coquins, dans les cabarets, dans les bals, dans les garnis, aux carrières
d'Amérique.

— Je ne demande pas mieux.

— Alors, c'est convenu, et je vous promets que
vous verrez des choses curieuses. Peut-être bien y
aura-t-il quelques risques à courir.

— Peu m'importe.

— Oh! je sais, monsieur, que vous n'avez pas
peur, et si je vous parle des légers inconvénients
auxquels nous sommes parfois exposés, c'est uni-
quement pour que vous ne soyez pas surpris si le
hasard vous fait assister à quelque scène de vio-
lence. Je vous attendrai donc chez moi quand il
vous plaira. J'y suis tous les jours de quatre à cinq.
Vous avez mon adresse?

— Oui, certes. J'ai conservé votre carte, et je ne
tarderai pas à aller vous rappeler votre promesse.
Me permettrez-vous d'amener mon ami, M. Le
Planchais, que vous avez vu chez moi?

— Certainement, monsieur. Il pourra même
nous être utile. Et maintenant, ajouta M. Chambras
en s'éloignant doucement de son interlocuteur, la
valse est finie, votre ami vous cherche... vous

15.

m'excuserez donc si je vous quitte pour m'occuper
de mes *caroubleurs*.

En effet, l'orchestre venait de se taire et les couples de s'arrêter. Les valseuses regagnaient leurs
places au bras de leurs cavaliers empressés, et
l'agent profita, pour s'esquiver, de la confusion
qui se produit toujours pendant les entr'actes d'un
grand bal. Il se perdit dans les groupes avec une
telle prestesse, que Marcel ne sut pas de quel côté
il était passé.

M. de Colorado manœuvrait pour rejoindre Dominique, lequel était resté immobile au plus épais
de la foule; et faisait de loin l'effet d'un rocher
planté au milieu d'un torrent. Mais il se trouva
tout à coup nez à nez avec madame de Gondo.

Elle s'avançait, s'appuyant avec beaucoup d'a-
bandon sur son jeune caissier, distribuant des sou-
rires et comprimant de sa main gauche, armée
d'un éventail, les agitations de son majestueux
corsage.

La vérité était que cette valse rapide l'avait mise
hors d'haleine et qu'il lui tardait de s'asseoir, mais
elle faisait bonne contenance, et elle trouva la
force de dire à Marcel :

— Ah! monsieur, que c'est aimable à vous d'être
venu. Je craignais presque, vous l'avouerai-je, que
notre fête n'eût pas assez d'attrait pour vous décider à nous consacrer une soirée.

— Votre fête est charmante, madame la baronne, répondit Marcel en saluant avec une aisance
de bonne compagnie, et vous ne deviez pas douter

de mon empressement à profiter de votre gracieuse invitation.

— Votre protégé aussi est charmant, murmura madame de Gondo en se penchant à l'oreille du Californien.

Elle ne mentait pas, car Savinien était certainement le plus joli garçon et le plus élégamment tourné de tous les jeunes invités du banquier.

Il manquait de millions, mais, à voir les mines avenantes que lui prodiguait l'opulente baronne, on ne s'en serait pas douté, car elle mesurait ordinairement ses prévenances à la fortune des gens. Seulement, le pauvre garçon rougit en se trouvant en face de Marcel, qui n'eut pas de peine à lire sur son visage l'embarras où le jetait sa situation.

Savinien mourait d'envie de se trouver seul avec son protecteur pour lui parler de Cécile et d'autre chose encore, et il se sentait confisqué par madame de Gondo, qu'il avait grand intérêt à ménager.

Marcel ouvrait la bouche pour lui venir en aide en lui donnant rendez-vous dans ce premier salon quand il aurait reconduit sa puissante valseuse, mais la dame lui coupa la parole.

— M. Brévan m'appartient ce soir, dit-elle en minaudant ; je lui ai promis la prochaine mazourka, et, en attendant, il veut bien se charger de faire danser madame Samothraki, la femme du correspondant de mon mari à Constantinople. Ainsi, monsieur, n'essayez pas de me l'enlever. Mais je compte bien avoir tout à l'heure le plaisir

de vous retrouver au salon bleu. Noémi sera charmée de vous voir.

Et la baronne entraîna son prisonnier, qui ne
put s'empêcher de tourner la tête pour adresser à
M. de Colorado un coup d'œil éloquent. Il était évident qu'elle comptait le garder à vue jusqu'à la fin
du bal. C'était un accaparement prémédité, quelque
chose comme l'inverse de l'enlèvement des Sabines.

— Pauvre garçon! pensa Marcel, je commence
à croire que j'aurais mieux fait de le caser ailleurs, ou plutôt de me charger moi-même de son
avenir. C'est la faute de Dominique avec ses éter-
nels scrupules.

Il en était là de ses réflexions, quand le Canadien, qu'il accusait un peu à la légère, lui frappa
sur l'épaule, et lui dit :

— Où diable étais-tu? Je te cherche depuis un
quart d'heure.

— Je causais avec quelqu'un que tu connais.

— Moi! je ne connais pas un seul de tous ces
gens-là et n'ai pas la moindre envie de les connaître.

— Je te raconterai cela tantôt à l'hôtel.

— Pourquoi pas ici?

— Parce qu'il y a des noms qu'il vaut mieux n'y
pas prononcer.

— Alors, allons-nous-en tout de suite.

— Mais nous arrivons à peine.

— Qu'importe? Est-ce que ça t'amuse de voir
des hommes et des femmes tourner comme des
toupies? Moi, ça m'ennuie à mourir. J'aime mieux

la danse de guerre des Hurons; au moins ça exprime quelque chose.

— Tu seras donc toujours un sauvage? dit Marcel en riant. Écoute, je ne puis pas partir sans avoir salué le maître de la maison et sa fille, qui se tiennent, je crois, dans le salon bleu. Mais je vais te faire une concession. Viens avec moi t'acquitter de ce devoir... ou de cette corvée, comme tu voudras... et ensuite nous partirons. C'est dans l'intérêt de Savinien que je tiens à être poli avec les Gondo.

— Tu as raison; mais, ma foi! j'aime mieux t'attendre ici. On doit étouffer, dans ton salon bleu. Il fait déjà bien assez chaud dans celui-ci. En vérité, je crois qu'on respirait mieux au fond de notre mine de la Nevada.

— C'est peut-être parce qu'elle contient moins d'or que n'en possèdent mon banquier et ses invités. Il y a des millions dans l'air que tu avales. Mais je ne veux pas te forcer à me suivre. Reste là, prends position dans quelque coin et n'en bouge jusqu'à ce que je revienne. Je te promets que ce ne sera pas long.

Dominique se résigna, non sans grommeler un peu, et son ami se mit à fendre la foule pour gagner le salon privilégié où trônaient la baronne et sa belle-fille. Il y parvint, après d'assez longs efforts, et put enfin s'incliner devant mademoiselle Noémi de Gondo, qui l'accueillit avec une faveur marquée.

— Valsez-vous? lui demanda-t-elle après les pre-

mières banalités complimenteuses qu'on échange
forcément en pareil cas.

— Non, mademoiselle, et jamais je ne l'ai plus
regretté que ce soir, répondit le Californien qui
valsait à merveille et qui se crut obligé d'envelop-
per d'une phrase polie son refus déguisé.

— Alors, je vais vous inscrire pour un quadrille.

— Je suis confus de vous avouer, mademoiselle,
que je ne sais pas plus danser que valser. Mon
éducation a été horriblement négligée.

— J'aurai du moins, je l'espère, le plaisir de
vous voir au souper, dit l'héritière du baron un
peu désappointée. Je vous garderai une place à
côté de moi.

Marcel cette fois s'inclina sans répondre et laissa
mademoiselle de Gondo libre de croire qu'il ne
manquerait pas de profiter de la permission.

Il commençait à trouver que la belle Noémi visait un peu trop ouvertement à partager sa fortune
californienne. D'ailleurs, il avait aperçu Savinien
et il se flattait de le soustraire pour un instant aux
exigences de la baronne, mais il vit qu'elle lui
avait donné son éventail à tenir et qu'elle ne le
quittait pas des yeux. Il se décida donc à chercher
une meilleure occasion, et il s'éloigna pour se
mettre à la recherche de M. de Gondo, qu'il tenait
à saluer avant de quitter la fête.

Il n'alla pas bien loin, car à dix pas de mademoiselle Noémi, il s'arrêta en reconnaissant un
charmant visage qu'il ne s'attendait certes pas à

apercevoir chez le banquier, pas plus qu'il ne s'attendait à y trouver M. Chambras.

Claire Dortis était là, assise entre sa mère et sa sœur, Claire en simple robe blanche, plus ravissante cent fois dans sa fraîche toilette de jeune fille que toutes les femmes caparaçonnées de diamants qui encombraient le salon.

Marcel s'était arrêté, cloué sur place par la surprise, et aussi par une émotion contre laquelle il cherchait vainement à se défendre. Leurs yeux se rencontrèrent, et il crut voir qu'elle rougissait un peu, mais il ne s'attarda point à la regarder de loin, ni à délibérer s'il convenait qu'il l'abordât au milieu de cette cohue. Sans réfléchir, sans hésiter, cédant à un entraînement plus fort que sa volonté, il alla droit à madame Dortis et la salua respectueusement.

— Oh ! monsieur, s'écria la veuve du fabricant, combien je suis heureuse de vous voir ici. Nous n'y connaissons presque personne. Vous voilà : nous ne serons plus seules.

— C'est à moi, madame, de me féliciter, répondit Marcel. Je bénis le hasard qui m'a conduit dans ce salon, je le bénis d'autant plus, que je n'espérais pas avoir l'honneur de vous rencontrer à cette fête.

— Et nous ne pensions guère à y venir. Figurez-vous que nous n'avons pas du tout de relations avec les Gondo. Mon mari entretenait avec le baron des rapports d'affaires, mais pas d'autres, et j'ai été fort étonnée de recevoir une invitation pour moi et les miens.

— Rien de plus naturel, ce me semble que le baron se soit souvenu de M. Dortis.

— Nous allons si peu dans le monde, qu'on nous connaît à peine. Je ne voulais pas accepter, mais Claire a si peu d'occasions d'aller au bal, que je n'ai pas eu le courage de la priver de celle-ci. C'est elle qui m'a décidée.

— Et j'ai eu raison d'insister, n'est-ce pas, mère? dit en riant la jeune fille.

— Oui, puisque nous trouvons ici M. de Colorado.

— Je vous disais bien, mère, que nous ne serions pas seules.

— Permettez-moi de vous remercier, mademoiselle, puisque c'est à vous que je dois une rencontre inespérée, dit Marcel qui se demandait si Claire ne pensait pas à lui quand elle avait prédit à madame Dortis que chez M. de Gondo elle verrait un visage ami.

Claire ne répondit pas à ce compliment, mais elle rougit de plus belle.

— Vous concevez mon embarras, reprit sa mère; nous n'avions personne pour nous accompagner, puisque mon gendre n'est point encore arrivé.

— J'aurais été charmé de renouer ici une amitié que l'absence n'a point refroidie, je l'espère, dit M. de Colorado en s'adressant à madame Pouliguen, qui n'avait pas encore eu le courage de lever les yeux sur lui.

Elle murmura une réponse vague, et pour ne pas la troubler davantage, Marcel se tourna vers madame Dortis.

— Mais monsieur votre fils est venu avec vous, sans doute ? demanda-t-il.

— Hélas ! non, répondit tristement la veuve. Il avait ce soir une réunion d'amis, un dîner de camarades de collége ; il me l'a dit, du moins. Je n'ai pas voulu l'empêcher d'y aller. C'est si naturel à son âge de s'amuser. Et pourtant je suis toute triste de ne pas l'avoir avec nous. C'est la première fois qu'il nous préfère une partie de plaisir.

Marcel cherchait une phrase de consolation polie, lorsque le jeune Ernest de Gondo tomba comme un obus devant Claire Dortis.

L'orchestre faisait entendre les accords préliminaires du quadrille.

— Mademoiselle, dit le jeune financier, vous m'avez fait l'honneur de me promettre...

Et apercevant Marcel :

— Monsieur de Colorado ! s'écria-t-il. Oh ! monsieur, mon père sera bien content... Il m'a déjà demandé trois fois si je vous avais vu. Il est au fumoir avec un de vos compatriotes, un Américain immensément riche, et...

— Monsieur, interrompit Marcel, permettez-moi de vous faire observer que mademoiselle attend votre bras.

M. Ernest s'empressa de réparer sa bévue.

Claire était déjà debout, et on voyait sur sa figure qu'elle était ravie de danser, mais le Californien crut y lire aussi qu'elle aurait bien mieux aimé danser avec lui.

Au moment où elle posait sa petite main sur le coude arrondi en anse de panier du banquier de l'avenir, M. Belamer émergea tout à coup d'un groupe de jeunes gens courant à leurs danseuses et vint se planter, superbe et fatal comme toujours, devant la femme du capitaine de vaisseau.

Il s'inclinait déjà pour formuler son invitation, lorsque madame Pouliguen lui dit sèchement :

— Je suis engagée, monsieur.

Marcel comprit le regard suppliant qu'elle lui adressait à lui, son sauveur, et passant devant M. Belamer sans prononcer un seul mot, il offrit un bras qui fut accepté avec reconnaissance.

— Voulez-vous que nous nous fassions vis-à-vis ? s'empressa de demander le jeune Ernest, charmé de figurer en face d'un homme tant de fois million-naire

— Volontiers, répondit Marcel en entraînant madame Pouliguen, aussi pâle que sa sœur était rose.

Le beau ténébreux faisait une assez sotte mine ; il battit en retraite et alla se perdre dans la foule.

Madame Dortis n'avait rien compris à cette scène et se livra tout entière au plaisir de voir ses filles si bien pourvues. M. de Colorado lui était on ne peut plus sympathique, et quoique M. de Gondo fils lui plût beaucoup moins, elle ne pouvait qu'être flattée, en sa qualité de mère, que cet héritier présomptif d'une énorme fortune dansât avec Claire.

Les couples étaient déjà en place, et il se trouva que Noémi de Gondo figurait précisément au quadrille avec un Russe enrichi dans la ferme des eaux-de-vie du gouvernement de Moscou.

— Pardonnez-moi, monsieur, d'avoir disposé de vous, dit madame Pouliguen, à peine remise de son émotion. J'avais absolument besoin de vous parler et je n'ai trouvé que ce moyen.

— Je vous remercie, madame, répondit Marcel, je vous remercie d'avoir eu assez de confiance en moi pour...

Les premières mesures de la contredanse éclatèrent, jetées par un orchestre sonore, et il fallut exécuter les manœuvres chrorégraphiques de la première figure, que le Californien avait un peu oubliées. Il s'en tira cependant, et en évoluant autour de sa danseuse, il s'aperçut que mademoiselle de Gondo le regardait avec une attention médiocrement bienveillante.

— Mon mari sera ici dans quelques jours, reprit, au premier instant de repos, Clotilde Dortis; cet homme lui dira tout. Je suis perdue.

— L'homme qui est entré par la petite porte du jardin?

— Oui. Il m'a suivie, vous le savez, et il me hait. Je suis perdue, vous dis-je.

— Il vous connaît donc?

— C'est cet ancien contre-maître, ce Tolbiac que vous avez vu dans le salon de ma mère.

— Je l'avais deviné, murmura Marcel en pâlissant de colère au souvenir du mal que ce misérable avait fait autrefois à Paul Robinier.

Et il ajouta :

— Pourquoi vous hait-il?

— Parce que... c'est à peine si j'ose vous le dire... parce qu'il m'aime.

Le Californien, stupéfait, allait interroger madame Pouliguen sur l'origine de cette passion inexplicable, mais la seconde figure commençait et il fallait encore marcher en cadence.

Pendant qu'il exécutait cette nouvelle corvée, ses yeux se reposèrent sur le pur et frais visage de Claire qui rayonnait de plaisir et de jeunesse.

— Celle-là, pensait-il, un Tolbiac n'aurait pas osé l'aimer.

— L'audace de cet homme vous étonne, reprit la jeune femme en se cachant sous son éventail. Mais mon pauvre père l'avait gâté; il lui laissait prendre dans sa fabrique une autorité dont il abusait pour tyranniser les ouvriers; il l'avait même associé à ses affaires. Alors son ambition n'a plus connu de bornes. Il a espéré qu'il m'épouserait, et il a osé me le dire un jour. Je n'ai répondu à son insolence que par le mépris, et il a juré de se venger.

— Êtes-vous certaine que ce soit lui qui vous ait épiée l'autre nuit?

— Lui seul a la clef de la petite porte et... C'est

à nous, dit Clotilde en s'interrompant pour offrir la main à son cavalier.

Cette fois, la statégie du quadrille fit que Marcel se croisa de très-près avec Noémi de Gondo qui lui lança cette phrase ironique :

— Je croyais que vous ne saviez pas danser.

Le Californien ne répondit rien à cette attaque et revint à sa place.

— Pardon de la question que je vais vous adresser, dit-il rapidement à madame Pouliguen. Cet homme connaît-il M. Belamer ?

— Non. Du moins, je ne le crois pas. Je vous ai dit que M. Belamer n'était jamais venu chez ma mère et Tolbiac n'a pas pu...

Il fallut encore obéir à l'orchestre qui attaquait la dernière figure.

En l'exécutant, Marcel aperçut le baron, planté en face de lui, derrière les danseurs, et lui envoyant de loin des saluts amicaux.

Il était clair que *grand-papa Vautour* l'attendait pour s'emparer de lui après la contredanse.

— Madame, dit-il à Clotilde, en lui offrant son bras pour la reconduire à sa place, le temps me manque pour vous expliquer comment je vous sauverai, mais je vous jure que je vous sauverai. Faites en sorte seulement que le commandant vienne me voir le jour de son arrivée...

Le bruit de l'accord final couvrit sa voix et au moment où il saluait sa danseuse qui venait de s'asseoir à côté de sa mère, la main du baron de Gondo se posa familièrement sur son bras.

— Enfin, je vous trouve, mon cher hôte, s'écria-t-il, je vous trouve et je ne vous lâche plus. Veuillez m'excuser, madame, si je vous enlève M. de Colorado, mais j'ai hâte de lui présenter un Américain presque aussi riche que lui.

— Ton fils me l'a déjà dit, pensa Marcel. Il paraît que c'est un refrain de famille.

Le Californien ne tenait pas plus à s'aboucher avec un compatriote qu'à jouir de la compagnie du baron, et cependant il salua les dames Dortis et il se laissa entraîner. C'est qu'au fond il n'était pas fâché de couper court à une situation qui ne laissait pas que d'être embarrassante, surtout pour madame Pouliguen.

Il en savait assez maintenant pour la défendre, si besoin était, au retour de son mari, et il aimait mieux la laisser expliquer seule à sa mère pourquoi elle s'était invitée elle-même à danser avec lu la contredanse qui venait de finir. Et puis il n'était pas fâché de régler une bonne fois ses comptes de politesse avec tous les Gondo pour pouvoir ensuite rejoindre Dominique et quitter la fête.

Il n'avait plus rien à y faire, car il prévoyai qu'il n'y trouverait pas l'occasion de parler à Savinien. La baronne faisait bonne garde autour de so jeune protégé, et Marcel se résigna à le lui laisser se proposant d'ailleurs de le voir prochainemen dans un lieu où ils auraient le loisir de causer li brement.

Il lui en coûtait pourtant de s'éloigner ainsi d Claire Dortis qui espérait peut-être danser avec lu

comme sa sœur. Il avait même cru voir un nuage
passer sur son front pendant qu'il prenait congé,
et, s'il n'eût écouté que son cœur, il ne lui aurait
pas fait attendre l'invitation qu'elle désirait, mais
il luttait encore contre un entraînement qu'il se
reprochait presque en songeant à son père chassé
de la maison du fabricant.

— Vous étiez là en charmante compagnie, lui dit
M. de Gondo. Qui sont ces dames?

— La mère est veuve d'un M. Dortis.

— Bon ! je sais. Il a eu des fonds chez moi dans
le temps et la baronne qui recrute partout des danseuses a cru devoir lancer une invitation à ces gens-
là, quoique, entre nous, ils n'aient pas une fortune
à figurer ici. Ce Dortis n'a pas laissé grand'chose...
un ou deux millions, tout au plus.

— Je ne m'en suis pas informé, dit sèchement
M. de Colorado.

— Oh! je conçois. Vous avez été séduit par les
yeux de l'aînée des filles, et, pour les voir de plus
près, vous lui avez fait l'honneur de l'inviter. La
jeune n'est pas mal non plus. Mais je comprends
que vous ne vous soyez pas préoccupé de la dot,
car ce ne sont pas là des partis qui vous convien-
nent, ni à Ernest non plus. Il faudra même que je
lui dise de ne pas trop s'afficher avec cette petite,
car...

— Pardon, monsieur le baron, interrompit Marcel impatienté, puis-je vous demander où vous me
conduisez?

— Mais... au fumoir, je croyais vous l'avoir dit,

au fumoir où votre compatriote nous attend. C'est un charmant homme qui a fait une fortune immense dans le commerce des salaisons. Vous trouverez là d'ailleurs tous nos amis du cercle.

— Je serai ravi assurément de voir un personnage que les salaisons ont si bien traité, mais je n'aurai pas le plaisir de le contempler longtemps, car j'ai laissé dans le premier salon mon ami...

— M. Le Planchais, votre compagnon de voyages et d'aventures. Ernest m'a beaucoup parlé de lui. Il paraît qu'il est d'une force prodigieuse et d'un courage à toute épreuve. Je suis très-flatté qu'il ait bien voulu assister à notre fête, car on le dit un peu sauvage. Mais j'y pense, voulez-vous que nous allions le chercher? Mon Américain serait enchanté de le voir aussi.

— Non, non, c'est inutile. Mon ami est Canadien, et n'aime pas du tout les *Yankees*.

Tout en causant, le baron avait fait traverser à son hôte, qu'il tenait par le bras, une galerie tapissée des fleurs les plus rares, et ils étaient arrivés au seuil d'un salon meublé et décoré à la turque.

Ce coin privilégié avait été réservé aux fumeurs. Ils pouvaient y puiser dans des caisses en thuya les meilleurs cigares de la Havane, et nombreux étaient les invités qui préféraient le tabac à la valse.

M. de Gondo n'avait pas menti. Les membres de son cercle s'étaient réfugiés là et causaient debout

ou étendus sur de moelleux divans. Les jeunes
eux-mêmes venaient volontiers s'y cacher, après
avoir payé à la maîtresse de maison le tribut obligé
d'un quadrille ou d'une polka.

La première figure que Marcel y aperçut, à travers un nuage de fumée, ce fut celle de M. Belamer
qui s'y était peut-être retiré pour se consoler de sa
déconvenue auprès de madame Pouliguen.

— Qui cherchez-vous, baron? demanda M. de la
Roche-Perrière, un des joueurs habituels de la
partie de whist à cinq louis la fiche. Est-ce votre
Américain?

— Oui, je l'avais laissé ici tout à l'heure et je ne
le vois plus

— Oh! ne vous en mettez point en peine. Il est
au buffet où il entame gaillardement sa seconde
bouteille de champagne. Ce que boit ce négociant
d'outre-mer, c'est inouï.

— Parbleu! ce n'est pas étonnant, s'écria un
vieux beau, autre *partner* habituel du baron. Il s'est
mis le gosier en feu, à force de vendre du lard
salé.

— C'est donc celui-là qui est avec Valentine...
non, pardon! *Galantine*... demanda un *petit-crevé*,
fidèle ami d'Ernest.

— Messieurs, n'en dites pas de mal, prononça
gravement M. de Gondo. Il manque peut-être un
peu d'usage, mais...

— Bah! *Galantine* le dégrossira.

— Non, le désossera, rectifia un autre *cocodès*.

— C'est égal, *je le retiens*, reprit le *petit-crevé*, qui

16

ne parlait que la langue du *Tintamarre*. Il n'est pas
très-*galbeux*, mais je le crois très-*roublard*. Et puis
il a l'air d'avoir une *araignée dans le plafond*, et ça
me va.

— On dit maintenant une *écrevisse dans la tourte*,
reprit le *cocodès* ergoteur.

— Ça n'y fait rien, mais je l'ai vu tout à l'heure
verser dans du sirop de groseilles trois verres d'eau-
de-vie.

— En Amérique l'eau-de-vie s'appelle du *whis-
key*.

— Oh! tu sais, toi, Jules, il ne faut pas *me la
faire* au professeur de langues. Si tu te figures que
tu vas *m'épater* avec tes mots anglais, *tu peux te
fouiller*.

— Dis donc, Belamer, est-ce que tu le trouves
chic, le *Yankee* de *Galantine*?

— Absolument, répondit d'un ton d'oracle le bel
Oscar.

— Bon! dit Marcel à l'oreille de M. de la Roche-
Perrière, voilà le malheureux adverbe qui entre en
danse.

— Le fait est que ce Belamer me crispe avec ses
« absolument » et ses effets de barbe, répondit
sur le même ton le seul homme sensé qui se trou-
vât là.

— Mon cher monsieur, murmura M. de Gondo,
voulez-vous m'attendre quelques instants? Je cours
au buffet et je vous ramène votre compatriote.

— Dix minutes, baron, mais pas plus.

Le banquier promit du geste et courut à la re-

cherche de son buveur de mixtures étranges. Il
n'était pas sorti du fumoir que son fils y entrait.

— Est-ce vrai que Coralie t'a *lâché?* lui cria un
des *cocodès*.

— Non, mon excellent bon, c'est moi qui l'ai *lâ-
chée*. Six mois de Coralie, c'est assez.

— C'est trop, dit M. de la Roche-Perrière.

— Une femme démodée, cher ami. Depuis quinze
jours, on ne cite plus son nom dans le compte rendu
des *premières*. Tu comprends que ça ne pouvait plus
m'aller. Et puis j'ai pincé chez elle un bon jeune
homme qui lui a donné, comme entrée de jeu, une
parure de vingt mille.

— Il va bien, le petit. Qui est-ce?

— Il s'appelle René Dortis. Tu ne connais pas
ça. Il n'est pas de notre monde ; mais il a une sœur
qui est ici ce soir ; mon *auteur* a la rage d'inviter
des familles de marchands.

— Une grande brune qui te faisait vis-à-vis tout
à l'heure. Elle a du *chien*.

— Monsieur, dit tout à coup Marcel au vieux
beau, aurez-vous l'obligeance de me renseigner
sur un point qui me préoccupe? Je voudrais savoir
depuis combien de temps l'usage s'est établi en
France de parler des femmes en termes grossiers.

— Depuis que les jeunes gens font leur éducation aux Folies-Bergère, parbleu!

— Et depuis que les millions tiennent lieu d'esprit, ajouta M. de la Roche-Perrière.

Les *petits-crevés* se turent incontinent.

Marcel, outré d'entendre associer ainsi le nom

de famille de Claire à celui de la rousse Coralie, regardait fixement M. Belamer et s'apprêtait à lui chercher querelle, s'il venait à se permettre la moindre allusion à madame Pouliguen; le Don Juan de la Bourse garda un silence prudent.

Le Californien avait entendu proclamer les folies que René Dortis faisait pour une créature banale, et il ne pouvait s'empêcher de se dire que cette fille se chargerait d'une des vengeances qu'il méditait en arrivant à Paris. Mais il pensait aussi à la mère et à la sœur de ce René, et, en dépit de ses préventions contre la race du fabricant qui avait jadis chassé Paul Robinier, il s'affligeait des chagrins que cette liaison menaçait d'infliger à une veuve et à une jeune fille.

— Dis donc, Ernest, demanda un des *cocodès*, comment s'appelle-t-il, ton marchand de lard?

— Quel marchand de lard? dit M. de Gondo fils d'un air vexé.

— L'Américain de ton père... et de *Galantine*.

— Il se nomme M. William Atkins de Mariposa, et je te souhaite d'avoir autant de mille francs de rente qu'il a de millions.

— Atkins! répéta Marcel en fronçant le sourcil. Vous dites que cet homme s'appelle Atkins?

— Parbleu! tous les *Yankees* s'appellent Atkins, s'écria M. Jules.

— Et ils vendent tous du lard, ajouta l'autre *petit-crevé*.

— Oui, monsieur, c'est son nom, reprit Ernest, assez surpris du ton que M. de Colorado prenait pour l'interroger. Est-ce qu'il aurait l'honneur d'être connu de vous?

— Non pas, que je sache, répondit Marcel. Seulement, ce nom m'a rappelé un souvenir. J'ai connu en Californie un Atkins qui a essayé une douzaine de fois de m'assassiner.

— Espérons que ce n'est pas le même, dit le *cocodès* blême.

— Parole d'honneur! je n'en suis pas sûr, que ce ne soit pas le même, reprit l'autre. Celui-là a une *binette* que je n'aimerais pas à rencontrer au coin d'un bois.

— Il n'est pas beau, je l'avoue, murmura le jeune Gondo.

— Oh! non; demandez plutôt à *Galantine*.

— Mais il a gagné honorablement une fortune colossale. Tâche d'en faire autant, mon bon.

— On assassine donc encore en Californie? demanda M. de la Roche-Perrière.

— Quelquefois, répondit tranquillement M. de Colorado.

— Très-souvent même, à ce qu'il paraît, puisque, pour votre part, vous avez été l'objet d'une douzaine de tentatives.

— Oh! je n'ai pas compté bien exactement.

— Si vous nous en racontiez deux ou trois; ce doit être curieux.

Marcel hésita un instant. Ce nom d'Atkins le préoccupait. C'était celui d'un scélérat que Dominique avait envoyé dans l'autre monde pour d'excellentes raisons. Mais le Californien se dit que les morts ne reviennent pas, et, comme M. de la Roche-Perrière lui était assez sympathique, il ne voului pas lui refuser le récit qu'il demandait. D'ailleurs, il avait promis au baron de l'attendre, il n'était pas fâché de voir cet Américain si pompeusement annoncé, et il comptait bien en racontant son histoire, faire taire les *petits-crevés* dont la conversation l'agaçait.

— D'abord, reprit le vieux beau, quel homme était-ce que votre assassin?

— Un gars solide et bien découplé, grand, maigre, osseux et encore moins chargé de scrupules que de graisse, très-bien posé là-bas. Quand j'arrivai à San Francisco, il avait déjà fait trois ou quatre faillites dans divers états de l'Union, et il jouissait de la considération générale.

— Le fait est, dit M. Jules, que se relever après quatre faillites, c'est rudement fort.

— Il avait bien quelques légers défauts, continua Marcel, entre autres la manie d'essayer sur les passants la portée de son revolver. Un jour que, de la fenêtre d'un café, il avait envoyé une balle dans le dos d'un brave Chinois qui s'en allait tranquillement à son comptoir, on trouva ce divertissement de mauvais goût et on voulut l'arrêter. Il barricada toutes les portes de la maison et il y soutint un siége en règle.

— Comment se termina la bataille?

— Il y eut des morts et des blessés. On parvint à

le prendre et on le mena en prison. Mais il acheta
les geôliers, et il se sauva, déguisé, à ce qu'on a
prétendu, en vieille négresse.

— *Elle est raide*, s'écria le *cocodès.*

— Absolument raide ; prononça gravement
M. Belamer.

— Et que devint cet aimable farceur? demanda
M. de la Roche-Perrière.

— Il en fut quitte pour aller faire un tour en
Sonora, une province du Mexique où on ne rencontre jamais de *policemen*, et il reparut, au bout
de six mois, plus triomphant que jamais. C'est
alors que j'eus le plaisir de faire sa connaissance,
et d'une façon assez bizarre. Je revenais de la Nevada où j'avais pris possession d'une mine abandonnée qui commençait à donner des produits
extraordinaires.

Il faut que vous sachiez qu'il y a en Californie
une loi qui permet à tout venant de réclamer, de
claimer, comme ils disent, les terrains inoccupés ou
délaissés depuis un certain temps, à condition de
les exploiter effectivement.

D'autre part, à San Francisco, tout se met en
actions, et principalement les mines. Il y en a dont
les actions valent dix *cents*, à peu près dix sous,
d'autres dix mille, vingt mille dollars, c'est-à-dire
cinquante ou cent mille francs. Et il arrive aussi
que celles de dix sous montent brusquement à cent
mille francs.

Ma mine était précisément dans ce cas. Travaillée
d'abord par des Allemands qui n'y avaient presque

rien trouvé, mais qui s'étaient empressés de la mettre en actions, elle avait été abandonnée, et les actions n'étaient plus que des papiers sans valeur aucune.

Or, il se trouvait par hasard que mon Atkins, qui les avaient achetées à l'émission, dans l'espoir de faire un bon coup, les possédait toutes.

Jugez de sa fureur quand il apprit que je venais de *claimer* sa mine et de me substituer légalement aux droits dont il était déchu, car je m'étais mis en règle avec les lois de l'État et j'étais bien et dûment propriétaire.

— Je comprends qu'il ne devait pas *la trouver drôle*, s'écria M. Jules.

— Et il n'imagina rien de mieux que de vous assassiner? demanda M. d'Aldrige, le vieux beau, *partner* accoutumé du baron.

— Il essaya d'abord de m'intimider, répondit Marcel; mais je ne fis que rire de ses menaces. J'avais tort. Il commença par m'intenter un procès, prétendant que le terrain dont je m'étais emparé n'était pas vacant depuis le temps voulu, et il se prépara à corrompre le juge.

— Il paraît que ça se fait là-bas, dit M. de la Roche-Perrière.

— Assez fréquemment. Les citoyens de la libre Amérique n'ont pas les mêmes idées que les Français sur la magistrature.

Tout en cherchant à me déposséder par sentence judiciaire, mon *Yankee* se disait que ma mort simplifierait beaucoup la situation, et surtout qu'elle

lui économiserait l'argent qu'il allait dépenser pour
obtenir gain de cause. Il imagina donc un beau
matin de sucrer avec de l'arsenic le lait que j'avais
l'habitude de boire en m'éveillant. Il s'était entendu à cet effet avec l'Indienne qui me l'apportait. Le hasard voulut qu'un nègre qui me servait
en goutât par gourmandise. Il fut pris aussitôt de
coliques atroces. Je flairai un tour d'Atkins et je
déjeunai avec du chocolat.

— Et le nègre?

— Il en mourut très-bien. Huit jours après,
j'avais quelques amis à dîner, et nous nous étions
attardés dans une *bar* à prendre des *sherry-coblers*.

— Si Coralie s'était trouvée là, elle qui adore
les *sherry-coblers!* s'écria le jeune Gondo. Ce n'est
pas pour les lui reprocher, mais, en six mois,
elle m'en a bu pour cinquante louis chez Tortoni.

— Les *sherry-coblers* nous sauvèrent la vie. Nous
rentrions et nous n'étions plus qu'à cinquante pas
de ma maison, quand elle sauta en l'air.

— Comment! Atkins l'avait minée?

— Mon Dieu! oui. Il s'était introduit furtive-
ment dans la cave pour y déposer un joli baril
de poudre orné d'une mèche dont la longueur
était mesurée de façon à produire l'explosion à
l'heure juste de notre dîner. Il ne se trompa que de
cinq minutes.

— Et que dit la police de cette gentillesse?

— La police! elle a bien autre chose à faire, ma
foi! En Californie, le temps c'est de l'argent, et
personne ne s'amuse à en perdre pour découvrir

les auteurs d'un crime. Seulement, je me tins pour averti, et, convaincu que je n'échapperais pas à une troisième tentative, je m'en retournai à ma mine.

— Là, du moins, vous étiez à l'abri d'Atkins.

— Là, ce fut bien pis, au contraire. J'avais engagé, pour exploiter mes filons, deux ou trois Français solides, quelques Irlandais et beaucoup de Chinois. Ces enfants du Céleste Empire sont les ouvriers les plus laborieux du pays et les moins chers. Les travaux marchaient à merveille et nous obtenions des résultats inespérés. Nous étions tombés sur une montagne qui n'était qu'un véritable bloc d'argent de la base au faîte.

— Tiens ! je croyais qu'en Californie il n'y avait que des mines d'or, s'écria M. Jules.

— La mienne est d'argent ; c'est le silence qui est d'or, riposta M. de Colorado.

Et il continua, sans plus s'occuper du *cocodès :*

— Il n'y avait pas quinze jours que je dirigeais mes travailleurs, lorsque le coquin arriva suivi d'une troupe de sacripants de son espèce. Il ne prétendait à rien moins qu'à nous expulser de vive force, moi et mes gens. Mais la France, l'Irlande et la Chine firent bonne contenance et reçurent toute cette canaille à la pointe des baïonnettes.

— Alors, ils battirent en retraite ?

— Non. Ils renoncèrent aux attaques ouvertes, parce qu'ils voyaient bien qu'ils ne seraient pas les plus forts, mais ils tournèrent la montagne et ils se mirent à la creuser en dehors des limites de notre *claim*. Je ne pouvais pas les en empêcher, mais je me tenais sur mes gardes. La guerre était déclarée. Elle se poursuivit à la fois sous terre et au grand jour. Tantôt les Allemands et les Mexicains d'Atkins poussaient des galeries jusque sous les nôtres et tâchaient de nous asphyxier ou de nous faire sauter avec de la poudre (1)...

— Parbleu ! il tenait à son idée. Cet homme était né pour être sapeur dans le génie militaire.

— Tantôt ils faisaient rouler des quartiers de rocher dans nos puits, à seule fin de nous écraser. Atkins avait beaucoup d'imagination et il inventait chaque jour un nouveau procédé pour nous détruire. Mais il avait affaire à aussi fin que lui et j'en fus quitte pour une demi-douzaine de sujets du Fils du Ciel, tandis qu'il perdit bien vingt ou vingt-cinq Allemands.

— Vingt-cinq Allemands contre douze Chinois, c'était pour rien, dit le vieux beau.

— Cela dura six mois, reprit Marcel.

— Et comment cela finit-il ?

— Oh! d'une façon bien simple. Un jour, des Indiens me dirent qu'ils avaient vu des élans dans un bois tout près de notre campement et m'engagèrent à venir les chasser à l'affut. C'était un guet-apens organisé par l'ingénieux Atkins. Il m'attendait, embusqué derrière le tronc d'un énorme

(1) Tous ces détails sont authentiques et l'auteur pourrait nommer le Français qui fut le héros de ces aventures.

sapin, et, dès qu'il m'aperçut, il m'ajusta avec son *rifle*, une jolie carabine de cinq pieds de longueur. Je ne le voyais pas et j'étais mort, si un ami que j'avais emmené avec moi ne l'eût aperçu et ne lui eût envoyé fort à propos une balle dans la tête.

— Voilà ce qui s'appelle un joli coup. Et la mine vous resta?

— Oh! sans conteste. Les bandits que ce misérable commandait se dispersèrent aussitôt.

A ce moment, le baron pénétra dans le fumoir, amenant son *Yankee*.

— Alors, il fut tué raide? demanda M. de la Roche-Perrière.

Marcel fit attendre sa réponse. Il regardait fixement l'Atkins de M. de Gondo.

— Je l'ai cru longtemps, dit-il enfin; maintenant je n'en répondrais pas.

L'Américain patronné par M. de Gondo regardait Marcel avec une attention extraordinaire. Marcel le regardait non moins attentivement. Mais ils ne semblaient pas éprouver la moindre envie de se saluer réciproquement.

Du reste, le personnage que le banquier était allé chercher au buffet ne payait pas de mine. Il avait près de six pieds de haut, une figure taillée à coups de hache et ornée d'une barbiche sans aucune espèce de moustache, une bouche d'ogre et un nez fort long, enluminé vraisemblablement par l'abus des spiritueux. Mais ce qui le rendait surtout hideux, c'était une énorme cicatrice qui lui écornait l'arcade sourcilière et lui couturait toute la partie supérieure de la joue.

L'œil gauche avait disparu, et au fond de l'orbite ébréché on ne voyait que des chairs d'un ton sanguinolent.

L'œil survivant n'avait du reste nullement souffert de la perte de son voisin, car il flamboyait.

Peut-être devait-il son éclat à la suppression de l'autre. C'est le système que Toinette, travestie en médecin, préconise dans le *Malade imaginaire*. Mais il n'était pas nécessaire de se prononcer sur ce point pour constater que l'honorable William Atkins ressemblait parfaitement à un cyclope.

Polyphème n'était ni plus laid, ni plus gigantesque.

Cela n'empêchait pas le jeune Ernest de le considérer avec respect. Les *cocodès* faisaient mieux. Ils l'admiraient comme on admire un phénomène vivant.

Il est vrai que M. d'Aldrige et M. de la Roche-Perrière dissimulaient assez mal une forte envie de lui rire au nez.

Du reste, ce seigneur transatlantique ne paraissait nullement embarrassé de la curiosité dont il était l'objet. Il se tenait raide comme un pieu et fixait sur Marcel son œil unique, mais il ne faisait pas un geste et il n'articulait pas un mot.

— Je te parie dix louis qu'il est en bois, dit tout bas M. Jules au bel Oscar Belamer.

L'autre *petit-crevé* s'était mis à faire le tour du

colosse et feignait de chercher le ressort qui devait mettre en mouvement cet automate.

Il aurait probablement passé un mauvais quart d'heure, si l'Américain s'était aperçu de ce manége; mais M. William Atkins de Mariposa concentrait, pour le moment, toute son attention sur le visage de son prétendu compatriote, M. Caradoc de Colorado.

— Permettez-moi, monsieur, lui dit le baron, de vous présenter...

— Inutile. Je connais, interrompit le *Yankee* d'une voix nasillarde, mais en très-bon français.

— Monsieur, reprit M. de Gondo en se tournant vers Marcel, permettez-moi...

— Une présentation serait tout à fait superflue, dit Marcel. Nous nous sommes déjà vus là-bas.

Et, sans autre cérémonie, il tourna le dos à M. de Mariposa, lequel, de son côté, vira de bord, juste au même moment, de sorte que les deux gentilshommes d'outre-mer ne se présentèrent plus réciproquement que l'épine dorsale.

Le banquier resta entre ces deux dos, muet et immobile de surprise. Marcel sortit du fumoir et se dirigea vers le premier salon. M. Atkins regagna tranquillement le buffet, que M. de Gondo avait eu beaucoup de peine à lui faire quitter.

— Elle est *d'un joli tonneau*, celle-là, s'écria le *cocodès* pâle. Ils arrivent du même pays et ils se regardent comme deux chiens de faïence.

— Quand je te disais que le géant était en bois,

reprit l'autre, Plutôt que de saluer, il s'en ferait *claquer la sous-ventrière.*

— Le fait est, baron, ricana M. d'Aldrige, que votre présentation n'a eu aucun succès.

— Je n'y comprends rien, murmura le baron consterné. Deux compatriotes, deux hommes aussi riches l'un que l'autre, faits tout exprès pous s'entendre ! Qui aurait cru...

— Bah ! dit M. de la Roche-Perrière, tous ces étrangers sont les mêmes. Nous nous jetons à leur tête, ils daignent faire patte de velours avec nous, et, quand ils se rencontrent, ils ont toujours l'air de vouloir s'entre-dévorer.

— M. de Colorado, qui a chez moi un crédit de douze millions, et M. de Mariposa, qui en a un de quinze, refuser de se parler ! conçoit-on cela ? grommelait M. de Gondo.

— Les millions n'y font rien. Demandez à un étranger ce qu'il pense de n'importe lequel de ses compatriotes. Neuf fois sur dix, il vous répondra que ce compatriote a fait banqueroute dans son pays ou arrêté les diligences.

— Bon ! s'écria M. Jules, mais si M. Atkins était ce bandit dont M. de Colorado nous racontait tout à l'heure l'histoire, il ne serait pas très-étonnant qu'ils ne se soient pas embrassés pour commencer.

— Ça n'a pas le sens commun ce que tu dis là, riposta Ernest. Le bandit en question a été tué par l'ami de M. de Colorado. C'est une simple coïncidence de nom.

— Au fond, moi, ça m'est égal. A quelle heure soupe-t-on?

— A trois heures et il est deux heures trois quarts.

— Tant mieux. Il *fait très-faim* dans *le creux de cet arbre.*

— Moi, je suis comme Jules. J'aime les *boîtes* où on soupe.

— Vous nous quittez, baron? demanda d'Aldrige à **M** de Gondo, qui battait en retraite.

— Oui... quelques ordres à donner... et puis, je voudrais retrouver mes Américains... avoir une explication avec chacun d'eux séparément... et tâcher de les réconcilier.

— Le fait est qu'entre millionnaires de ce calibre, on peut bien se passer quelque chose, conclut M. de la Roche-Perrière.

Le baron ne l'entendit pas. Il était déjà en route pour rejoindre au buffet son M. de Mariposa.

Marcel, lui, cherchait fiévreusement Dominique.

Il ne l'avait pas rencontré dans le premier salon où il l'avait laissé, et il pensait que le Canadien s'était décidé à faire un tour dans le bal. Il lui tardait de le voir et de lui apprendre l'incroyable nouvelle de la résurrection d'Atkins.

Car c'était Atkins, le bandit de la Nevada, que M. de Gondo venait de lui présenter; Atkins l'empoisonneur, Atkins l'assassin, Atkins qu'il avait autrefois vu de ses propres yeux tomber sous le coup de fusil vengeur de Dominique.

Le misérable était vivant. Sa tête portait la trace

de la balle qui lui avait fracassé le crâne, et si Marcel avait pu hésiter un instant à le reconnaître, cette épouvantable blessure eût été une preuve d'identité très-suffisante.

Marcel se rappelait parfaitement que le scélérat avait été frappé à l'œil gauche, et il le voyait encore étendu sans mouvement sur l'herbe ensanglantée.

Comment Atkins, que ses complices eux-mêmes avaient cru mort, était-il revenu à la vie ? M. de Colorado se souvenait bien aussi que le corps avait disparu pendant la nuit qui suivit la rencontre dans le bois. Lui et Dominique s'étaient accordés alors à penser que les gens de sa bande l'avaient enlevé et enterré, mais jamais ils n'avaient imaginé que ce corps ressusciterait.

Peu lui importait, d'ailleurs, de découvrir la cause de ce prodige. Atkins était à Paris, puissamment riche, en mesure par conséquent de faire le mal, et assurément très-désireux de se venger des deux ennemis qui l'avaient évincé de la possession d'une des mines les plus riches de la Californie, sans parler d'autres griefs personnels qui devaient lui tenir fort au cœur.

Qu'il eût gagné des millions à vendre du lard salé ou toute autre denrée, cela n'était pas surprenant dans un pays où la roue de la fortune tourne à la vapeur, mais qu'il fût venu à Paris, lui *Yankee* endurci, inaccessible par nature aux séductions de la plus raffinée des capitales, cela ne s'expliquait que d'une seule façon.

Il n'avait certes pas traversé l'Atlantique dans le galant dessein de protéger mademoiselle Valentine ou *Galantine*. C'était la haine qui l'avait poussé vers la France, où il savait sans doute qu'il rencontrerait Marcel et Dominique. Il venait recommencer la guerre, non pas comme autrefois avec des barils de poudre et des *revolvers*, mais une guerre plus implacable, plus acharnée que jamais.

Robinier connaissait de longue date cette nature féroce et rusée comme celle des *Peaux-Rouges;* il savait que tous les moyens seraient bons à ce malandrin pour prendre sa revanche, qu'il était capable même de se plier aux exigences de la vie civilisée afin d'atteindre plus sûrement son but.

A dater de cette soirée, les hostilités étaient ouvertes, il n'y avait plus à en douter.

Marcel ne les redoutait pas; mais, comme Napoléon pris en flanc par Blücher au plus fort de la bataille de Waterloo, il maudissait la fatalité qui lui envoyait un ennemi de plus à combattre au moment où il allait s'engager à fond contre ceux de son père.

Dans de si graves conjonctures, un secours n'est pas de trop, et Marcel était fort impatient de revoir Dominique. Mais Dominique n'apparaissait pas plus que n'apparut Grouchy dans la fatale journée du 18 juin 1815.

Pour comble de malheur, le Californien tomba sur madame et mademoiselle de Gondo, et fut aussitôt requis par madame d'offrir son bras à mademoiselle qui se dirigeait avec sa mère vers la salle du souper. On ne lui laissa pas le temps de chercher une excuse. Noémi s'empara de lui d'une façon si décidée, que, pour se dégager, il lui aurait fallu pousser l'indépendance jusqu'à la grossièreté. Bon gré, malgré donc, il se vit entraîné dans l'orbite de la baronne, laquelle s'était enfin décidée à quitter Savinien.

Elle ne pouvait pas décemment faire asseoir à côté d'elle à table son jeune sous-caissier et elle avait choisi pour cavalier M. Samothraki, le richissime correspondant de son mari à Constantinople.

Marcel, condamné à une heure tout au moins de souper forcé, maugréait tout bas ; mais sa mauvaise humeur se compliqua de stupéfaction lorsque, parmi les laquais rangés debout autour des tables du souper, il reconnut, en dépit de la livrée qu'il portait, l'inévitable M. Chambras.

I X

Cette fois, M. Chambras n'avait eu pour se trans-
figurer qu'à troquer son costume d'homme du
monde contre la rutilante livrée du baron.

Il ne s'était pas donné la peine de changer sa figure, et il n'en avait pas moins su prendre l'air d'un
parfait laquais. Ses favoris administratifs ne ju-
raient point avec sa nouvelle tenue, et de la distinction gourmée que lui donnait tout à l'heure la cravate blanche, il ne restait plus trace.

Tant il faut peu de chose pour faire un valet du
plus correct des *gentlemen.* Simple affaire de tenue
le plus souvent.

Marcel fut très-frappé du succès de ce change-
ment à vue et ne put s'empêcher de faire, à part
lui, quelques réflexions sur l'inanité des distinc-
tions sociales.

Il se demanda aussi dans quel vestiaire l'agent

de police avait pu opérer si promptement sa méta-
morphose, mais il n'eut pas le loisir de chercher
longtemps la solution de ce problème, car il lui
fallut s'acquitter de ses fonctions imposées de con-
vive choisi.

Le souper était servi dans une immense serre,
ou plutôt dans un véritable jardin d'hiver, qui
était une des merveilles de l'hôtel de Gondo.

On avait tiré le plus ingénieux parti de ce palais
des fleurs, et les innombrables invités pouvaient
tout y trouver place.

La baronne avait adopté, pour l'ordonnance de
ce dénouement gastronomique de son bal, un système mixte et très-digne d'être approuvé.

Un buffet, dressé en fer à cheval, occupait trois
côtés de la salle vitrée, et offrait aux soupeurs
du sexe fort toutes les facilités possibles pour
se restaurer amplement et à l'aise, sans s'asseoir.
Au centre, parmi les buissons de camélias et les
massifs de plantes grasses, s'éparpillaient des tables de douze couverts, spécialement réservées
aux dames et à quelques convives masculins, que
leur situation financière appelait à cette faveur.

Un cavalier, pour avoir droit à une chaise entre
deux femmes, devait posséder au moins une demi-
douzaine de millions.

On le savait bien dans le monde financier et
quand on y évaluait le crédit des gens on disait
volontiers pour certifier la valeur pécuniaire d'un
homme : Il était assis au dernier souper de la baronne.

17.

Cet arrangement était d'ailleurs fait à souhait pour le plaisir des yeux.

Une table collective, une table unique, ronde, ovale ou carrée, si magnifiquement servie qu'elle soit, a toujours un peu l'air d'une table d'hôte, et il ne faut pas qu'un souper élégant ressemble à un repos de corps, encore moins à une noce.

Chez la baronne, les femmes, rassemblées par petits groupes dispersés dans une forêt de verdure, faisaient un effet charmant, et le buffet qui bordait la salle était orné de façon à ne pas ressembler du tout à un buffet de chemin de fer.

Madame de Gondo, qui avait su organiser toutes ces élégances et éviter toutes les vulgarités, avait eu aussi le bon goût de laisser ses invités se réunir à leur fantaisie et elle ne s'était réservé d'autre droit que celui de choisir ses propres convives.

Marcel devait à ce choix un honneur dont il se serait bien passé, car la baronne lui avait assigné une place qu'il eût été fort malséant de quitter avant la fin du souper.

Il était assis entre la mère et la fille, avec madame Samothraki pour vis-à-vis, une Grecque aussi mûre que les épis de Cérès. Le mari de cette déesse, coiffé du *fez*, obligatoire en Turquie, tenait la droite de madame de Gondo. Deux autres financiers de distinction jouissaient aussi du privilége accordé par la maîtresse de la maison à l'élite de ses invités.

M. William Atkins de Mariposa ne faisait point partie de ce cénacle.

Marcel, qui s'étonnait un peu de ne pas l'y voir, l'aperçut à dix pas de là, planté sur ses longues jambes, et buvant ferme le vin de champagne que le baron ne dédaignait pas de lui verser de sa main. C'était peut-être la première fois qu'il versait quelque chose sans réaliser un bénéfice.

Il se trouva aussi que M. Chambras, déguisé en laquais, servait précisément à la table de la baronne, et vint se placer derrière M. de Colorado.

Tous deux faisaient face au buffet et pouvaient voir ce qui s'y passait. Marcel, en s'asseyant, crut remarquer que les yeux de l'agent de police regardaient volontiers de ce côté-là.

Les causeurs du fumoir s'y étaient groupés et attaquaient vigoureusement les pâtés de foie gras du baron, mais cette occupation gastronomique n'empêchait pas les médisances et les propos salés d'aller leur train.

Ce ne pouvait pas être pour les épier que M. X. Chambras avait choisi ce poste. Marcel pensa que les *caroubleurs* qu'il surveillait devaient s'être mêlés aux domestiques attachés au service des soupeurs debout, et il commençait à se demander pourquoi ces coquins s'amusaient à rester dans la salle du souper, au lieu de profiter de ce moment pour s'introduire dans l'appartement de madame ou dans le cabinet de monsieur. Mais mademoiselle Noémi n'attendit pas qu'il lui adressât la parole.

— Savez-vous, monsieur, que je vous en veux beaucoup? dit-elle en jouant de la prunelle. Vous

m'avez refusé la première grâce que je vous aie
demandée, et une autre a été plus heureuse que
moi.

— La personne avec qui j'ai dansé, très-gauche-
ment, vous avez pu le voir, mademoiselle, est la
femme d'un de mes amis, et...

— Oui, je sais. Un bon capitaine de vaisseau, qui
navigue trop.

— Son mari n'est pas en France, elle ne connaît
personne à votre fête, et elle m'a demandé de lui
servir de cavalier pour un quadrille. Il eût été cruel
à moi de la laisser sur sa chaise.

— Ainsi, c'est par charité que vous l'avez invitée. C'est singulier. Je m'imaginais qu'elle connaissait parfaitement un M. Belamer, qui est de
votre cercle... un ami de mon frère.

— Monsieur votre frère a beaucoup d'amis, dit
froidement Marcel sans relever cette allusion méchante dont il devinait le but.

— Elle n'est pas mal cette madame Pouliguen...
quel vilain nom, hein?... et puis, trop grande et
trop brune... une asperge passée au noir... mais
les hommes ont de ces goûts-là.

— Si je vous disais que je n'aime que les blon-
des, vous ne me croiriez pas, répondit Marcel.

Noémi avait le teint et les cheveux d'une juive
d'Orient et elle ne pouvait prendre cette phrase
que pour un compliment. Ses yeux brillèrent et
elle sourit en montrant toutes ses dents, une double
rangée de perles.

— Alors, reprit-elle, la petite sœur ne vous plai-

rait guère... celle qui se donne des airs de pen-
sionnaire et que cet étourneau d'Ernest a invitée
pour faire vis-à-vis... comme s'il n'y avait pas ici,
ce soir, vingt femmes qu'il aurait mieux fait d'aller prier... à moins qu'il ne se soit adressé à elle
par reconnaissance...

— Par reconnaissance? répéta Marcel qui ne sai-
sissait pas du tout la pensée de mademoiselle de
Gondo.

— Oui, par reconnaissance pour la famille. Cette
innocente a un frère qui, depuis quelques jours, a
débarrassé le mien de Coralie.

— Pardon! j'ignorais ce détail.

— Vous savez bien... Coralie... cette rousse qui
va tous les jours au bois... elle a deux alezans à
son huit-ressorts... on ne voit qu'elle...

— J'ai eu le tort grave de ne pas la remarquer,
dit ironiquement Marcel, mais puisque vous voulez
bien me renseigner...

— Oh! je les connais toutes et je suis toujours
au courant des... comment dirait votre capitaine de
vaisseau?... ah! c'est cela! des permutations.
Mon frère me fait tous les jours un rapport circon-
stancié.

— Et monsieur votre frère est toujours parfaitement informé, je le vois. Alors, cette Coralie a
permuté?

— Oui, pour le petit René Dortis. Elle n'en fera
qu'une bouchée. On dit qu'elle vise à enlever à sa
bonne amie Valentine votre compatriote, M. de

Mariposa. A propos, savez-vous qu'il me fait la cour, M. de Mariposa?

— Cela prouve qu'il a plus de goût qu'on n'en a d'ordinaire en Amérique, répondit Marcel sans broncher.

— Mon père trouve que ce serait un parti très-convenable, reprit mademoiselle de Gondo d'un air piqué.

— Monsieur votre père a raison, dit gravement l'ami de Dominique.

Cette réponse fut accueillie comme une déclaration de guerre par l'héritière du banquier. Elle pâlit et se plaça aussitôt de trois quarts, de sorte que son voisin ne voyait plus guère qu'une de ses épaules. Il était difficile de lui signifier plus clairement qu'il venait de se faire une ennemie irréconciliable.

Marcel avait prévu ce résultat; peut-être même l'avait-il cherché, car les discours de mademoiselle Noémi l'irritaient et même le révoltaient un peu. Il faut dire qu'il était récemment arrivé de Californie et qu'il avait quitté la France à une époque où les jeunes filles bien élevées ne s'occupaient pas encore des faits et gestes des drôlesses.

Madame de Gondo vint à son secours en lui adressant la parole au moment où sa fille affectait de lui tourner le dos pour engager la conversation avec le capitaliste assis à sa gauche.

— Excusez-moi, monsieur, lui dit-elle le plus gracieusement du monde. J'aurais dû déjà vous exprimer le plaisir que vous me faites en restant à souper. Mais vous pardonnerez un instant de distraction à une maîtresse de maison. Figurez-vous que nos gens, quelque nombreux qu'ils soient, n'auraient pas suffi ce soir à servir tout le monde et que nous avons été obligés de louer des domestiques de renfort. Malgré moi, je les surveille des yeux et j'oublie que vous êtes mon voisin. Tenez! l'un de ces drôles que j'avais placés au buffet vient de s'éclipser... probablement po ur s'en aller au cabaret.

— Et celui qui était derrière vous vient d'en faire autant, répondit M. de Colorado.

Il avait vu dans la glace placée en face de lui le manége de M. Chambras, lequel avait disparu juste au moment où un des laquais du buffet s'esquivait de son côté.

— Que voulez-vous, s'écria la baronne ; à Paris, il devient impossible de se faire servir. Que de fois, depuis que mon mari s'y est fixé, que de fois j'ai regretté l'Orient. C'est là seulement qu'on peut mener une large existence.

N'est-ce pas, monsieur? ajouta-t-elle en s'adressant à son voisin de droite.

— A Constantinople, quatre mille personnes mangent chaque jour le pain du sultan, répondit d'un ton sentencieux M. Samothraki.

Ce financier levantin, avec sa longue face olivâtre et son bonnet rouge, ressemblait parfaitement à une bouteille cachetée et parlait si peu qu'on était tenté de croire, chaque fois qu'il ouvrait la bouche, qu'il allait rendre un oracle.

— C'est justement pour ça que la Turquie ne paye plus ses coupons, dit un autre banquier, français et libéral, celui-là, qui siégeait en face, à côté de madame Samothraki. Pays fini, monsieur. Voilà les déplorables effets du despotisme, et il est aisé de prédire que...

— Messieurs, de grâce, ne parlons pas politique, interrompit madame de Gondo.

— Madame, il s'agit ici d'une question sociale. Je constate simplement qu'un pays où il n'est pas permis à tout homme, fils de ses œuvres, de...

— Je parie vingt-cinq louis qu'il va nous raconter son arrivée à Paris en sabots, dit mademoiselle Noémi à l'oreille de son voisin de gauche.

Ce voisin était un agent de change d'un joyeux naturel, qui riposta aussitôt :

— Et moi j'en parie cinquante qu'il va nous parler de réformer le sérail de Sa Hautesse et d'abolir la polygamie chez ces pauvres Turcs, comme si elle n'existait pas un peu partout.

On ne put pas savoir qui aurait gagné, car la baronne coupa court au sermon du banquier humanitaire en demandant très-haut à Marcel :

— Est-il vrai, monsieur, qu'on fasse encore en Californie de ces découvertes prodigieuses qui enrichissent un homme d'un seul coup?

Marcel n'était pas du tout disposé à discourir sur le pays où il avait fait fortune. Il songeait un peu au départ précipité de M. Chambras et beaucoup à la résurrection d'Atkins, qui continuait à vider imperturbablement les verres remplis par le baron. Il pensait aussi à madame Pouliguen et surtout à Claire. Il les cherchait même des yeux à travers les massifs de verdure.

— Elles n'y sont pas, lui dit mademoiselle Noémi qui avait deviné avec une perspicacité diabolique la cause principale de ses distractions. Dans ces familles de petits commerçants, on a l'habitude de se coucher de bonne heure et on ne soupe jamais. La poule a emmené sa poussinée.

Marcel allait certainement riposter par une impertinence à cette nouvelle attaque, mais la baronne revint à la charge et l'interpella avec tant d'insistance qu'il fut bien obligé de lui répondre.

— Madame, dit-il brusquement, on a fait à la Californie une réputation qu'elle ne mérite pas. On s'y enrichit moins vite en cherchant de l'or qu'on ne s'enrichit à Paris en spéculant sur des morceaux de papier.

— Vraiment ! J'avais entendu des histoires merveilleuses...

— Si merveilleuses que ce sont des contes.

— Cependant, monsieur, dit le financier qui n'aimait pas les Turcs, grâce au régime libre dont elle jouit, la Californie offre au plus humble citoyen des facilités incomparables, et les gens intelligents et laborieux y font tous fortune.

— Vous croyez, monsieur? demanda ironiquement M. de Colorado. Permettez-moi, puisque madame la baronne le désire, de vous dire les aventures d'un homme qui a découvert la mine *Eurèka*, la plus riche peut-être de toutes.

— Je la connais. Les actions se négocient à des prix fous à la bourse de New-York.

— C'est exact. Eh! bien, l'homme qui le premier mit la main sur ce prodigieux filon était un pauvre diable d'émigrant alsacien qui avait amené avec lui sa femme et deux petits enfants. Depuis trois ans, il travaillait avec un courage héroïque, courant la montagne, fouillant les sables, détournant les rivières, vivant de cette terrible vie du mineur qui épuise promptement les forces des plus robustes. Sa femme, aussi intrépide que lui, partageait ses dangers et ses fatigues. Mais ils n'avaient pas de chance; ils gagnaient à peine de quoi subsister et, à côté d'eux, d'autres trouvaient des trésors.

— C'est la même chose dans les affaires, dit le banquier.

— Avec cette différence qu'on y risque plus souvent son honneur que sa vie, répliqua Marcel.

Donc, ces malheureux désespéraient de jamais sortir de leur misère, lorsqu'un jour l'homme tombe sur un gisement qui affleurait presque la terre. Il *claime* aussitôt le terrain, il se met à l'œuvre et, en une semaine, il retire de son travail plus qu'il n'avait gagné en trois années. Tout annonce qu'il a découvert une mine magnifique, inépuisable. Il court à San-Francisco, ramène des ouvriers et fait, à grands frais, creuser profondément le terrain. Il se croit millionnaire et il entrevoit déjà le moment où il pourra revenir avec les siens dans sa chère Alsace. Sa joie ne fut pas de longue durée.

— Comment ! il y a donc de fausses mines en Californie ?

— Comme il y a de mauvaises valeurs sur la place de Paris.

La première couche n'avait presque pas d'épaisseur. Bientôt on rencontra le roc. Pour l'attaquer, il fallait des machines puissantes. Le pauvre Alsacien avait dépensé ses premiers gains à payer ses ouvriers. Il était sans ressources, il n'eut pas la force de supporter ce dernier coup du sort. Il courut à sa cabane, tua sa femme et ses enfants à coups de revolver et se fit ensuite sauter la cervelle.

— Ah ! mon Dieu, mais c'est épouvantable ! s'écria madame de Gondo.

— Et la mine ? demanda M. Samothraki, toujours positif.

— La mine ? Elle fut abandonnée d'abord, mais elle fut reprise huit jours après par un Français qui s'associa avec un Américain, possesseur de cinq mille dollars, de quoi acheter des machines. Au bout d'un an, le Français vendait sa part quatre millions (1).

— La morale de l'histoire est qu'il ne faut jamais se presser de se brûler la cervelle, dit l'agent de change jovial.

— Et qu'il se fait encore de bons coups en Californie, ajouta l'ennemi du sultan.

---

(1) L'histoire de la mine *Eurèka* est authentique d'un bout à l'autre.

— Moins que sur le Mobilier espagnol, répondit M. de Colorado. Du reste, là-bas comme ici, la Fortune est aveugle et distribue ses faveurs à tort et à travers.

— Permettez-nous de n'en rien croire, puisqu'elle vous a comblé, dit gracieusement madame de Gondo.

— Après m'avoir fort maltraité pendant bien des années, tandis que sous mes yeux elle enrichissait des gens qui ne le méritaient guère. En voulez-vous une preuve ? Au début, quand nous en étions encore à chercher l'or dans le lit des ruisseaux, j'ai vu un Français, nommé Fontaine, un matelot déserteur d'un navire de commerce, qui trouvait des pépites par poignées là où les autres s'épuisaient pour ramasser quelques parcelles. Je l'ai vu un jour, pour ébahir les *Yankees*, laver son sable avec le contenu de cent bouteilles de vin de Champagne, qu'il avait payées cinquante francs la bouteille et en extraire dix mille francs d'or. Il gagnait à cette opération cinq mille francs et l'admiration des Américains (1).

— Je ne savais pas que le champagne fût aurifère, dit le facétieux agent. Il faudra que je fasse demain l'expérience au Café Anglais.

— Et qu'est-il devenu cet ingénieux matelot ? demanda M. Samothraki.

— Il est mort pour avoir trop bu du liquide qui servait à ses lavages.

(1) Historique.

— Juste châtiment de ses prodigalités inutiles, conclut le banquier. Laffitte a fait fortune pour avoir ramassé une épingle dans la cour de son patron.

La baronne ne dit rien. Elle regardait Savinien qui se restaurait modestement au bas bout du buffet, et elle méditait sans doute de l'accaparer en sortant de table.

Sa fille, Noémi, jouait de l'éventail et affectait de sourire de loin à M. Atkins de Mariposa, qui procédait imperturbablement à l'ingurgitation de sa quatrième bouteille.

Le souper tirait à sa fin et l'orchestre placé dans les salons faisait entendre des accords lointains, précurseurs harmonieux du *Cotillon*.

Madame de Gondo donna avec un bruit de chaise le signal classique et les convives se levèrent.

— Merci, monsieur, je craindrais d'abuser de votre obligeance, dit la vindicative Noémi à Marcel qui lui offrait son bras.

La baronne était pourvue de celui de M. Samothraki. Marcel pouvait donc enfin rentrer en possession de lui-même. Il s'empressa de profiter du congé assez sec que venait de lui accorder mademoiselle de Gondo et de traverser les salons pour regagner sa voiture.

Il évita le baron, mais il eut quelque peine à effectuer sa retraite, car la foule des soupeurs encombrait les issues et il n'était pas facile de se frayer un chemin parmi les groupes. Il y parvint, cependant, et il constata l'absence de Dominique.

Avec sa taille colossale, le Canadien était aussi visible dans un salon que la grande pyramide dans la plaine de Gyzeh, et il n'y avait pas moyen de passer sans l'apercevoir.

Il avait dû se lasser d'attendre son ami et il était allé se coucher, à pied probablement, suivant son habitude.

Dans le vestibule, pendant qu'un valet de pied appelait d'une voix retentissante : « Les gens de M. de Colorado ! » Marcel fut abordé par M. Chambras, qui était rentré dans sa tenue d'homme du monde.

Avec ce personnage, le Californien allait décidément de surprise en surprise.

— Oserai-je vous demander une place dans votre voiture ? lui demanda tout bas le sous-chef de la *sûreté*.

— Je puis vous emmener, puisque mon ami est parti, répondit Marcel assez surpris de cette requête. Où désirez-vous que je vous conduise ?

— Chez vous.

— Chez moi !

— Oui, et je vous prie même de donner des ordres à votre cocher pour qu'il nous mène vite.

— Que se passe-t-il donc ?

— Mon *caroubleur* m'a glissé entre les doigts, et j'ai des raisons de croire qu'il n'en veut pas à la caisse du baron, mais à la vôtre.

Pourvu que nous n'arrivions pas trop tard, ajouta-t-il en se parlant à lui-même.

Marcel ne répondit pas à cette déclaration des plus inattendues.

Le valet de pied venait de rentrer et il annonçait la voiture de M. de Colorado. M. Chambras avait déjà endossé son paletot et les laquais s'étaient empressés pour aider le Californien à revêtir sa pelisse fourrée. Ils s'avancèrent ensemble sur le perron.

— Où donc est Philippe? demanda Marcel, étonné de ne trouver son valet de chambre ni dans le vestibule, ni à la portière.

— Je ne peux pas renseigner monsieur, répondit le cocher. Je n'ai pas revu Philippe de toute la soirée.

— C'est bien. Je lui dirai demain matin qu'il n'est plus à mon service, murmura le millionnaire, que tous ces incidents commençaient à mettre de mauvaise humeur.

Il fit monter M. Chambras et prit place à côté de lui.

— Vous n'aurez pas, je le crains, la peine de renvoyer demain ce valet de chambre, dit l'agent, pendant que le coupé tournait.

— Pourquoi cela, je vous prie? demanda Marcel de plus en plus intrigué.

— Parce que ce soir il arrivera de deux choses l'une : ou votre domestique et son complice auront eu le temps de faire leur coup quand nous rentrerons à votre hôtel, et alors il se gardera bien d'y revenir; ou, au contraire, nous les prendrons en flagrant délit, et, dans ce cas-là, je me charge de leur trouver un logement.

— Comment! vous croyez que Philippe s'entend avec des voleurs?

— Je ne le crois pas, j'en suis sûr. Vous vous souvenez peut-être que le jour où j'ai eu l'honneur de me présenter chez vous, sa figure m'avait frappé?

— Je m'en souviens parfaitement.

— J'étais sûr de l'avoir vue quelque part, seulement il m'était impossible d'y mettre un nom. J'ai cependant une excellente mémoire, mais il me passe tant de coquins sous les yeux, qu'elle est quelquefois en défaut. Elle m'est revenue ce soir, et fort à propos, comme je vais vous l'expliquer.

— C'est inouï. Cet homme s'est présenté chez moi, il y a trois mois, avec d'excellents certificats...

— Qu'il avait fait fabriquer par un de ses anciens camarades de Poissy, car il sort de Poissy, ce valet de chambre si bien recommandé. Il y a, dans le faubourg Montmartre, un café dont les habitués vendent des signatures depuis vingt centimes jusqu'à cinq francs, selon l'importance de la somme à escroquer. Les faux certificats coûtent un peu plus cher, mais ils les réussissent admirablement.

— Et vous dites que ce soir vous l'avez reconnu?

— Oui, et voici comme : après avoir causé avec vous dans le premier salon, je suis allé passer en revue la valetaille du vestibule. J'avais une livrée toute prête dans un fiacre et je l'avais préalable-

ment endossée. Mon libéré de Poissy causait beaucoup avec un laquais de louage que j'ai jugé à
première vue devoir être un des *caroubleurs* signa-
lés par nos indicateurs. Celui-là je ne l'avais jamais
vu, mais il y a des têtes auxquelles je ne me trompe
pas. Et puis, j'avais remarqué ses accointances
avec votre valet de chambre, que je venais de me
souvenir tout à coup d'avoir *frimé* (1) jadis au dépôt.
J'étais fixé.

— C'est alors que vous vous êtes mêlé à ceux
qui nous servaient à table, car je vous ai vu dans
la salle du souper?

— Oui, et ce faisant, j'ai fait une sottise. Mes
deux gaillards s'étaient séparés après de longs
pourparlers. Votre valet de chambre était sorti
dans la cour, l'autre était monté avec la livrée de
renfort qu'on venait d'appeler au buffet. J'ai
suivi l'autre, parce que j'étais infatué de l'idée
qu'on en voulait aux écus du baron ou aux bijoux de la baronne. Je ne pensais pas qu'on
allait profiter de votre absence et de celle de votre
ami pour faire le coup dans votre hôtel de la place
de l'Europe.

— Mais ce n'est là qu'une conjecture.

— Pardon! c'est une certitude. Écoutez la suite.
Pendant le souper je ne perdais pas de vue mon
caroubleur. Il a une face couleur de papier mâché,
que maintenant je reconnaîtrais entre mille. Au
bout d'un quart d'heure, je m'aperçois qu'il s'es-

(1) Dévisagé; examiné.

I   18

quive. Je fais comme lui et je vais droit où je supposais qu'il devait être.

Il faut vous dire que l'hôtel du baron m'est fami-
lier; j'y suis venu deux fois l'an passé pour un vol
d'argenterie qui y avait été commis par une femme
de charge, et j'en sais tous les détours comme je
sais ceux de la préfecture.

Je supposais donc que mon homme avait enfilé
un certain corridor qui conduit à la chambre de
madame et au cabinet de monsieur. Je m'y engage
à pas de loup; je visite les portes et toutes les
serrures de l'appartement. Pas la moindre trace de
caroublage. D'ailleurs, de la lumière partout. On
est prudent chez le baron. Impossible de supposer
qu'on en voulait à la grande caisse; les bureaux
sont gardés jour et nuit. Qu'était devenu le voleur?
L'idée me pousse qu'il m'a reconnu et qu'il a dé-
campé. Je reviens au vestibule et, en effet, je ne
l'y trouve pas. Je m'informe, et un camarade en
livrée m'apprend qu'il est parti depuis dix minutes.
Je me dis : bon! j'avais deviné, il a pris peur et il a
filé. Il n'y aura rien cette nuit. Là-dessus je m'en
retourne tranquillement à mon fiacre et j'y reprends mon costume de soirée. Je voulais rentrer
au bal pour vous raconter, séance tenante, la découverte que je venais de faire des antécédents de
votre valet de chambre.

C'est en vous cherchant dans les salons que la
vérité m'a sauté aux yeux.

— J'avoue que je ne comprends pas très-bien
comment vous pouvez affirmer...

— C'est cependant clair comme de l'eau de roche. Votre Philippe avait donné rendez-vous à son complice chez M. de Gondo. Il l'a rencontré dans le vestibule et il a pu lui expliquer tout à son aise comment il fallait s'y prendre dans votre hôtel. Puis à l'heure du souper, comme les deux coquins ne voulaient pas sortir ensemble, de peur de se faire remarquer, Philippe a filé chez vous pour y attendre l'autre qui, après avoir servi quelque temps au buffet, a jugé qu'il s'était assez montré, et a couru le rejoindre.

J'ai deviné leur plan, en me rappelant que je n'avais plus revu votre domestique dans le vestibule, au moment où j'y rentrais après avoir changé d'habits. Si cette idée-là m'était venue plus tôt, je tiendrais déjà les deux drôles. Mais que voulez-vous ! on ne s'avise jamais de tout.

D'ailleurs, j'espère qu'il ne perdront rien pour attendre et alors même que nous arriverions trop tard, je me fais fort de les repincer. Et puis, il y a une circonstance qui me donne bon espoir, c'est que votre ami est déjà rentré, puisqu'il a quitté le bal avant vous et probablement même avant eux. Il doit faire bonne garde et il est de taille à leur tenir tête.

— Il n'est pas certain du tout que Dominique soit rentré. Il a la manie de se promener la nuit à travers Paris et je ne serais nullement surpris qu'en sortant de chez M. de Gondo, il fût allé prendre l'air sur le haut des buttes Montmartre.

— Diable ! alors, hâtons-nous. Heureusement,

vos chevaux vont comme le vent, et nous voilà presque arrivés.

En effet, le coupé avait descendu au trot le plus accéléré la partie supérieure du boulevard Males-herbes, et débouchait en ce moment dans la rue de Constantinople.

— Comment comptez-vous opérer, si les voleurs sont déjà en besogne? demanda Marcel.

— Je m'inspirerai des circonstances, répondit M. Chambras. Je vous prie seulement de me laisser agir à ma guise.

— Oh ! très-volontiers. Je me contenterai de vous prêter main-forte s'il le faut.

Trois minutes après, l'équipage s'arrêtait au coin de la rue de Rome, devant la grande entrée de l'hôtel.

— Si votre cocher crie à haute voix : « La porte ! » les oiseaux vont s'envoler, reprit l'agent. Permettez-moi de lui donner la consigne.

Et, ouvrant aussitôt la portière, M. Chambras sauta dans la rue,

— Rangez vos chevaux contre le trottoir et atten-dez-nous, dit-il au cocher. Nous n'allons faire qu'entrer et sortir. Nous retournons au bal.

Puis, s'adressant à Marcel :

— Avez-vous une clé de la petite porte de la serre ?

— Oui, répondit M. de Colorado en fouillant dans sa poche.

— Alors, veuillez ouvrir. Nous passerons de là dans l'appartement du rez-de-chaussée et grâce à ce mouvement tournant, nous prendrons nos *ca-roubleurs* la main dans le sac.

Marcel approuvait ce plan de campagne ; il intro-duisit la clé dans la serrure, qui joua sans bruit, et il entra après avoir fait passer devant lui M. Cham-bras.

Ils se trouvèrent alors dans le jardin d'hiver où ils s'étaient abouchés pour la première fois quel-ques jours auparavant.

Ce jardin était couvert et entouré de tous les cô-tés par un vitrage artistement enchassé dans une légère armature en fer, à l'imitation du *Cristal-Pa-lace* de Londres.

— Nous sommes ici, n'est-ce pas, sur une ter-rasse qui surplombe le chemin de fer, demanda l'agent.

— Oui, et il y a au moins vingt pieds de muraille à pic.

— Bon! pas de fuite possible de ce côté-ci, puis-que vous venez de fermer la porte. La caisse où vous déposez vos valeurs est sans doute dans votre chambre à coucher?

— A côté de mon lit.

— Très-bien. Nous n'avons que le corridor cen-tral à traverser pour arriver au grand escalier. Il y a des tapis partout. On ne nous entendra pas mar-cher. Venez, monsieur.

— Écoutez! dit Marcel.

Un bruit sourd, un bruit de pas amorti par la laine qui couvrait les parquets, venait de l'intérieur de l'hôtel et se rapprochait rapidement.

18.

— Bon! dit Chambras, ils se sauvent. Ils vont se jeter dans nos bras comme des lapins furetés se jettent dans la poche qui bouche le terrier.

Il n'avait pas fini de parler, qu'un homme, lancé comme un boulet, passa devant lui, franchit d'un bond la largeur de la serre, brisa le vitrage et disparut.

Trois secondes après, un autre corps, beaucoup plus volumineux celui-là, passa aussi et se précipita par le même chemin.

Puis, tout s'évanouit comme une vision.

— Qu'est-ce que cela veut dire? murmura M. de Colorado.

— Parbleu! les gredins ont sauté sur la voie du chemin de fer, répondit M. Chambras. C'est la première fois que je vois des *caroubleurs* risquer une pareille culbute. On apprend à tout âge. Heureusement qu'ils ont dû se tuer sur le coup.

— Se tuer! Mais c'est Dominique! c'est mon ami qui a sauté le dernier!

— Comment! vous croyez que c'est M. le Planchais qui vient de faire ce saut périlleux?

— J'en suis sûr.

— Diable! il est fort à craindre que...

Marcel ne l'écoutait plus. Il avait couru au vitrage brisé et il se penchait au dehors pour voir et pour écouter.

Il ne vit que la lueur rouge d'un fanal placé à l'arrière d'un train qui s'éloignait; il n'entendit que le grincement aigu d'un sifflet et le ronflement

…accadé d'une locomotive soufflant comme un géant asthmatique.

La lueur fila et disparut; le bruit s'affaiblit et …ientôt s'éteignit tout à fait.

Un silence profond régnait dans la gare im…mense, et, à la clarté des becs de gaz, on n'aperce…fait que des wagons isolés sur les rails comme des …arques échouées sur le sable.

— S'il ne s'est pas tué en tombant, le train l'aura …crasé, murmura Marcel désespéré.

— Mais alors, si c'est M. Le Planchais qui a …auté après le *caroubleur*, le valet de chambre doit …tre encore dans la maison.

— Eh! que m'importe? courons à la gare! peut-…tre Dominique n'est-il que blessé.

— Silence! on vient, dit tout bas M. Cham…ras en lui saisissant le bras d'une main et en lui …ontrant de l'autre le corridor faiblement éclairé …ar le reflet d'une lumière.

…Celui qui la portait descendait lentement l'esca-…ier.

— C'est mon libéré de Poissy qui vient voir com…ment l'affaire s'est terminée, murmura le sous-…hef de la *sûreté*. Le temps de l'*emballer*, et je suis …vous.

En même temps, il entraînait vers le coin le plus …ombre de la serre Marcel, qui se laissa faire ma-…chinalement.

Quelques secondes après, un homme parut sur … seuil, tenant une bougie allumée qu'il abritait …vec ses doigts contre le vent.

C'était bien le valet de chambre, et sur sa plate figure vivement éclairée, on lisait sans peine une satisfaction mêlée d'un peu d'inquiétude.

Le drôle avait dû faire le guet pendant que son ami *Pain-de-Blanc* opérait. Il s'était sans doute tenu coi pendant que Dominique, réveillé en sursaut, pénétrait dans la chambre de Marcel et surprenait le voleur occupé à forcer la caisse. Il avait probablement deviné le chemin que prenait la poursuite et compris, au fracas des vitres brisées, qu'elle venait de se terminer par une catastrophe qui ne lui déplaisait pas. Il voulait s'assurer que son complice et le Canadien avaient fait la culbute par-dessus la terrasse et retourner ensuite vider la caisse sans crainte d'être dérangé.

Inutile de dire qu'il ne s'apitoyait point sur la triste fin de *Pain-de-Blanc*, puisqu'elle l'exonérait de l'obligation de partager le butin.

Les gens de la *pègre* se soutiennent entre eux mais ils ne se pleurent jamais, car c'est surtout dans le monde des coquins que *le mort saisit le vif*.

Ébloui par la lumière qui lui donnait dans les yeux, mons Philippe n'aperçut point son maître et Chambras blottis dans un angle obscur. Il traversa la serre en droite ligne et se mit à examiner d'abord le vitrage enfoncé.

Pendant qu'il se livrait à cette intéressante occupation, l'agent comme un chat, tomba sur lui et le saisit en criant :

— A moi ! je le tiens.

Le valet de chambre lâcha la bougie, qui roula

sur le sol, heureusement sans s'éteindre, et essaya de se dégager, mais il était tenu par une main de fer. D'ailleurs, Marcel arriva aussitôt à la rescousse.

— Prenez-le à bras-le-corps, lui dit Chambras.

Dès que ce fut fait, et de main de maître, car le Californien était d'une force et d'une adresse peu communes, l'agent lâcha le cou de son prisonnier, tira de sa poche une petite corde munie de trois nœuds et terminée à chaque bout par une sorte de manche en bois, l'enroula prestement autour du poignet droit de Philippe et tourna vigoureusement les deux manches.

Le valet de chambre poussa un cri de douleur et se mit à sauter sur place comme une chèvre.

— Vous pouvez le lâcher, monsieur, dit Chambras. Il gigotera, mais il ne se sauvera pas.

Et il ajouta en regardant avec complaisanse l'instrument dont il venait de se servir :

— J'ai bien fait de me précautionner d'un *cabriolet* (1) en allant au bal du baron.

— Lâchez-moi, criait l'ami de *Pain-de-Blanc*, vous n'avez pas le droit de m'arrêter. Je suis chez mon maître, et il ne permettra pas...

— Toi, mon bonhomme, je t'engage à te taire et à marcher, lui dit l'agent. J'ai dans ma poche une

---

(1) Corde longue de 25 centimètres, ainsi nommée parce qu'en la serrant on fait *cabrioler* le patient. C'est, avec la *ligotte*, autre corde plus forte, la seule arme que portent sur eux les agents de la *sûreté*.

bonne *ligotte* pour t'attacher les pattes si tu bronches. Ainsi, pas de bêtises, tu es *servi*. Tâche de ne pas gâter encore ton affaire, qui n'est déjà pas trop bonne.

— C'est une indignité... une injustice... je ne sais pas ce que vous me voulez, balbutia Philippe qui avait déjà beaucoup perdu de son assurance. Monsieur me défendra... monsieur attestera que depuis que je suis à son service...

— C'est bon! en route! interrompit Chambras. Allons voir un peu là-haut comment vous avez travaillé, toi et ton joli camarade.

— Non, dit vivement Marcel, je veux aller sur-le-champ au chemin de fer; nous n'avons déjà que trop perdu de temps. Si mon malheureux ami est resté évanoui sur la voie, il est exposé à être broyé sous une locomotive.

— Vous avez raison, monsieur. Le coup est manqué. Il n'y a plus rien à craindre ici. Je vais consigner mon homme au poste de la gare et je vous aiderai ensuite dans vos recherches. Aussi bien, l'interrogatoire sera mieux fait demain au *Dépôt*.

Philippe baissait la tête. Il commençait à comprendre qu'il était pris et à soupçonner *Pain-de-Blanc* de l'avoir trahi. Il suivit sans faire de résistance Chambras qui sortit avec M. de Colorado par la petite porte.

Ils se mirent à descendre rapidement la rue de Rome, sans que le cocher qui dormait sur son siége se réveillât au bruit de la clé tournant dans la serrure.

En quelques minutes ils arrivèrent à la gare où M. Chambras remit son prisonnier aux sergents de ville de service, avec injonction de le déposer au violon pour y attendre le passage de la première voiture cellulaire.

Après s'être ainsi mis en règle avec son devoir professionnel, l'agent conduisit Marcel chez le sous-chef de garde, déclina sa qualité et exposa le cas bizarre qui les amenait.

L'employé supérieur hocha la tête et pinça les lèvres en homme qui ne croyait guère à la possibilité de retrouver vivants ceux qu'on cherchait, mais il appela un de ses subalternes et voulut bien diriger lui-même l'exploration.

La petite troupe s'avança dans la gare, silencieuse et déserte à cette heure de nuit.

Le gaz éclairait de vastes espaces où s'allongeaient des trains immobiles ; çà et là brillaient des feux rouges et des feux verts. Une machine chauffait dans un coin, et le mécanicien, accoudé sur la grille du *tender*, regardait passer ce cortége insolite.

Vus de loin et à la lueur douteuse des candélabres clair-semés, le pont de biais et les hautes terrasses de la place de l'Europe ressemblaient à des constructions babyloniennes.

— Où a eu lieu l'accident ? demanda le sous-chef.

— Au delà et tout près du pont, à gauche, répondit Chambras.

— Diable! le saut a dû être rude alors... je connais l'endroit... Et l'accident vient d'arriver?

— Il y a un quart d'heure... peut-être vingt minutes.

— C'est singulier. J'ai expédié juste à ce moment-là un train de *ballast* garé précisément au pied du mur. Je ne comprends pas que l'aiguilleur ne m'ait pas signalé le fait.

Marcel frissonna. Il voyait déjà Dominique coupé en morceaux par les roues des wagons. Chambras ne disait mot, mais il était clair qu'il partageait sinon la douleur, du moins les appréhensions du Californien.

Ils suivirent une des innombrables voies dont les rails s'entre-croisent dans cette immense gare comme les sentiers d'un labyrinthe. L'homme d'équipe les précédait armé d'une lanterne. Dès qu'ils eurent dépassé le pont, Marcel s'arrêta et dit :

— C'est ici.

Le sous-chef mesura de l'œil la hauteur du revêtement de pierres que surmontait la terrasse vitrée et fit un geste de doute. Évidemment, il lui semblait impossible que deux hommes eussent risqué volontairement un saut en profondeur devant lequel auraient reculé les plus intrépides gymnastes.

Marcel, lui, courait en tous sens, courbé vers le sol, cherchant à apercevoir le corps de son ami, et tremblant de le rencontrer. Il ne vit rien, pas même une trace de sang.

Chambras finit par découvrir au pied du mur des éclats de verre et des fragments de grillage. C'était la preuve matérielle que les témoins de cette prodigieuse culbute n'avaient pas rêvé. Il fit voir ces débris au sous-chef qui tomba dans une stupéfaction d'autant plus profonde que l'aiguilleur interrogé déclara n'avoir rien vu et rien entendu qu'un bruit de carreaux cassés. La neige ne portait pas trace d'une chute. Cela tournait positivement au fantastique.

— Ma foi! messieurs, dit l'employé, je vous avoue que je n'y-comprends absolument rien.

— Ni moi non plus, murmura l'agent.

Marcel pensait que Dominique n'avait pas été tué sur le coup, puisqu'on ne retrouvait pas son cadavre, et il se reprenait à espérer.

— Monsieur, ajouta l'homme du chemin de fer, nous ferons demain matin des recherches sur toute la ligne.

— Et moi, dit Chambras, je vais ouvrir une enquête, et, si vous voulez bien venir me demander demain à midi au Dépôt de la préfecture, j'aurai, je n'en doute pas, du nouveau à vous apprendre.

X

Marcel ne s'était pas beaucoup amusé au bal du baron, mais Dominique s'y était prodigieusement ennuyé.

Après avoir, à plusieurs reprises, louvoyé inutilement pour rejoindre son ami, il avait fini par renoncer à fendre les flots de la foule, et il s'était cantonné dans un coin du premier salon. Il craignait de marcher, sans le vouloir, sur une des frêles danseuses ou sur un des grêles danseurs qui encombraient le parquet, et il se tenait coi, comme un vaisseau de guerre jette l'ancre devant un port marchand, de peur d'écraser de pauvres barques de pêcheurs.

Beaucoup d'invités et d'invitées le remarquèrent, car il aurait fallu être aveugle pour ne pas l'apercevoir; mais comme personne ne le connaissait, personne ne vint lui parler.

Sa taille et sa tournure donnèrent lieu, d'ailleurs, à une foule de commentaires, et comme sa présence en ces lieux équivalait à un certificat d'opulence, on le prit généralement pour un suisse de cathédrale enrichi par un héritage.

Au moment où on annonça le souper, sa patience était à bout. Il pensa que Marcel l'avait oublié, en quoi il se trompait du tout au tout, et ne se souciant pas de l'attendre indéfiniment, encore moins de le déranger, il gagna tout doucement le vestibule. Là, sans s'inquiéter de la voiture ni du valet de chambre de son ami, il endossa son pardessus, et, se glissant à travers les équipages, reprit à pied le chemin de l'hôtel.

Lui aussi, il avait une clé de la petite porte et il rentra sans réveiller les gens. Sa chambre était au premier étage et contiguë à celle de Marcel. Cette station dans l'atmosphère étouffante du bal l'avait plus fatigué qu'une longue course dans Paris. Il se déshabilla, se coucha et s'endormit aussitôt.

Il s'était accoutumé dans les bivouacs californiens à commander au sommeil et il ne rêvait jamais. Il y avait appris aussi à se réveiller au plus léger bruit. Aussi n'était-il pas au lit depuis deux heures que son oreille assoupie perçut des sons bizarres.

Il lui semblait entendre la pioche d'un de ses ouvriers de la Nevada attaquant un bloc de quartz.

Il se mit vivement sur son séant et il tendit le cou pour tâcher de se rendre compte de la cause

de ces grincements insolites. Les coups, quoique
portés avec précaution, étaient très-distincts. Bientôt il lui sembla qu'on frappait avec un marteau sur
la tête d'un coin ou d'un ciseau.

Ce ne pouvait pas être Marcel qui se livrait à des
travaux de serrurerie, surtout à pareille heure.
Dominique eut le soupçon que des voleurs s'é-
taient introduits dans l'appartement et, sans plus
réfléchir, il sauta en bas de son lit et prit son revolver sous son chevet. Une porte, dissimulée par des
tentures, donnait de sa chambre dans celle de son
ami. Il l'ouvrit brusquement et il ne fut pas peu surprit de voir, à la clarté d'une bougie posée sur un
guéridon, un homme en livrée verte et en culotte
cramoisie, occupé à forcer, à l'aide d'un ciseau à
froid, la serrure à secret d'un meuble de boule où
le Californien serrait son argent.

Sans songer qu'il n'était pas vêtu du tout, Dominique se rua sur le voleur et le prit au collet. Mais
ce voleur, qui n'était autre que *Pain-de-Blanc*, avait
sans doute étudié à fond la boxe française, vulgai-
rement appelée la *savate*, car il plia aussitôt sur ses
jarrets et envoya un croc-en-jambe à l'assaillant.
Le Canadien, pris à l'improviste, tomba sur le dos,
et, avant qu'il se fût remis sur pied, Arthur Canoche, le préféré de Phémie, dégringolait déjà par
les escaliers.

Cet ingénieux coquin s'était décidé dans la journée à opérer sans attendre le bon plaisir de sa
respectable tante, qui lui avait presque promis
de lui confier des *biblots* pour l'aider à s'intro-

duire chez le millionnaire de la place de l'Europe.

En déjeunant chez un marchand de vins de la rue de Rome, son ami Philippe lui avait exposé les facilités exceptionnelles qu'allait leur procurer le bal de M. de Gondo. Ce valet de chambre, trop intelligent, savait que ces deux maîtres devaient passer une grande partie de la nuit chez le baron et qu'il les accompagnerait. Entre la poire et le fromage, les deux complices arrêtèrent qu'ils se rencontreraient à l'hôtel du financier et que, là, ils prendraient de concert leurs dernières dispositions.

Tout se passa conformément à ce programme. Il fut convenu, dans le vestibule, que Philippe s'esquiverait le premier et irait attendre *Pain-de-Blanc* à la place de l'Europe pour lui ouvrir la petite porte.

C'était un voleur prudent que ce Philippe. Il ne voulait pas mettre la main à la besogne, mais il tenait aussi à surveiller son complice, qui aurait fort bien pu décamper après le coup sans lui donner sa part. Il avait donc conçu un plan qu'il exécuta de point en point, du moins dans sa première partie.

Il introduisit le frère de Coralie par la serre, lui montra la chambre et la caisse et s'en alla sur le palier du second étage attendre qu'il eût fini, se proposant de retourner, aussitôt le partage fait, à l'hôtel Gondo.

Mons Philippe était de première force sur les *alibis*. Il comptait bien qu'à sa sortie du bal M. de Colorado, en le retrouvant à la portière de son coupé, ne se douterait jamais de son escapade et accuserait la négligence de ses autres domestiques, lorsqu'il s'apercevrait du vol.

Il suffit quelquefois d'un grain de sable pour déranger les rouages d'une puissante machine. La belle combinaison du libéré de Poissy avorta par suite d'un incident bien mince. Au moment où il s'apprêtait à filer, *Pain-de-Blanc* fut racolé d'autorité par le maître d'hôtel pour servir au buffet. Il n'osa pas se soustraire aux obligations imposées par sa livrée d'emprunt. Il monta au souper, et, une fois engrené dans ses devoirs de laquais, il ne put se dérober assez vite.

Ce retard perdit tout. Dominique était rentré avant le valet de chambre, qui négligea de s'assurer de son absence, et *Pain-de-Blanc* fut surpris au milieu de son opération.

Si l'ami de l'*Époulardeur* avait pu prévoir ce contre-temps, il ne se serait certainement pas risqué dans l'hôtel de M. de Colorado, car le Canadien lui inspirait une terreur salutaire. Quand il le vit apparaître, il le reconnut fort bien, malgré le costume succinct qu'il portait, et il perdit la tête incontinent. Il la perdit d'autant plus qu'il aperçut le revolver dont Dominique s'était muni.

Sa première ou plutôt son unique pensée fut de fuir, et, après s'être adroitement débarrassé de son ennemi en lui passant la jambe, il se rua à toute volée dans l'escalier qui aboutissait à la serre. Presque aussitôt il entendit le Canadien sur ses talons et il redoubla de vitesse, cherchant à gagner la petite porte du jardin, par où il était entré.

Il ne réfléchissait pas que Philippe l'avait refermée, et il eût été infailliblement pris sur la terrasse. Mais, pour comble de malechance, en s'y élançant, il ne calcula pas assez son élan et il l'enjamba d'un seul bond, car la peur lui donnait des ailes.

Le vitrage n'avait pas été construit pour résister à de pareils chocs. Il fut effondré du coup et *Pain-de-Blanc* précipité dans le vide.

Heureusement, Phémie n'était pas là pour le voir exécuter ce terrible saut, car, si elle y avait assisté, elle eût, sans aucun doute, été frappée d'apoplexie foudroyante, et la prochaine foire de Neuilly aurait eu à déplorer l'absence de la plus achalandée des femmes géantes.

Mais, hélas! on suit plus facilement les mauvais chemins que les bons, et Dominique, emporté par son impétuosité naturelle, franchit aussi la brèche ouverte par le fuyard et s'en alla, après lui, tourbillonner dans l'espace.

Le pauvre Canadien perdit en l'air le sentiment de son existence et, quand il arriva au terme de sa chute, il ressentit à peine la violente commotion qui résulta de la rencontre d'un corps plus ou moins dur. Il n'eut aucune conscience de ce qui se passa immédiatement après et, lorsque, mordu par le froid de la nuit, il reprit ses sens, il crut s'apercevoir que le sol sur lequel il était tombé se déplaçait rapidement.

Il voulut ouvrir les yeux, mais il y sentit une

douleur cuisante et il craignit d'abord d'en avoir à
tout jamais perdu l'usage. Cependant, à force de
passer ses mains sur son visage, il finit par y voir
clair et il se rendit un peu mieux compte de sa situation. Il était tombé sur un tas de sable dont les
grains lui bouchaient la vue et, prodige inouï, ce
tas de sable marchait. Alors il parvint à se mettre
sur son séant et il comprit tout à fait.

Dieu avait fait un miracle.

Dominique était assis au milieu d'un waggon
ouvert et à demi-plein de ce gravier friable qui sert
à remplir l'entre-voie et que, dans la langue des
chemins de fer, on nomme du *ballast*.

Ce waggon était attelé avec beaucoup d'autres à
une locomotive qui le traînait à petite vitesse.

L'ami de Marcel avait dû y tomber juste au moment où le train s'ébranlait, et, avant qu'il se réveillât, la vapeur avait déjà fait du chemin, car, en
regardant autour de lui, il vit qu'il était sinon en
pleine campagne, du moins hors de Paris. La machine roulait sur un remblai assez élevé au bas duquel on apercevait des maisons éparses.

Meurtri, écorché, déchiré, l'héroïque Canadien
n'avait pas lâché son revolver. Il le tenait encore
de sa main crispée et son premier soin fut de le
poser à côté de lui, pour s'en servir au besoin, car,
en dépit de son épouvantable culbute, il pensait
encore à son voleur.

Il fallait qu'il eût l'âme chevillée dans le corps, et
la volonté aussi, pour songer encore à l'homme
qu'il poursuivait au moment de sa chute.

Selon toute probabilité, ce coquin devait s'être fendu le crâne en tombant, car on ne rencontre pas toujours à point nommé un wagon plein de sable, et *Pain-de-Blanc* ne pouvait, pas plus que le commun des mortels, se soustraire aux lois de la pesanteur.

Dominique, aussitôt qu'il fut en état de raisonner, pensa que le compte de ce drôle était réglé et ne songea plus qu'à sortir de la position fâcheuse où il se trouvait lui-même.

Nu, ou peu s'en fallait, puisqu'il n'avait pas pris le temps de s'habiller en sautant de son lit pour courir sus au forceur de serrures, il ne tenait pas du tout à prolonger, par une nuit glaciale, ce voyage forcé. La question était de savoir comment il allait s'y prendre pour y mettre un terme.

Il ne fallait pas songer à crier pour avertir le mécanicien. Le train était très-long; le Canadien était tombé dans un waggon placé à peu près à égale distance de la tête et de la queue. De plus, la bise soufflait très-fort, chassant de gros flocons de neige. Il était clair qu'un appel ne serait pas entendu.

Mieux valait chercher à descendre pendant la marche ou attendre l'arrêt du convoi ; et ce dernier parti était le plus sûr, car, bien que la locomotive allât à petite vitesse, il n'est pas facile, à moins d'en avoir la grande habitude, de prendre terre pendant qu'elle roule. Mais où devait-elle s'arrêter? Ce sable providentiel qui avait amorti la chute était peut-être destiné à remblayer la voie sur un point fort éloigné, et la perspective de faire plusieurs lieues au grand air n'avait rien d'agréable pour un homme si peu vêtu.

D'ailleurs, Dominique se disait que, s'il descendait à une station, les conducteurs du train ne manqueraient pas de l'apercevoir et de lui courir sus en le voyant dans ce costume léger.

Un voyageur en chemise est forcément suspect, surtout en plein hiver, et le moins qu'il pût lui arriver, c'était d'être conduit au violon.

En quittant le convoi subrepticement, il avait du moins la chance de rencontrer une maison où des gens charitables ne refuseraient pas de le recevoir et d'envoyer chercher des habits à la place de l'Europe. Il pourrait leur expliquer son cas et les décider, par l'espoir d'une bonne récompense, car, pour ce qui était de payer d'avance l'hospitalité et la course, il n'y fallait pas songer, attendu qu'il n'avait pas sa bourse sur lui, et pour cause.

Tout bien considéré, il se décida à tenter l'aventure.

Il n'avait rien de cassé ni de foulé ; sa peau seule était endommagée. Vigoureux comme il l'était, il pouvait bien exécuter ce nouveau tour de force, beaucoup moins périlleux que le saut en profondeur du haut de la terrasse de l'hôtel.

Il se mit donc sur ses genoux et commença par regarder autour de lui pour tâcher de savoir au juste où il se trouvait.

La nuit était assez claire et il distinguait assez nettement le paysage plat et laid à travers lequel

passait la voie. Mais les environs de Paris ne lui
étaient pas assez familiers pour qu'il pût reconnaître l'endroit.

Cependant il apercevait en avant un grand espace vide et il lui sembla que ce devait être la
Seine qu'il se rappelait, du reste, avoir franchie
plusieurs fois en allant à Saint-Germain. C'était
bien le moment d'essayer de descendre, car il supposait que le mécanicien allait ralentir un peu l'allure avant de s'engager sur le pont.

Il se leva tout à fait, et il enjamba le rebord du
wagon-tombereau dans l'intention de s'y sus-
pendre à la force du poignet, et de se laisser cou-
ler à terre le plus doucement possible, dès qu'il
croirait pouvoir le faire sans trop de danger. Mais,
au moment où il allait achever ce mouvement, il
lui sembla apercevoir dans le chariot qui précédait
le sien un homme accroupi.

Cette découverte lui parut si étrange, qu'il interrompit son opération.

Il regarda encore et il vit que cet homme ne
bougeait pas. Il supposa que ce devait être un
ouvrier du chemin de fer qui se faisait transporter
ainsi, probablement un des terrassiers chargés d'employer tout ce sable, et, comme il ne se souciait pas
d'attirer son attention, il se tint coi et il l'observa de
plus belle.

Il attendit trois minutes sans que l'homme re-
muât et il en conclut qu'il dormait. Bientôt une se-
cousse l'avertit qu'on venait de serrer les freins et
un coup de sifflet prolongé annonça l'approche

d'une station. En même temps, il découvrit à droite et à gauche, en contre-bas, les eaux grises de la rivière. Le train arrivait à l'entrée du pont d'Asnières.

Des lumières brillaient sur l'autre rive, et Dominique pensa que la locomotive allait s'arrêter après avoir passé la Seine. Il n'avait pas un instant à perdre, et il n'en perdit pas. Il enjamba de rechef, en ayant soin de choisir le côté droit, afin de tomber au milieu de la voie, et, s'accrochant par les mains, il laissa pendre ses jambes.

Dans cette position, il regardait naturellement au-dessous de lui pour mesurer la distance, de sorte qu'il ne vit pas que l'autre voyageur, celui qu'il prenait pour un ouvrier, se livrait tout justement au même exercice dans le wagon voisin.

Le convoi ne marchait plus qu'à toute petite vitesse et il avait franchi à peu près le tiers du pont.

L'instant était venu. Le Canadien lâcha son point d'appui et se laissa tomber, comptant bien que la chute ne serait pas trop rude, car, grâce à sa haute taille, ses pieds n'étaient pas loin du sol. Mais, si douce que soit l'allure d'une locomotive, on ne saute pas d'un train comme d'un omnibus. En touchant terre, Dominique tomba et roula en faisant plusieurs tours sur lui-même.

Au dernier, sa surprise ne fut pas médiocre en se sentant saisi par deux mains crispées. Instinctivement et sans savoir à qui il avait affaire, il empoigna celui qui l'empoignait.

Cette culbute compliquée dura quelques secon-

des, pendant lesquelles le dernier wagon passa à
côté de lui, et, à la lueur de la lanterne rouge placée à l'arrière, Dominique vit enfin l'individu dont
le corps s'était, pour ainsi dire, enchevêtré avec le
sien, et il le reconnut tout d'abord à sa livrée.
C'était le voleur surpris dans la chambre de Marcel.

Un miracle n'arrive jamais seul. *Pain-de-Blanc*
n'avait eu ni meilleure, ni pire fortune que le Canadien. Les waggons rangés au pied de la muraille
s'étaient trouvés là tout juste à point pour les recevoir tous deux et chacun avait eu le sien.

Le frère de Coralie avait mis un peu plus de
temps à revenir de son étourdissement, mais la
pensée de se sauver lui était venue dès qu'il avait
repris connaissance. Il tenait encore bien moins
que Dominique à être aperçu dans cette singulière
position, et, quoique son costume fût beaucoup
plus décent, il redoutait bien davantage un colloque avec les employés d'une gare. Il s'était donc
mis en mesure de profiter comme lui du ralentis-
sement du train, et, le pont d'Asnières lui ayant
paru propice à son dessein, il avait sauté en même
temps que le Canadien.

Ils venaient de rouler l'un sur l'autre.

Mais Dominique eut promptement le dessus. Il
saisit d'une main le drôle au collet, et de l'autre il
lui fit lâcher prise en criant :

— Ah ! brigand, je te tiens enfin !

— Ne me faites pas de mal, je me rends, grommela *Pain-de-Blanc* terrifié.

Dominique se redressa sur ses jarrets; l'enleva comme une plume et lui dit :

— Marche, ou je t'étrangle !

Le misérable obéit, car il comprenait bien que toute résistance serait inutile.

Si la scène se fût passée en été, les canotiers de ces parages, qui, dans la belle saison, naviguent volontiers à la clarté des étoiles, auraient eu un curieux spectacle, celui d'un homme dans le plus simple appareil escortant un laquais en grande livrée sur le pont d'Asnières. Mais, en hiver, on ne canote plus, et les habitants de ce joyeux hameau étaient couchés depuis longtemps.

Dominique avait pris son parti de l'aventure, et, maintenant qu'il tenait son voleur, il était fort résolu à le conduire à la gare, quitte à expliquer son affaire aux hommes de garde et même au risque de se faire provisoirement arrêter. Il l'emmenait donc en le tenant par le bras, et *Pain-de-Blanc* marchait la tête basse, en coquin résigné.

Ils allèrent ainsi jusqu'au milieu du pont, Dominique traînant de la main droite son prisonnier et placé, par conséquent, à sa gauche, au bord extrême de la voie.

Tout d'un coup, *Pain-de-Blanc*, qui n'avait feint de se soumettre que pour endormir la prudence de son vainqueur, lui passa ce fameux croc-en-jambe où il était passé maître.

Le Canadien trébucha et tomba à mi-corps sur le parapet.

Leste comme un chat, l'ami de l'*Epoulardeur* le

saisit par les pieds avant qu'il eût le temps de retrouver son équilibre et le poussa dans la Seine,

— Toi, tu ne me gèneras plus, ricana le brigand.

Et, rebroussant chemin aussitôt, il s'enfuit vers Paris.

XI

Après avoir cherché inutilement son ami dans la gare, Marcel était rentré chez lui désespéré.

Les promesses de M. Chambras ne l'avaient nullement rassuré et il se disait que, si la police parvenait à éclaircir le mystère de ces disparitions, elle ne lui rendrait pas Dominique.

Il lui semblait impossible que le pauvre Canadien eût survécu à cette terrible chute, et quelque invraisemblable que fût une telle conjecture, il était tenté de croire que des complices du voleur, apostés au pied de la muraille, avaient fait disparaître, par des procédés à eux, le cadavre ou les cadavres.

Il put constater dans sa chambre les traces de la tentative de *Pain-de-Blanc* et reconnaître que toutes les suppositions de l'agent de police s'étaient vérifiées. Mais ce fut là une bien triste satisfaction,

car la sagacité de M. Chambras ne lui rendait pas
son vieux camarade qu'il aimait comme un frère,
et il maudissait de bon cœur le funeste enchaîne-
ment de circonstances qui avait ramené prématu-
rément Dominique à l'hôtel.

Il eût donné de bon cœur le contenu de sa
caisse, et bien plus encore, pour que cet ami si
cher ne se fût pas trouvé là pour la défendre.

Du reste, tout indiquait que le valet de chambre
seul avait favorisé la criminelle entreprise du voleur
de nuit, car le cocher dormait sur son siége et les
autres domestiques dans leur lit, lorsque Marcel
rentra.

Il ne se coucha point, sentant bien qu'il lui serait impossible de fermer l'œil, et, dès le matin, il
s'habilla lui même dans son impatience de sortir
pour aller aux informations.

Malheureusement, le rendez-vous de M. Chambras était pour midi, et il lui fallut attendre l'heure
de le rejoindre au dépôt de la préfecture.

Pour tromper son inquiétude, il voulut examiner minutieusement le théâtre de l'accident, et il
vit avec une certaine satisfaction que la muraille
était moins élevée qu'il ne l'avait cru en la regardant de bas en haut. Cependant, il lui sembla
presque possible que Dominique eût exécuté ce
terrible saut sans se briser les membres. Mais que
le voleur eût eu la même chance, cela passait l'imagination. Et, d'ailleurs, qu'étaient-ils devenus tous
les deux? Le problème restait à résoudre.

Il se prit alors à espérer que dans la matinée,

la police, avertie par son agent, aurait le temps
de faire une enquête sur les événements de la
nuit, et qu'il apprendrait le résultat de la bouche
de M. Chambras. Il se résigna donc à attendre
l'heure fixée et, avec ses gens, il crut devoir garder
un silence absolu sur ce qui s'était passé pendant
leur sommeil. Il ne lui eût servi à rien de les mettre dans la confidence de ses angoisses, et d'ailleurs il avait d'excellentes raisons pour ne plus se
fier aux subalternes

A midi précis, son coupé s'arrêtait sur le quai
des Orfèvres au coin d'une petite rue, où il rencontra un sergent de ville obligeant qui se chargea
de le conduire à la porte du Dépôt, porte assez
difficile à découvrir sans guide, car cette prison,
construite depuis peu d'années, se trouve encas-
trée dans les nouvelles constructions du Palais
de Justice, et elle est tout à fait invisible du
quai.

Là, Marcel demanda M. Chambras, et, après
l'avoir toisé d'un regard, le portier appela un gardien qui le mena tout droit à une cellule placée à
côté d'un bureau où se tenaient deux ou trois
employés revêtus de l'uniforme de l'administration
des prisons.

Evidemment, il était annoncé d'avance, et
M. Chambras l'attendait. En effet, il l'aperçut assis
derrière une table et occupé à compulser des papiers.

— Eh ! bien, nous ne savons encore rien de positif, répondit le sous-chef de la *sûreté*. L'enquête

ouverte au chemin de fer de l'Ouest n'a fourni aucun éclaircissement. On a bien trouvé sur le pont d'Asnières un revolver que voici, mais...

— C'est celui de Dominique ; je le reconnais parfaitement, s'écria Marcel en s'emparant de l'arme déposée sur le bureau.

— Vous êtes certain que ce revolver de fabrique américaine — j'en ai assez vu là-bas pour ne pas m'y tromper — que ce revolver, dis-je, appartient à votre ami ?

— J'en suis certain.

— Alors c'est un premier indice que la suite des recherches expliquera, je l'espère. Après tout, il se peut que la chute n'ait pas eu de conséquences graves et que M. Le Planchais ait couru après le voleur sur la voie du chemin de fer.

— J'ai eu la même idée que vous ; la muraille n'est pas très-haute et Dominique ne s'est peut-être pas blessé en tombant, mais cela ne prouve pas qu'il soit vivant ; il est même probable qu'il a été tué, puisqu'il a abandonné son arme.

— Sur ce point, malheureusement, j'en suis encore, comme vous, monsieur, aux conjectures et il nous faudra quelque temps pour arriver à une certitude. Les ordres sont donnés et les investigations se poursuivent activement ; mais, pour le moment, nous n'avons, je crois, rien de mieux à faire que d'interroger votre valet de chambre.

Le Californien fit un geste qui signifiait : comme il vous plaira, mais je n'attends rien de ce misérable.

— Je vous avouerai, reprit Chambras, que je ne compte pas tirer de ce repris de justice des indications sur le sort de votre ami. Mais je vous engage cependant à rester. On ne sait jamais à l'avance ce que donnera un interrogatoire. Il nous est arrivé plus d'une fois de découvrir, en questionnant un simple vagabond, les auteurs d'un assassinat. D'ailleurs, j'aurai peut-être besoin de vous pour contrôler certaines réponses que je prévois.

— Je suis à votre disposition, dit brièvement Marcel.

— L'indicateur qui nous a signalé le *caroublage* projeté ne nous a donné que des indications assez incomplètes,. Il les avait recueillies au vol dans un cabaret de la rue Galande qu'on appelle familièrement *la Guillotine*, — un joli nom, n'est-ce pas ? — et il ne connaissait pas les coquins dont il épiait la conversation, mais je les soupçonne d'être les mêmes que j'ai surveillés dernièrement à *la Bibine du père Pernette*, — une autre buvette à l'usage de ces messieurs.

Quant à votre valet de chambre, l'indicateur en question n'en avait pas entendu parler, et vous savez que le hasard seul m'a mis sur la trace de sa complicité. Je suis certain de l'avoir vu autrefois à Poissy, mais j'ignore son véritable nom. Aussi ai-je dû compulser ce matin tous les dossiers de réclusionnaires libérés, et j'ai pris copie de tous les signalements qui ressemblent au sien. Je suis donc à peu près sûr d'établir son identité.

— Quoi ! sur le simple vu d'indications plus ou moins exactes, vous espérez...

— Nous procédons toujours ainsi. Notre homme va me dire immanquablement qu'il s'appelle Durand, ou Martin, ou Petit ; mais je le remettrai sur la voie des aveux par un moyen qui ne manque presque jamais son effet.

Je lui demanderai s'il a des antécédents judiciaires : il me répondra que non. Je reprendrai, en feuilletant mes paperasses : Réfléchissez bien et prenez garde d'aggraver votre position par un mensonge. Il croira que je tiens son dossier et il confessera tout. Les voleurs ne sont pas si fins qu'on le pense. Neuf fois sur dix, ils se laissent prendre à ce petit tour que j'ai réussi quelquefois avec un cahier de papier blanc.

Et puis nous avons les tatouages.

— Il est donc vrai que les coquins sont assez sots pour se marquer eux-mêmes ? demanda Marcel que ces détails intéressaient en dépit de son chagrin.

— Tous, ou peu s'en faut. Ils adoptent même de préférence certains tatouages, selon qu'ils sont originaires du Nord ou du Midi.

Dans le Midi, ils se contentent de graver sur leur peau des soleils, des drapeaux entrec-roisés ou des pots de fleurs. Dans le Nord, ils essaient volontiers les portraits et souvent même les tableaux complets. J'ai vu une fois, sur un *scionneur*, né à Cambrai, Adam et Eve devant l'arbre de la science, et l'artiste n'avait pas oublié le serpent.

— Ce n'était vraiment pas la peine d'abolir la peine de la marque.

— Votre valet de chambre doit être du Nord, à en juger par la couleur de son teint et de ses cheveux, et je crois que j'ai là son affaire, conclut Chambras en frappant du doigt sur une liasse de papiers. Au pis aller, ajouta-t-il, je ferai venir la *musique* de Mazas ou celle de Sainte-Pélagie et il sera bien vite reconnu.

— La *musique* ? répéta Marcel, tout ahuri de ces renseignements si nouveaux pour lui.

— Oui, ce sont de jolies collections de révélateurs choisis parmi les détenus. Moyennant qu'on leur accorde quelques petites douceurs, ces gens-là nous font des confidences précieuses et nous aident surtout pour les constatations d'identité. Ils nous ont rendu quelquefois de grands services.

Poncet, qui avait assassiné, il y a une dizaine d'années, M. Lavergne, dans le bois d'Orgemont, près d'Argenteuil, fut reconnu ici, au dépôt, par des hommes de la *musique*. Nous apprîmes par eux son véritable nom et sa qualité de forçat évadé de Cayenne. Ils nous diront bien aujourd'hui comment s'appelle votre valet de chambre. Poissy n'est pas si loin que la Guyane. Mais j'espère que nous n'aurons pas besoin d'eux.

Tenez ! on vient. Ce doit-être lui.

En effet, un bruit de clés annonçait l'approche d'un geôlier.

— Le drôle ne va pas manquer d'invoquer votre témoignage et d'essayer de vous apitoyer sur son sort, reprit Chambras. Je vous demande, monsieur, de ne pas lui répondre, s'il vous parle.

Marcel fit un signe d'aquiescement.

La porte s'ouvrit et le prisonnier parut escorté d'un gardien.

Le coquin ne semblait pas trop embarrassé de sa contenance. Évidemment, depuis la veille, il avait réfléchi à sa situation ; en l'examinant de sang-froid, il s'était dit qu'il n'existait pas contre lui de preuves matérielles, et il se préparait à nier impudemment toute complicité avec le voleur surpris en flagrant délit par Dominique.

A peine entré, et dès qu'il aperçut son maître, il s'approcha de lui en courbant son échine et dit d'un ton patelin :

— Je remercie bien monsieur d'être venu. Monsieur pourra attester que je me suis toujours bien conduit à son service. Monsieur doit savoir que je suis victime d'une erreur, car si monsieur veut bien se rappeler...

— Assez! dit impérativement Chambras. Comment vous appelez-vous?

— Philippe Martin, répondit sans broncher le valet de chambre. Monsieur le sait bien, puisqu'il a vu mes certificats. Et même je prierai monsieur de demander qu'on me les rende quand je sortirai d'ici, car on me les a pris après m'avoir fouillé.

— Vraiment? Vous les aviez sur vous?

— Oui, monsieur.

— C'est singulier. Vous comptiez donc quitter après le bal l'hôtel de M. de Colorado?

— Mais non, monsieur, c'est une habitude que j'ai de les porter toujours dans ma poche.

— Vous êtes homme de précaution, à ce que je vois. C'est fort bien. Mais, dites-moi, pourquoi donc êtes-vous rentré de si bonne heure, cette nuit?

— Je me suis trouvé indisposé.

— C'est une raison. Votre service vous obligeait à attendre votre maître à la sortie du bal, mais il n'y a pas de service qui tienne quand on est malade. Alors, vous êtes parti à pied?

— Oui; je savais que monsieur pouvait avoir besoin du coupé d'un instant à l'autre, et je ne me serais pas permis de me faire reconduire par son cocher.

— En effet, c'eût été contraire à toutes les règles, mais, du moins, vous l'avez averti que vous vous en alliez, ce cocher?

— Non, monsieur. Je ne savais pas au juste où était la voiture et j'étais trop souffrant pour la chercher dans la file par le froid qu'il faisait.

— Ah! c'est vrai, j'oubliais que vous aviez été pris d'un mal subit. Alors, en arrivant à l'hôtel, vous vous êtes mis au lit, je suppose?

— Mais... non, balbutia Philippe; j'allais m'y mettre lorsque monsieur est rentré.

— C'est juste. Quand on souffre, on se déshabille beaucoup moins vite, et... comment vous trouvez-vous ce matin?

Le drôle hésita un instant à répondre. Il commençait à comprendre le but de ce persifflage et il avait peur de se compromettre.

— Mon malaise est passé, dit-il enfin.

— Et il y a des gens qui prétendent que le *Dépôt* est une prison malsaine ! s'écria Chambras. Mais c'est-à-dire que le moindre séjour dans ce *Dépôt* si calomnié a, tout au contraire, pour résultat infaillible, une guérison miraculeuse. Voyez plutôt : cette nuit, à deux heures, vous étiez si malade, que vous ne pouviez plus vous tenir sur vos jambes. Il n'est encore que midi et il n'y paraît déjà plus. Vous avez une mine florissante.

— Vous voulez vous moquer de moi, monsieur ; je ne peux pas vous en empêcher, mais je vous répète que j'ai eu un fort accès de fièvre.

— Accompagné de frissons, n'est-ce pas ? Et pour vous remettre, vous êtes venu faire un tour dans la serre. C'est bien naturel. Rien n'est tel pour couper les accès qu'une petite promenade, par cinq degrés de froid, sous un vitrage.

Cette fois, Philippe se contenta de hausser les épaules.

— Je n'insiste pas, reprit Chambras, sans se fâcher de ce mouvement irrévérencieux. Nous disons donc que vous vous appelez Philippe Martin ?

— Oui.

— En êtes-vous bien sûr ?

— Cette question !

— Ah ! c'est qu'on a vu des gens qui avaient si peu de mémoire, qu'ils oubliaient jusqu'à leur nom, leur prénom et tout ce qui s'ensuit. Tenez, j'ai connu autrefois un certain Touillard qui ne se rappelait jamais rien.

Marcel regardait en ce moment son valet de chambre, et il crut remarquer qu'il pâlissait un peu.

— Ce Touillard, Pierre-Marie, continua l'agent, a subi, à ma connaissance, trois condamnations, et quand on l'interrogeait, il ne se souvenait pas du tout de se nommer Touillard, ni d'être né à Gonesse, Seine-et-Oise, ni d'avoir été perruquier dans son village.

— Ce n'est pas vrai! s'écria Philippe.

— Tiens! vous le connaissez?

— Moi! non... pas plus que vous...

— Ah! vraiment? à votre exclamation, j'avais cru... il paraît que je m'étais trompé. Je vous disais donc que ce Touillard, Pierre-Marie, né à Gonesse, Seine-et-Oise, avait été condamné trois fois, et la dernière, pour vol, à trois années d'emprisonnement qu'il a subies à Poissy.

— Pardon, monsieur... je ne vois pas bien quel rapport...

— Laissez-moi finir, je vous prie. Ce gaillard-là avait un talent particulier pour changer d'état civil. Tantôt, il prétendait être Bernard, ébéniste; tantôt Leroy, employé ; tantôt Leroux, voyageur de commerce. C'était le diable pour lui faire avouer qu'il s'appelait tout bonnement Touillard, Pierre-Marie. Que voulez-vous! ce nom de Touillard lui déplaisait. Il faut dire que Touillard, ce n'est pas très-joli.

— C'est peut-être drôle ce que vous dites là, interrompit le valet de chambre qui essayait encore de payer d'audace, mais si vous vouliez m'interroger pour tout de bon, vous me feriez plaisir.

— Je ne fais que ça. Vous allez voir. Le bonhomme était de première force pour embrouiller la justice, et il y aurait souvent réussi, sans une bêtise de jeunesse qui lui a fait du tort toute sa vie. Il avait eu l'imprudence de se laisser tatouer par un ami. D'un malin comme lui, ça m'a toujours étonné, mais dame! on n'est pas parfait.

Mons Philippe était déjà très-pâle ; il devint vert.

— Encore s'il avait porté un tatouage comme on en voit tant, reprit Chambras, un cœur percé d'une flèche, ou une figure de femme, ou encore : *A toi pour la vie!* ça se trouve dans les meilleures sociétés. Mais pas du tout. N'avait-il pas eu l'idée, cet imbécile, de se faire graver à l'encre bleue, sur le bras gauche, une inscription si drôle, que tous ceux qui la voyaient s'en souvenaient.

Philippe commença à s'agiter d'une étrange façon. On aurait juré que ses bras le gênaient et qu'il cherchait à s'en débarrasser.

— Figurez-vous que sur son bras, entre le coude et l'épaule, il y avait écrit : *Pas de camarades à la pêche.*

— En vérité? demanda Marcel qui ne put s'empêcher de sourire.

— Mon Dieu! oui. C'est textuel. Par exemple, on n'a jamais su au juste ce que ces mots-là voulaient dire. Peut-être signifiaient-ils que Touillard n'aimait pas à partager quand il se livrait à la pêche aux écus. Qu'en pensez-vous, monsieur Martin ?

— Je pense que, si vous m'avez fait venir pour me raconter des histoires, ce n'était pas la peine de me déranger, répondit le valet de chambre en tournant brusquement le dos à l'interrogateur.

— Allard, commanda M. Chambras au gardien qui était resté debout, adossé à la porte, aidez donc un peu M. Martin à ôter son habit. Je suis sûr qu'il a trop chaud et qu'il serait bien aise de pouvoir retrousser les manches de sa chemise, la gauche surtout.

Le geôlier s'approcha pour exécuter l'ordre, mais le prétendu Martin dit tranquillement :

— C'est inutile. Le tatouage y est. Je connais mon affaire. J'en ai pour mes cinq ans.

— Alors, vous avouez que vous êtes Touillard, Pierre-Marie, libéré de Poissy le 13 mai dernier ?

— Parbleu ! autant vous le dire tout de suite. Au moins, vous ne m'embêterez plus. Mais je demande à aller à la salle commune, au lieu de croquer le marmot tout seul dans une cellule. J'ai toujours aimé la société, moi.

Le drôle avait complétement changé de ton et même de physionomie. Sa face plate et doucereuse avait repris son expression naturelle. L'obséquieux valet était redevenu tout à coup un crapuleux goujat.

M. Chambras aussi, modifia son attitude et son langage aussi rapidement qu'il changeait de costume dans ses expéditions. L'air railleur et nonchalant qu'il avait pris pour démasquer son homme, fit place tout à coup à un air grave et affairé, l'air administratif par excellence.

— Si vous voulez obtenir une faveur, il faut d'abord la mériter, dit-il en regardant le voleur d'un œil clair et perçant. Où avez-vous fait fabriquer les certificats dont vous vous êtes servi pour surprendre la confiance de M. Colorado.

— Je ne sais pas, dit impudemment le nommé Touillard, Pierre-Marie.

— Vous refusez de répondre? Très-bien. Je vous avertis que vous ne gagnerez rien à ce système, car dans trois jours je saurai le nom du faussaire, et, quand nous le tiendrons, il ne sera peut-être pas aussi discret sur votre compte que vous l'êtes sur le sien. Maintenant, comment s'appelle votre complice, l'homme que vous avez introduit cette nuit chez votre maître?

— Si vous attendez que je vous le dise, c'est que vous avez du temps à perdre. *Casser* (1) sur un camarade ! merci, je ne mange pas de ce pain-là !

M. Chambras entendit sans se fâcher cette réponse insolente, et se mit à feuilleter les papiers étalés devant lui.

— Depuis votre sortie de Poissy, demanda-t-il tout à coup, avez-vous vu l'*Époulardeur*?

(1) Dénoncer.

20.

A cette question, que sans doute il n'attendait pas, Touillard, Pierre-Marie, fit un mouvement presque imperceptible, mais qui n'échappa point à l'œil sagace de M. Chambras.

— Eh! bien? demanda-t-il.

— Je ne sais pas seulement ce que vous voulez dire, répondit le drôle, déjà redevenu maître de lui-même.

— Si je vous interroge sur vos relations avec cet homme, c'est que, depuis son arrestation, il a souvent parlé de vous.

— Tiens! c'est curieux! il ne me connaît pas plus que je ne le connais. Comment dites-vous qu'il s'appelle, ce citoyen-là?

— Jacques Crambard, dit l'*Epoulardeur*.

— Drôle de nom, tout de même. S'il n'en a pas d'autre pour aller dans le monde, je ne lui en fais pas mon compliment.

— Je vous préviens que vous ne gagnerez rien à nier l'évidence, car vous serez prochainement confronté avec Crambard, qui ne fera, lui, aucune difficulté pour vous reconnaître; il paraît qu'il a eu autrefois à se plaindre de vous.

— Bon! je ne serai pas fâché de voir quelle tête il a.

— Je vous engage à ne pas plaisanter devant M. le juge d'instruction qui va vous interroger aujourd'hui. Votre situation est sérieuse, très-sérieuse même, et vous ferez bien d'y réfléchir.

— J'ai tout le temps, puisque vous allez me renvoyer en cellule.

— Vous serez probablement transféré ce soir à Mazas.

— Tiens ! ça me va. L'air y est bon et on n'a rien à faire. Justement, j'ai besoin de me reposer, et j'avais l'intention de lâcher au printemps le service de monsieur pour m'en aller à la campagne du côté de Chatou. J'irai du côté de Vincennes, il n'y aura que ça de changé.

— Allard, reconduisez l'inculpé au numéro 14, dit Chambras en s'adressant au gardien.

— On y va, riposta le coquin.

Et il ajouta en reprenant sa physionomie de valet :

— Si monsieur de Colorado a été content de mon service, j'espère qu'il ne m'oubliera pas, et je me recommande à lui pour les cigares. A Mazas, on ne vend que des *soutados*, et monsieur en a de si bons dans le petit meuble en laque... les *brevas* surtout... monsieur doit savoir que je les adore.

— Emmenez cet homme, répéta Chambras.

— Vous vouliez des aveux, en voilà un, ricana Touillard, Pierre-Marie. Je confesse que j'en ai bien fumé deux cents depuis que je suis chez monsieur.

Le geôlier le poussa par les épaules et la porte se referma sur lui.

— Quel gredin ! s'écria Marcel.

— Oh ! il ne l'est pas plus que nos autres *chevaux de retour*, dit tranquillement l'agent de police. Et d'ailleurs, celui-là, je le tiens maintenant et, par lui, je tiens peut-être aussi une piste que je croyais perdue, celle de l'*Epoulardeur*.

Marcel regarda M. Chambras d'un air qui signifiait évidemment : que veut dire ce nom bizarre ?

— L'*Epoulardeur* est un brigand dont je vous ai déjà parlé, la première fois que j'ai eu l'honneur de vous voir. C'est celui que *Casse-Dos* nous a signalé comme son complice dans une ancienne afaire, l'assassinat d'une vieille femme étranglée rue de Vaugirard. *Casse-Dos*, c'est l'homme qu'on a exécuté, la semaine passée, à la Roquette.

— Oui, je sais, murmura le Californien, qui n'avait garde d'oublier cette matinée lugubre.

— On appelle ainsi l'ami de *Casse-Dos*, reprit Chambras, parce que sa femme travaillait à la manufacture des tabacs, au Gros-Caillou, où elle était *époulardeuse*, c'est le terme technique.

Les *époulardeuses* sont de vieilles ouvrières, choisies parmi les plus habiles, et chargées de classer, selon la finesse, la couleur et l'odeur, les feuilles de tabac qui arrivent en balles de l'île de Cuba.

Jacques Crambard, *escarpe* de profession, étant le mari d'une *époulardeuse*, a été surnommé par ses camarades de la *pègre*, l'*Epoulardeur*. C'est logique. L'argot est toujours logique.

Ces détails ne vous intéressent peut-être pas beaucoup, mais il vous paraîtront moins inutiles quand je vous aurai dit que je soupçonne fortement ce bandit d'avoir été jadis un des auteurs du vol commis chez Paul Robinier.

— Quoi ! vous avez la preuve que...

— La preuve, non. Mais nous sommes sur la voie. Malheureusement, ce Jacques Cambrard est un scélérat très-habile, car depuis vingt ans que nous le cherchons, nous n'avons pu mettre la main sur lui, bien que nous soyons certains qu'il existe et même qu'il opère toujours. L'enquête a été mal faite au début et nous manquons d'un signalement exact. Il faut qu'il se soit *terré*, comme nous disons. Il aura fait comme le renard chassé qui rentre dans son terrier pour échapper aux chiens, et n'en sort que la nuit. En d'autres termes, il aura trouvé moyen de se cantonner dans quelque profession honnête qu'il exerce très-malhonnêtement, mais qui le couvre. Ça arrive, ces choses-là, et même assez souvent. Et, dans ce cas, nous ne comptons que sur le hasard pour nous livrer l'individu.

— Mais... vous saviez cependant que mon valet de chambre connaissait cet assassin, puisqu'en l'interrogeant vous lui avez demandé...

— Pas le moins du monde. Je lui ai posé la question au hasard, comme un pêcheur jette sa ligne au premier endroit venu, sans savoir s'il y a du goujon, comme je lui ai cité le nom d'un repris de justice dont le signalement se rapportait au sien, sans savoir s'il était réellement Touillard. Vous avez vu que j'étais tombé juste.

Du reste, depuis six mois, je n'ai pas interrogé un inculpé sans lui parler de l'*Epoulardeur*. Jusqu'à présent, je n'étais arrivé à rien ; mais, ce matin, le goujon a mordu.

— Philippe a nié cependant, et il paraissait de bonne foi.

— Vous croyez? demanda en souriant M. Chambras. Vous n'avez donc pas remarqué le mouvement qu'il a fait quand je lui ai lâché son nom à brûle-pourpoint?

— Non, je l'avoue.

— Eh bien, moi je suis fixé. Pierre-Marie Touillard est un voleur émérite qui a certainement connu Crambard et très-probablement travaillé avec lui. Il ne s'agit plus que de le décider à nous faire un peu de *musique*. On l'expédiera aujourd'hui à Mazas et j'aurai soin de l'y aller voir souvent.

— A la façon dont il vous a répondu, je crains que vous n'en tiriez rien.

— Bah! il ne s'agit que de découvrir son vice et de le flatter. Il doit en avoir plus d'un, car il sort d'une bonne maison où il vivait largement. Tenez! c'est par ce procédé-là que nous avons découvert le septième cadavre dans l'affaire Troppmann.

— Le septième cadavre? répéta machinalement le Californien qui, à San Francisco, n'avait pas suivi avec beaucoup d'attention les détails de cette cause célèbre.

— Oui, avant de massacrer la famille Kinck dans la plaine des Vertus, Troppmann avait commencé par tuer le père en Alsace. Nous en étions sûrs, mais jusqu'à ce qu'on eût retrouvé le corps, nous ne pouvions pas le prouver. L'accusé, qui cherchait à embrouiller la justice, insinuait que le père

Kinck avait été son complice. Bref, l'affaire se pré-
sentait mal, et ce qu'il y avait de pis, c'était que
Troppmann, n'ayant pas d'antécédents judiciaires,
personne de nous ne le connaissait.

Les *moutons* qu'on avait mis dans sa cellule, à
Mazas, pour le faire bavarder, y perdaient leurs
peines.

C'est Souvras (1) un de nos sous-brigadiers, qui
a eu la gloire de tirer de lui une confession complète, et il n'y parvint qu'en flattant ses deux passions dominantes : la vanité et la gourmandise.

— Espérons que vous réussirez aussi bien avec
ce misérable Philippe, dit Marcel en secouant la
tête. Si je puis vous aider à obtenir ce résultat,
disposez de moi, monsieur, car il me tarde que la
lumière se fasse sur le vol dont M. Robinier fut
victime.

— J'ai bon espoir, et comme j'ai eu l'honneur de
vous le dire cette nuit chez M. de Gondo, je pourrai bientôt vous offrir de chasser avec moi l'*Epoulardeur* et sa bande.

— Je ne demande pas mieux; mais, je vous en
prie, occupez-vous d'abord de mon ami... de cette
disparition étrange...

— Soyez tranquille, monsieur; nos meilleurs
agents sont en campagne et leurs rapports me
parviendront avant la fin de la journée.

— Espérez-vous que Dominique est vivant? Moi,
je ne l'espère plus.

(1) M. Souvras vient de mourir.

— Sur ce point, il m'est assez difficile de me prononcer; cependant, à mon avis, il y a des chances
favorables. Si l'accident était le résultat d'un plan
combiné par nos *caroubleurs*, je serais inquiet. Mais
il est évident qu'ils ne pouvaient prévoir le saut
périlleux de la terrasse. Je serais donc assez porté
à croire que M. Le Planchais ne s'est point blessé
en tombant et qu'il court encore après le complice
de votre valet de chambre.

Marcel allait formuler une dernière recomman-
dation, avant de prendre congé, lorsque la porte
s'entr'ouvrit.

— Qu'est-ce que c'est? demanda Chambras au
gardien-chef, qui avançait discrètement la tête.

— C'est un homme que les employés de l'octroi
ont arrêté cette nuit à la porte de Clichy, parce
qu'il voulait entrer dans Paris tout nu.

— Et c'est pour cela que vous me dérangez?

— Ah! voilà. Il a couché au poste, il y a fait
un vacarme de tous les diables, en disant qu'on a
voulu l'assassiner, et il a fini par se réclamer de
vous.

— De moi?

— Oui. Le brigadier de service, trouvant que
tout ça n'était pas clair, l'a fait *emballer* dans le *panier à salade* de midi, et il vient d'arriver. Avant de
le recevoir, j'ai tenu à vous prévenir pour que vous
me disiez si je dois le mettre en cellule ou l'envoyer
à la salle commune.

M. Chambras réfléchit un instant, mais le cas lui

parut sans doute valoir la peine d'être examiné, car il répondit :

— Amenez-le moi.

— Qu'est-ce que cela signifie ? demanda Marcel, après que le gardien-chef se fut retiré.

— Je n'en sais rien, en vérité, dit Chambras. Un homme qui se promène en chemise, la nuit, par les chemins, ne peut être qu'un fou. Mais enfin il faut voir.

— Est-ce que cette aventure se rattacherait à l'accident arrivé à mon ami ?

— Ce n'est pas probable. Qui sait, pourtant ? Dans tous les cas, j'ai pour principe de ne rien négliger. Une arrestation insignifiante en apparence m'a quelquefois mis sur la trace de criminels que je cherchais inutilement.

Je vais interroger cet individu devant vous, si vous n'êtes pas trop pressé de rentrer à votre hôtel.

— J'attendrais jusqu'à demain, s'il le fallait, pour avoir des nouvelles de Dominique.

Marcel n'avait pas achevé que la porte s'ouvrit et qu'il entendit les éclats d'une voix, à lui bien connue, qui criait :

— Aurez-vous bientôt fini de me traîner à travers vos geôles ?

Et il vit paraître une espèce de colosse dont on n'apercevait pas la figure encapuchonnée dans un caban de douanier.

— C'est lui !... C'est toi ! dit Marcel en ouvrant ses bras au nouveau venu.

Aussitôt, le capuchon tomba et la bonne grosse tête ronde du Canadien apparut.

— Comment! te voilà! s'écria-t-il en sautant au cou de son ami. Ma foi! puisque je te retrouve, je suis déjà consolé de tous les désagréments que je viens de subir.

Tiens! M. Chambras! ajouta-t-il en reconnaissant l'agent de police.

— Moi-même, monsieur, et ravi de vous revoir sain et sauf.

— Mais, pour Dieu! que t'est-il arrivé? demanda Marcel, et d'où viens-tu?

— D'une prison qu'ils appellent un violon; je ne sais pas pourquoi, par exemple, car on ne s'y amuse pas du tout. Il y fait un froid!

— Et ces vêtements?

— On me les a prêtés à la barrière... un homme habillé de vert qui commandait le poste.

— Tu étais donc nu?

— Parbleu! figure-toi que je suis rentré du bal avant toi... cette foule... cette chaleur... tu comprends... je n'y tenais plus... en rentrant, je me suis couché, et je venais de m'endormir quand j'ai été réveillé par un bruit...

— Un meuble qu'on forçait... tu t'es levé... le voleur s'est sauvé et tu l'as poursuivi.

— Comment! tu sais...

— J'étais là, dans la serre, avec M. Chambras, Nous t'avons vu passer... te précipiter par le vitrage brisé...

— Bon! alors, je n'ai rien à t'apprendre. J'aime

autant ça, car tu sais que je ne suis pas fort pour
les récits.

— Rien à m'apprendre ! mais tu ne devines donc
pas que je viens de passer neuf heures dans des
inquiétudes mortelles... qu'en ce moment encore
on te cherche partout...

— Excepté dans la Seine, où j'étais.

— Dans la Seine !

— Oui, et bien m'en a pris de savoir nager, car
l'eau n'est pas chaude et le courant est assez fort !
Mais, dans ma jeunesse, je traversais le Saint-
Laurent devant Montréal, au-dessus du pont
Victoria, et tu sais s'il est large dans cet endroit
là ; je n'ai pas eu trop de peine à aborder.

— Dominique, je t'en prie, explique-toi clairement, car je ne comprends rien à tout cela. Tu as
sauté, sous mes yeux, dans la gare du chemin de
fer, et voilà que tu me parles de la Seine...

— Ah ! c'est que, depuis le saut, j'ai voyagé... et
gratis encore ! dit en riant le Canadien.

Marcel commençait à craindre qu'une si terrible
chute n'eût fait perdre l'esprit à son ami, et cette
appréhension se lisait si bien sur son visage que
M. Chambras crut devoir prendre la parole.

— Monsieur, dit-il à Dominique, je suis chargé
de l'enquête sur le vol qui a été tenté cette nuit
dans l'hôtel de M. de Colorado. Votre déposition
sera d'une importance capitale et j'ai hâte de la
recueillir. Veuillez donc, je vous en prie, me raconter les faits, sans rien omettre.

— Oh ! bien, ce ne sera pas long. Je suis tombé

dans un waggon plein de sable, juste au moment où le train dont il faisait partie commença à marcher.

— J'avais eu un instant cette idée, murmura Marcel, mais je ne m'y suis pas arrêté... une telle coïncidence était si incroyable !

— On apprend tous les jours, surtout dans notre métier, dit Chambras. Il faudra que je voie le chef de gare pour lui recommander d'organiser une surveillance. La voie est bordée de terrasses des deux côtés et le tour du *caroubleur* de cette nuit pourrait bien faire école, quoiqu'il soit d'une exécution difficile. Mais, à propos, le drôle a donc eu comme vous, monsieur, la chance de ne pas se casser les os ?

— Il a rencontré dans sa chute un autre waggon plein de sable.

— C'est prodigieux.

— Et tu ne t'es pas blessé ?

— Non, j'ai la carcasse solide et j'en ai été quitte pour des contusions et des écorchures. Seulement, j'ai perdu un peu connaissance, et, quand j'ai ouvert les yeux, j'ai vu que j'étais en pleine campagne et que le train arrivait à l'entrée d'un pont.

— Le pont d'Asnières ? On y a ramassé votre revolver.

— Bah ! vous l'avez retrouvé ? Ma fois, j'en suis bien aise, car j'y tiens beaucoup. Je l'aurai laissé tomber quand je suis descendu de mon waggon.

— Comment ! tu as sauté du train en marche !
Tu avais donc juré de te tuer !

— J'ai roulé un peu, mais je ne me suis pas fait
de mal, et ce qu'il y a de plus surprenant, c'est
que j'ai mis la main sur mon voleur qui avait sauté
en même temps que moi.

— Et qui s'est sauvé à toutes jambes, sans doute ?

— Je l'en ai bien empêché. Je lui ai mis la main
au collet, car il avait un collet, le gueux. Il n'é-
tait pas comme moi, qui n'étais pas vêtu du tout.
Il l'était, lui, des pieds à la tête, et très-bien, avec
une livrée et des aiguillettes d'or... je suppose que
ce gaillard-là doit être un des domestiques du baron de Gondo.

— C'est à peu près cela, dit Chambras ; mais il
vous a donc échappé ?

— Pas précisément... c'est-à-dire... voilà : je le
menais à la gare, dont je voyais briller les lumières
au bout du pont, et je le tenais bien, je vous en ré-
ponds, lorsque tout d'un coup, je ne sais pas comment cela s'est fait, mais j'ai senti une de ses jambes
entre les miennes et j'ai trébuché.

— Bon ! je suis fixé ; c'est un coup qui s'apprend
ici, au *Dépôt*, dans la salle commune. Mon *caroubleur* a dû y passer plus d'une fois.

— Je n'en sais rien ; mais ce qu'il y a de sûr,
c'est qu'au moment où je cherchais à me rattraper
à la balustrade, il m'a pris par les pieds et il m'a
fait faire la culbute dans la rivière.

— Mais elle est gelée... c'est un miracle que tu
ne te sois pas brisé le crâne.

— Non, elle charrie des glaçons, c'est vrai, mais elle coule encore. Je suis tombé à une place où elle n'était pas prise et je n'ai eu qu'à me laisser aller au courant.

— Et pendant que vous nagiez, le *caroubleur* rentrait tranquillement à Paris, c'est clair, dit M. Chambras qui ne perdait pas de vue son enquête.

— Et tu as pu gagner la rive, demanda Marcel trés-ému.

— Oh! pas tout de suite. Ce n'était pas commode à cause de la glace, et j'ai été obligé de louvoyer. Enfin, j'ai pu prendre terre à un quart de lieue plus bas.

— Dieu merci! tu étais sauvé...

— De la noyade, oui. Mais c'est alors que mes ennuis ont commencé. Imagine-toi qu'il faisait un temps de chien, du vent, de la neige. J'étais transi et je n'aurais pas été fâché de trouver un abri et du feu pour me sécher. Le diable c'était que j'avais abordé une berge déserte. Je ne connaissais pas du tout le pays, mais il m'a semblé voir devant moi un amas de maisons. Je me suis acheminé de ce côté-là en courant pour me réchauffer, et je suis arrivé dans un gros village...

— Ce doit être Clichy-la-Garenne, dit M. Chambras.

— Là, je vois l'enseigne d'une auberge, je frappe. On ne m'ouvre pas. Je grelottais et mes pieds commençaient à geler. Pas moyen d'insister. Je reprends ma course et, au débouché du village, j'avise une charrette qui s'en allait au pas. Je la rattrape, je m'approche. Une femme qui la conduisait se met à pousser des cris de frayeur et à fouetter son cheval. Je crois bien qu'elle m'a pris pour un revenant.

— Avec le costume que vous portiez, c'était assez naturel.

— Pauvre femme ! j'ai dû lui faire bien peur. Mais, pour abréger l'histoire, je vous dirai que j'ai aperçu dans le lointain des becs de gaz. C'était la barrière. Je me croyais sauvé. Pas du tout. J'y arrive, je veux passer. Un douanier essaye de m'arrêter, je le repousse d'un coup de poing. Il appelle au secours. Il en vient deux, il en vient quatre, il en vient six. Ils se jettent sur moi. Le froid m'avait un peu raidi les articulations, et ça me gênait pour jouer des bras et des jambes, sans quoi je me serais bien débarrassé d'eux. Bref, ils m'ont traîné dans leur poste. Là, j'ai trouvé un bon poêle et un homme qui avait des galons sur les manches. Un brave garçon, celui-là. Il a commencé par me donner un caban et un vieux pantalon de toile.

— Mais il n'a pas voulu vous lâcher ?

— Non, ma foi ! je croyais que je n'avais qu'à demander une voiture et à leur laisser mon adresse pour qu'ils pussent venir chercher le pantalon et une récompense. Mais ces diables de Français sont curieux. Le douanier en chef m'a demandé d'où je sortais en pareil équipage. Je lui ai expliqué mon aventure et...

— Et il vous a pris pour un fou, dit M. Chambras qui contenait avec peine une forte envie de rire.

— Vous avez deviné, J'ai eu beau lui dire que j'étais l'ami de M. de Colorado et que je demeurais avec lui, place de l'Europe, ce diable de douanier n'a pas voulu me croire.

— Et il a envoyé chercher un sergent de ville?

— Justement. Avec le sergent de ville, j'ai voulu recommencer mon histoire, mais il ne m'a pas écouté. Les autres lui faisaient des signes... ils se mettaient le doigt sur le front pour lui indiquer que j'avais perdu l'esprit. Alors, je me suis mis en colère, mais ç'a été bien pis. On a fait venir un fiacre, on m'a engagé à y monter en me promettant qu'on allait me conduire chez moi et on m'a mené dans un corps de garde où on m'a jeté, sans vouloir m'écouter, dans un trou noir, où il n'y avait pas de feu. J'ai eu beau donner des coups de pied dans la porte, personne n'est venu et on m'a laissé souffler dans mes doigts tout le reste de la nuit et toute la matinée.

— Je me demande comment il se fait qu'on ne vous ait pas expédié ici par la voiture cellulaire qui passe le matin dans les postes.

— Oh! on a essayé, mais, comme j'ai déclaré que j'étranglerais le premier qui me toucherait, on m'a laissé tranquille. Vous comprenez, j'étais furieux...

— Il doit y avoir un procès-verbal; rébellion, menaces aux agents... mais enfin, vous vous êtes décidé, puisque vous voilà.

— Je vais vous dire. A force de chercher pourquoi on me retenait ainsi, j'ai fini par penser que j'avais dû contrevenir à quelque règlement de police, et j'ai eu l'idée de me réclamer de vous.

— Bon ! et alors...

— Alors votre nom a fait merveille. Je ne l'avais pas plutôt prononcé que le brigadier m'offrait de me conduire chez vous en fiacre. Plus de geôle, plus de verrous. J'ai accepté, comme bien vous pensez, et on m'a amené ici, c'est-à-dire dans un endroit qui m'a tout l'air d'une prison. Je commence à n'y plus rien comprendre. On prétend que la France est un pays libre, et je vois qu'on n'a même pas le droit de s'y promener.

— Sans vêtements, non. L'abolition du pantalon n'a pas encore été décrétée, mais...

— Sacrebleu ! ça ne se passerait pas ainsi chez les sauvages de mon pays.

— Les sauvages ont, sur le costume, des idées particulières. Mais calmez-vous, cher monsieur, vos tribulations sont finies. Elles auraient beaucoup moins duré si vous aviez songé d'abord à vous recommander de moi, et je regrette vivement de n'avoir pas pu vous les épargner. Mais, que voulez-vous ? dans une ville comme Paris, les batailleurs n'ont pas beau jeu.

— Batailleur ! moi ! mais j'ai horreur des batailles, au contraire. Je suis pacifique par nature, tout ce qu'il y a de plus pacifique.

21.

— Le gredin qui a essayé de voler M. de Colorado ne serait peut-être pas de votre avis.

— Pourquoi? parce que je lui ai donné la chasse? Mais le moindre boutiquier en aurait fait autant.

— Un boutiquier n'aurait pas sauté un mur de vingt pieds de haut pour courir après un voleur, le revolver au poing.

— A Paris peut-être, mais à San-Francisco j'en ai vu bien d'autres.

— Je le crois; seulement, nous ne sommes pas en Californie, cher monsieur, dit en souriant M. Chambras. Au reste, ne vous tourmentez pas. Le procès-verbal sera considéré comme non avenu et il ne sera plus question de cette affaire. On aura besoin de votre témoignage au cours de l'instruction contre le coquin que nous avons pris, mais...

— Vous avez donc arrêté le domestique du baron?

— Non. Cela viendra, je l'espère, mais nous ne le tenons pas encore. Seulement, son complice est déjà en cage.

— Son complice? Il avait donc un complice?

— Oui, le valet de chambre de M. de Colorado, votre ami.

— Philippe! ah! parbleu! ça ne m'étonne pas. J'ai toujours eu en antipathie la figure douceâtre de ce monsieur-là.

— Mais, reprit gracieusement l'agent de police, je vous retarde, monsieur, et vous devez avoir hâte

de rentrer chez vous, ne fût-ce que pour endosser
d'autres habits.

— Ma foi ! oui. Je vous avoue que je ne serai
pas fâché de faire un peu de toilette.

— Vous êtes libre, monsieur, et je suppose que
M. de Colorado doit être aussi impatient que vous
de regagner son domicile.

Marcel s'inclina en signe d'assentiment. Il était
si ému qu'il n'avait point envie de parler.

— Permettez-moi de vous accompagner jusqu'à
la sortie, reprit M. Chambras. Le fiacre qui vous a
amené est peut-être encore là.

— J'ai ma voiture, dit Marcel.

— Alors, tout est au mieux. Venez, messieurs.

Et l'agent conduisit les deux amis jusqu'à la
porte de cet enfer provisoire, antichambre de
Mazas, première étape de ce chemin des criminels
qui aboutit quelquefois à la place de la Roquette.

Les gardiens firent la haie sur leur passage et le
portier les salua.

Le Canadien, qui avait fait tout à l'heure une
entrée beaucoup moins triomphale, commençait à
revenir de ses préventions contre la police française.

M. Chambras poussa l'obligeance jusqu'à les
guider à travers les cours ombragées par la Sainte-
Chapelle et, en prenant congé d'eux, il dit à M. de
Colorado :

— Permettez-moi, monsieur, de vous demander
si vous êtes toujours en disposition de m'accompagner dans les tournées que je vais entreprendre?

La chasse est ouverte maintenant, et j'espère qu'elle ira vite.

— Je suis prêt, répondit Marcel avec empressement.

— Alors, monsieur, j'aurai l'honneur de vous voir et de vous écrire d'ici à très-peu de jours.

On se salua, on échangea même des poignées de main, car désormais M. Chambras était presque un ami pour ceux qui lui devaient tant de bons offices.

Le cocher ouvrit de grands yeux en reconnaissant M. Le Planchaïs, son second maître, sous sa capote à capuchon, mais il ne se permit pas d'exprimer sa surprise, et le coupé fila rapidement vers l'hôtel.

— C'est décidément un brave homme, cet agent de police, dit Dominique. Sans lui, je serais encore au violon.

— Te voilà vivant, c'est tout ce que je demandais à Dieu, répliqua Marcel. Tu ne peux pas te figurer mon inquiétude; mais enfin je te retrouve et tu n'es pas blessé; je puis donc t'apprendre une étrange nouvelle, plus étrange encore que le miracle auquel tu dois de ne pas t'être rompu le cou en tombant.

— Qu'y a-t-il donc?

— Atkins est à Paris.

— Atkins! William Atkins?

— Oui, en propre personne.

— C'est une plaisanterie.

— Malheureusement non.

— Mais tu sais bien que je l'ai tué dans la Nevada, d'une balle dans l'œil gauche... un des jolis coups de *rifle* que j'ai tirés dans ma vie.

— L'œil n'existe plus, mais l'homme est aussi bien portant que toi et moi.

— Tu es fou !

— Pas le moins du monde. Je l'ai vu cette nuit chez M. de Gondo, qui nous a présentés l'un à l'autre. Il n'a pas même pris la peine de changer de nom.

— Mais nous l'avons laissé étendu sur l'herbe, le crâne ouvert.

— Il paraît que le crâne n'était qu'écorné. Les *Yankees* ont les os durs. Tu dois te rappeler, du reste, que le corps disparut dans la nuit.

— Les brigands qu'il commandait l'avaient enterré, parbleu !

— Je le crus comme toi. Nous nous trompions. Atkins est vivant et, qui pis est, immensément riche. Il a fait fortune à New-York.

— C'est inouï. Mais... pourquoi est-il venu en France ?

— Pour se venger.

— De qui ?

— De toi et de moi. J'ai lu son projet dans le seul œil qui lui reste. Il m'a reconnu parfaitement. Nous avons un ennemi de plus, et quel ennemi ! un scélérat qui ne reculera pas devant un crime pour se défaire de nous.

— Ah ! il est debout, le chenapan ! dit entre ses dents Dominique. Ah ! il se permet de ressusciter pour faire pièce à ma vieille carabine qui n'avait jamais manqué personne avant lui. Je te jure qu'il me payera ce tour-là.

— Et que feras-tu?

— J'en serai quitte pour le *retuer*, parbleu !

— Garde-t'en bien. Nous avons déjà assez d'embarras sans nous jeter encore dans une affaire avec la justice. Nous ne sommes plus ici en Californie.

— Chambras me l'a déjà dit, mais ç'a m'est égal. J'ai ma carabine dans ma chambre, et, à moins que le diable ne s'en mêle, je ne manquerai pas deux fois cet assassin, cet empoisonneur.

— Fou que tu es ! tu veux donc m'empêcher d'atteindre et de punir ceux qui ont fait mourir mon père !

— Non, mais...

— Écoute. Ce que je te demande, c'est de différer ta vengeance. Laisse-moi le temps d'assurer la mienne, et ensuite je t'aiderai à combattre Atkins. Jusqu'à ce que je l'aie savourée, tenons-nous sur la défensive avec ce misérable. Nous n'avons pas trop de toutes nos forces, de toute notre énergie contre d'autres ennemis.

— Soit! dit Dominique; sus aux coquins de Paris! mais après... Atkins aura de mes nouvelles.

XII

Après avoir envoyé si adroitement le Canadien au fond de la Seine, *Pain-de-Blanc* s'était aussitôt acheminé vers Paris, où il était rentré par la route la plus courte, c'est-à-dire par la porte d'Asnières.

S'il ne possédait pas le courage du lion, il était doué du moins de la prudence du serpent, et il se doutait bien que sa livrée pourrait attirer l'attention des gens de l'octroi. Les laquais de grande maison n'ont pas l'habitude de franchir les fortifications entre trois et quatre heures du matin. Il crut donc devoir aller au-devant des soupçons en s'adressant aux commis pour leur demander l'adresse d'un médecin du quartier.

Il leur raconta que son maître, qui habitait une maison de campagne entre Paris et Clichy-la-Garenne, venait d'être pris d'un mal subit et l'avait expédié à la recherche d'un docteur. Les braves

employés n'y entendirent pas malice et lui indi-
quèrent le domicile d'un praticien des Batignolles.

Pain-de-Blanc les combla de remerciements et se
précipita vers la rue Cardinet où logeait ce médecin si impatiemment attendu.

Deux sergents de ville qui battaient l'estrade
non loin de la grille entendirent le colloque et le
laissèrent passer sans défiance.

Inutile de dire que le drôle n'alla point se
pendre à la sonnette de l'officier de santé recommandé par les douaniers.

Il connaissait non loin de la place Clichy certain
cabaret qui s'ouvrait à toute heure de nuit pour
les habitués.

Cet établissement trop hospitalier, n'était guère
fréquenté que par des rôdeurs de barrière, vagabonds et voleurs de toute catégorie, et il avait
l'inappréciable avantage de communiquer inté-
rieurement avec la boutique d'un industriel, marchand de vieux habits de son état et recéleur à
l'occasion. C'était là que l'ami de l'*Epoulardeur* avait
loué sa livrée.

En frappant au volet, il se fit reconnaître du ca-
baretier qui l'introduisit sans difficulté et lui permit de se reposer sur un banc déjà garni de
vauriens de la même espèce.

Ce négociant était plein d'égards pour ses
pratiques, à condition toutefois qu'elles consom-
massent.

Pain-de-Blanc savait qu'il aimait à être payé
comptant, et cela le contrariait un peu, car pour

le moment il n'était pas en fonds. Mais sa bonne
étoile lui fit rencontrer un ami qui lui offrit un
saladier de vin chaud et il put attendre, en cette
aimable compagnie, le moment de se présenter
chez le loueur de défroques, lequel n'aimait pas à
être dérangé avant l'heure habituelle de son lever.

Le père *Rigolo* le reçut assez mal et fit même
quelques façons pour lui rendre ses habits sans
toucher le prix de la location de sa livrée.

C'était un brocanteur de hardes fort bien assorti
que le père *Rigolo*, et, s'il tenait les promesses de
de son enseigne en habillant un homme des pieds
à la tête pour 1 90, il était en mesure aussi d'habiller des domestiques d'occasion pour les fêtes
les plus somptueuses, et il avait pu, sans se déranger, mettre *Pain-de-Blanc* en mesure de figurer
avantageusement au bal du baron. Mais il comptait
retirer un joli bénéfice de cette opération, et il fit
la grimace lorsque le *caroubleur* dut lui avouer que,
ses entreprises nocturnes n'ayant pas réussi, il se
trouvait sans le sou.

Le pis était que la chute et le voyage en train
de *ballast* avaient fortement détérioré la splendide
livrée, quelques efforts qu'eût fait celui qui la portait pour se nettoyer avant de s'aboucher avec les
commis.

Le drôle, interrogé sur ses aventures, s'abstint
de répondre, et le père *Rigolo* en conclut qu'il
avait pris part à quelque méchante affaire à laquelle il ne ferait pas bon de se trouver mêlé,
même indirectement. Pour ce motif et surtout par

cette considération que toute la dépouille laissée en gage ne valait pas quatre francs, il consentit à la rendre sans exiger le payement de son dû.

Pain-de-Blanc, rentré dans son enveloppe accoutumée, se sentit plus à l'aise et gagna les boulevards extérieurs, sa promenade favorite.

Il lui semblait qu'il portait un poids de moins depuis qu'il était débarrassé de ces aiguillettes d'or si compromettantes et de ces bas de soie rembourrés de coton qui protégeaient si mal ses jambes de singe.

Il s'en allait le nez au vent, les mains dans ses poches, leste et dispos comme un sous-lieutenant qui a quitté la tenue règlementaire pour se mettre en bourgeois.

Et pourtant *Pain-de-Blanc* n'était pas de bonne humeur. Son échec de la nuit l'avait considérablement affecté pour bien des raisons. D'abord, le coup était manqué; complétement et définitivement manqué, car à présent l'éveil était donné et il ne fallait plus songer à une nouvelle tentative.

L'infortuné *caroubleur* se voyait condamné à dire à tout jamais adieu à cette caisse si bien garnie, à ce meuble plein d'or dont il n'avait vu que l'extérieur, comme Moïse vit la terre promise, sans y entrer. Force lui était de renoncer même à se montrer aux alentours de l'hôtel, car il n'était pas bien sûr que son complice ne fût pas arrêté, et il craignait que la police avertie, n'eût tendu là une *souricière*.

Le mot et la chose lui étaient familiers.

Il se consolait un peu en pensant que du moins le Canadien reposait dans le lit moelleux de la Seine. Mais la certitude d'être débarrassé de lui n'était qu'une mince compensation aux désagréments de toute sorte qu'il prévoyait.

Pain-de-Blanc était pétri d'amour-propre et il se demandait comment il pourrait se présenter sans rougir devant l'*Epoulardeur*, que, depuis huit grands jours, il entretenait de ses projets de *caroublage*. Comment surtout reparaître aux yeux de Phémie, qui comptait sur le succès de l'expédition pour s'acheter une toilette mirifique ?

Le coquin déconfit ne pensait pas sans frayeur aux railleries et aux reproches qui l'attendaient, et il était aussi piteux qu'un corsaire revenant de croisière sans avoir capturé le moindre navire, pas même une barque chargée de harengs.

Il est vrai qu'il avait le temps de se préparer à soutenir cet assaut, car le domicile habité par l'*Epoulardeur*, qui, pour le moment, donnait asile à la blonde Amanda et à la brune Phémie, ce domicile n'était abordable, et pour cause, qu'après le soleil couché. Mais que faire jusqu'à la nuit ? *Pain-de-Blanc* n'avait même pas la ressource d'aller chez sa respectable tante, madame Alexis, car elle l'avait bien et dûment mis à la porte, la veille, quand il était revenu lui demander si elle se décidait enfin à lui confier des *bibelots* pour les offrir au Californien.

Depuis qu'elle avait empoché les billets signés par René Dortis, la revendeuse était moins dis-

posée que jamais à s'accointer de son neveu pour
entreprendre des affaires dangereuses. Elle aimait
beaucoup mieux travailler avec sa nièce. Les poches
d'un fils de famille sont plus faciles à vider qu'une
caisse et, dans cette agréable exploitation, il y a
bien moins à risquer que dans le *caroublage*.

Madame Alexis tenait à gagner de l'argent, mais
en tout bien tout honneur, comme disent souvent
les gens qui ont plus de bien que d'honneur.

Par surcroît de désagrément, le préféré de Phémie sentait ses poches vides, radicalement vides.
Les toiles se touchaient. Et, les violents exercices
auxquels il s'était livré pendant la nuit lui ayant
ouvert l'appétit, il avait grand'faim.

Il s'en allait donc le long des boulevards, lor-
gnant du coin de l'œil les marchands de vin et
humant les âpres senteurs de pommes de terre
frites que les échoppes en plein vent lui envoyaient
à chaque pas pour narguer sa misère.

Il avait bien eu crédit quelquefois dans mainte
gargote de ces parages excentriques, mais ce crédit
était mort à la fleur de son âge, faute d'être nourri
par des à-compte, et il ne voyait aucune chance
de le ressusciter.

Pour sortir d'embarras, il s'avisa enfin d'aller
faire une visite au revendeur de la rue Traversière-
Saint-Antoine, celui qui lui accordait tant de
confiance, s'il fallait l'en croire.

Ce revendeur, familièrement nommé le père
Machin, traitait de temps en temps avec lui certaines affaires aussi lucratives que mystérieuses.

Pain-de-Blanc pouvait raisonnablement espérer qu'il aurait pitié de sa détresse et qu'il lui avancerait de quoi déjeuner. Aussi se dirigea-t-il, sans trop se presser, vers le faubourg Saint-Antoine, et il était midi passé, quand il arriva devant le domicile du négociant interlope.

Ce domicile était une vieille maison noire située justement en face du mur d'enceinte de la prison où le valet de chambre de M. de Colorado ne devait pas tarder à être logé.

Cette haute et noire muraille qui entoure les préaux de Mazas inspirait à *Pain-de-Blanc* une terreur salutaire, et ce n'était jamais sans émotion qu'il franchissait le seuil du père Machin. Ce jour-là, son émotion se compliqua de stupeur, lorsque, au moment d'entrer dans l'allée, il se trouva nez à nez avec la baronne de Gondo qui en sortait et qu'il reconnut parfaitement à travers l'épaisse voilette qui cachait ses traits.

Pain-de-Blanc n'avait vu la baronne qu'une seule fois et, à coup sûr, il ne lui avait pas été présenté ; mais, en servant au buffet, il s'était trouvé juste en face d'elle, et assez près de la table où elle soupait pour entendre les conversations qui s'y tenaient. Il n'en fallait pas davantage à un garçon intelligent. En s'esquivant pour courir à la place de l'Europe, il savait parfaitement que c'était Madame de Gondo qui était assise à droite du Californien, et ses traits imposants étaient restés gravés dans sa mémoire.

La dame, elle, n'eut garde de le reconnaître et

fila prestement sans le regarder vers un fiacre qui l'attendait au coin de l'avenue Daumesnil. *Pain-de-Blanc* entra dans l'allée et s'y cacha en avançant la tête au dehors pour la voir monter en voiture.

— Qu'est-ce que c'te baronne à millions vient faire chez le *fourgat?* grommela-t-il, pendant que l'attelage tournait vers la place de la Bastille.

Et il se mit à chercher dans sa tête l'explication de cette étrange visite, mais il ne la trouva point.

— C'est toujours bon à savoir, pensa-t-il en s'enfonçant dans le corridor.

Le revendeur avait sa boutique au rez-de-chaussée et son logement à l'entre-sol. Il était d'ailleurs le seul locataire de cette masure, dont les trois étages supérieurs lui servaient de magasins.

De la cave au grenier elle était remplie de marchandises de toute sorte : vieilles ferrailles, vieilles hardes, vieilles faïences, vieilles boiseries, vieilles peintures. Tout était vieux chez le père Machin, tout, jusqu'à sa sordide personne, car avec sa face jaunâtre, son front ridé et sa longue barbe blanche, il paraissait avoir cent ans.

Ce patriarche se tenait du matin au soir dans son arrière-boutique, cantonné au milieu d'une forêt d'objets bizarres, comme une araignée au centre de sa toile. Il attendait là les pratiques et il ne sortait de son antre qu'au bruit de la sonnette annonçant l'entrée d'un acheteur, mais la sonnette ne tintait pas souvent, car il s'écoulait quelquefois des journées entières sans qu'il reçût personne.

Les flâneurs sont rares dans cette rue sombre et

l'étalage du revendeur n'avait rien d'engageant.
Plus d'un passant se demandait à quelle espèce
de commerce pouvait bien se livrer l'habitant de
cette caverne sans jour et sans air. Les gens du
quartier n'en savaient pas beaucoup plus long.

Le père Machin ne se montrait jamais dans la
rue que de grand matin, pour acheter sa maigre
pitance ; il faisait sa cuisine lui-même et n'employait ni commis, ni homme de peine.

On ne le voyait point à l'hôtel des Ventes, ni aux
enchères du Mont-de-Piété comme la plupart de
ses confrères en bric-à-brac, et les objets qui encombraient sa boutique étaient toujours les mêmes.

Il y avait, entre autres, dans la montre, un gigantesque robinet de cuivre qui avait réjoui la vue
de plusieurs générations de gamins du faubourg.

D'où venaient tous ces débris hétérogènes qui
avaient l'air d'épaves recueillies après un nau-
frage? Qui les apportait là? Que devenaient-ils
après avoir séjourné dans cet entrepôt mystérieux ?
Autant de questions que s'adressaient parfois les
voisins, mais qu'ils ne cherchaient pas à résoudre,
tant le père Machin leur était indifférent.

On l'accusait bien un peu de faire l'usure et
même pis, mais on ne citait pas de faits, et, comme
dans son quartier il ne pressurait ni ne volait personne, on le laissait parfaitement tranquille.

Il arrivait bien, de temps à autre, qu'un fiacre
s'arrêtait à l'entrée de la rue pour laisser descendre une dame voilée, ou bien un monsieur dissi-
mulant sa figure sous le collet relevé de son par-

dessus. Ces visiteurs se glissaient discrètement dans l'allée ouverte à côté de la boutique, et, après une conférence plus ou moins longue avec le reven-deur, reprenaient le chemin des arrondissements riches. Évidemment, ils ne venaient pas pour mar-chander le fameux robinet de cuivre.

Il faut dire aussi que derrière la maison s'éten-dait une cour assez vaste, que cette cour avait une porte donnant sur la rue de Lyon, et que cette porte s'ouvrait assez souvent, la nuit, pour laisser entrer ou sortir des individus chargés de paquets.

Pain-de-Blanc, qui était un habitué de l'établis-sement, alla droit au fond du corridor et tourna doucement un bouton planté dans la muraille. C'était le moyen qu'employaient les initiés pour pénétrer dans l'arrière-boutique.

Le préféré de Phémie se glissa sans bruit dans ce réduit et aperçut le dos du père Machin courbé sur une table éclairée par une lampe à abat-jour. Comme il n'était pas très-rassuré sur l'accueil qui l'attendait, il s'avança timidement et, en allon-geant le cou, il put voir l'objet qui absorbait ainsi l'attention du négociant de la rue Traversière.

Cet objet était un splendide collier de diamants.

La lumière tombait d'aplomb sur ces merveil-leuses pierres qui rayonnaient comme des frag-ments de soleil. On aurait dit que leurs feux in-comparables illuminaient la face parcheminée du père Machin.

Il se leva brusquement quand il sentit la main de *Pain-de-Blanc* frôler sa manche et, couvrant aus-

sitôt de ses doigts crochus le collier étalé devant
lui, il dit d'une voix courroucée :

— Qui t'a permis d'entrer sans frapper, coquin !
chenapan !

— Vous fâchez pas, père Machin, répondit l'ami
de l'*Epoulardeur*. J'ai frappé, c'est que vous n'aurez pas entendu ; alors, comme j'étais pressé, je
me suis permis de pousser la mécanique.

— Qu'est-ce que tu viens faire ici ? Je t'avais
défendu d'y mettre les pieds pendant le jour,
grommela le vieillard sans lâcher les diamants qu'il
cachait.

Ses yeux étincelaient, son dos voûté frémissait,
ses griffes se crispaient. Il avait l'air d'une hyène
qui défend sa proie.

— Je vas vous dire, père Machin, commença
Pain-de-Blanc, c'est que je n'ai pas le sou... et rien
dans le *cornet* depuis hier.

— Et tu crois que je vais te nourrir, gredin ! tu
as le front de venir me demander de l'argent,
mauvais gueux !

— C'est pas de ma faute. Je viens de manquer
une affaire superbe.

— Tu les manques toujours les affaires, espèce
de propre à rien.

— Pas tant que ça. L'autre semaine je vous ai
encore *bazardé* trois pendules et dix saumons de
plomb, même que vous avez été trop *rat* et que j'ai
été *refait dans le dur*.

— En v'là assez ! *décanille* et plus vite que ça.

— Je ne demande pas mieux quand vous m'au-

rez *aboulé* cent sous pour aller me *rincer la corne*
chez le *mannezingue*.

— Pas un rouge liard. Je n'entretiens pas les
faigniants.

— C'est bon, grommela *Pain-de-Blanc*, on s'en
va ; mais c'est égal, père Machin, pour un homme
qui vient de faire un rude marché avec une dame
de la haute, eh! *ben*, non, là, vrai, vous n'êtes pas
généreux.

— Je n'ai pas fait de marché, et il n'est pas venu
de dame ici.

— Non, *c'est que je tousse !* Avec ça que je ne l'ai
pas rencontrée sur le pas de la porte de l'allée,
même qu'elle a manqué de m'embrasser sans le
vouloir, et que ça ne m'aurait pas *embêté*, vu qu'elle
est encore assez *chouette*... et puis, une baronne,
ça flatte toujours.

— Une baronne ?

— Un peu qu'elle est baronne, et *calée* par-dessus le marché.

— Tu vas p't'être me *coller* que tu la connais ?

— Si je la connais ! J'étais au bal qu'elle a donné
cette nuit.

— Où ça?

— Dans son hôtel, je servais au buffet.

— Où est-il son hôtel?

— Tiens! il paraît que vous avez besoin de
l'adresse de votre pratique. C'est juste. Elle ne
voulait pas se compromettre, c'te femme, et elle
ne vous a pas montré ses papiers.

— Dis-moi où elle demeure et je te donnerai tes cent sous.

— Ça va. *Allez-y* d'abord des cinq *balles*.

Le père Machin ferma une de ses mains sur le collier, fouilla dans sa poche avec l'autre et en tira la pièce demandée.

— Merci, dit *Pain-de-Blanc*. Votre baronne *reste* boulevard Malesherbes, à l'entrée du parc Monceaux.

— Et elle s'appelle ?

— Cent sous de plus si vous voulez que je vous le dise.

— Gueusard, va ! grogna le revendeur en allongeant un autre écu de cinq francs.

— Elle a nom baronne de Gondo et son mari est banquier, millionnaire et tout le tremblement ; vous voyez que je vous fais bonne mesure, dit *Pain-de-Blanc*, dès qu'il eut empoché.

— Maintenant, décampe, reprit sèchement le vieillard.

— Craignez rien, ça ne sera pas long. J'ai le gosier sec comme de l'amadou. Vous n'avez pas de commissions pour l'*Epoulardeur* ?

— Dis-lui qu'il se tienne prêt à partir d'un jour à l'autre. J'aurai de la marchandise à expédier la semaine prochaine au plus tard, et surtout qu'il ne sorte pas de son trou. La *rousse* le cherche.

— Soyez calme. Il ne bougera pas, vu qu'il a repêché une pièce de vin qu'avait roulé dans la Seine à Bercy et qu'il est en train de la *siffler*.

— C'est bon. *Fusille-moi le plancher*, vermine, dit

le père Machin en poussant vers la porte le don-
neur de renseignements.

Pain-de-Blanc aurait bien voulu prolonger l'entretien pour savoir ce que la baronne était venue
faire chez le revendeur, mais le père Machin ne
paraissait pas du tout disposé à causer. D'ailleurs,
il était temps de déjeuner pour un homme qui
n'avait mangé depuis la veille qu'une tranche de
pâté de foie gras volée au buffet de l'hôtel de Gondo.

L'ami de Phémie, lesté de deux pièces de cent
sous, prit congé du négociant de la rue Traversière, et s'en alla tout droit s'attabler chez un marchand de vin du voisinage, où il se fit servir de
quoi réparer amplement les forces qu'il avait dé-
pensées dans ses expéditions nocturnes.

De là, il se transporta dans un estaminet borgne
qui possédait un billard, et il y exécuta, non sans
tricher le plus qu'il put, une interminable série de
carambolages.

Cet exercice d'adresse lui fit gagner beaucoup
de petits verres et l'occupa jusqu'à la nuit tom-
bante.

Dès que le gaz fut allumé, il cessa la partie et
prit congé des vauriens qu'il venait d'escroquer.
Comme il l'avait déjà fait le matin, il se remit à
raser les maisons en se donnant l'air d'un flâneur,
mais, cette fois, il savait parfaitement où il allait.

Il descendit le faubourg, traversa la place de la
Bastille, se dirigea vers la Seine par le boulevard
Bourdon, et prit ensuite le quai Henri IV. Puis,
après s'être arrêté un instant pour regarder autour

de lui et s'assurer que personne ne l'observait, il descendit sur la berge.

Un bateau y était amarré, un de ces énormes chalands pontés dont l'aspect fait songer à l'arche de Noé, et qui servent généralement de domicile à toute une famille de mariniers. Celui-là ne paraissait pas être habité. Les écoutilles hermétiquement closes ne laissaient passer ni bruit ni lumière, et, d'ailleurs, la carcasse de cette embarcation d'eau douce était assez délabrée pour qu'on pût croire qu'elle ne servirait plus qu'à faire du feu. Mais *Pain-de-Blanc* savait à quoi s'en tenir sur cet apparent abandon.

Il sauta doucement à bord et s'en alla, sans hésiter, frapper à la cabine d'arrière.

— Est-ce toi, *Tafouilleux?* cria une voix enrouée.

— Non, Phémie, c'est Arthur, dit tout bas *Pain-de-Blanc*.

Une exclamation de joie répondit à cet appel. La porte s'ouvrit et il en sortit un épais nuage de fumée de tabac dont l'odeur âcre faillit faire reculer le neveu de madame Alexis. Il s'y jeta cependant et repoussa derrière lui l'étroit battant.

— *Cré nom !* dit-il en se frottant les yeux, ça manque de ventilateur, ici.

— Ça manque de tout, glapit la blonde Amanda.

— T'as raison, mon homme, s'écria la femme colosse en se jetant au cou de son Arthur sans quitter la pipe qu'elle fumait virilement.

Pain-de-Blanc reçut cette accolade avec la dignité

22.

froide d'un homme qui se sait adoré et qui tient à conserver ses avantages. Il alla s'asseoir au bout d'un banc, où Amanda siégeait déjà dans une pose mélancolique et, quand il se fut accoutumé à la demi-obscurité qui régnait en ce lieu éclairé seulement par une chandelle fichée dans le goulot d'une bouteille, il aperçut Jacques Crambard couché à plat ventre dans un coin et la face appuyée sur une écuelle vide.

— Allons! bon, dit-il, v'là qu'il est *poivre* (1). Moi qui venais justement lui parler d'affaires.

— *Pas mèche!* pour le quart d'heure. *Il a son plein*, répondit dédaigneusement la blonde.

— Ça ne fait rien. Conte-nous ça, mon homme, reprit Phémie.

— Qué que t'apporte? demanda l'autre femelle.

— Des nèfles. Le *caroublage* a raté et j'ai manqué d'être *paumé marron* (2).

— Alors, pas de *carle* (3)?

Pain-de-Blanc fit signe que non.

— Ah! *ben!* c'est ça qui va être drôle. Depuis hier, pas un morceau de *larton* (4) à se mettre sous la dent. Le *Tafouilleux* est allé au *vague* (5), et il *n'aboule* pas. Encore une journée comme celle-là, et nous crèverons de faim.

— L'écoute pas, mon homme. Elle est trop sur

(1) Ivre.
(2) Pris en flagrant délit.
(3) Argent.
(4) Pain.
(5) En quête d'un vol.

sa bouche. Dans notre état, faut savoir se brosser le ventre, quand il y a pas de quoi *becqueter*.

— T'en parles à ton aise, toi, l'enflée. T'as *bouffé* tout le saucisson que le *momacque* (1) avait *grinché*.

— Fallait réclamer ta part.

— Merci ! j'peux pas souffrir la charcuterie.

— Voyez-vous ça ! Pauv' biche. Il *z'y* faudrait du pâté aux truffes.

— Et après ? pourquoi pas ? Joséphine Canoche en mange bien à tous ses repas. C'est-il parce qu'elle est la sœur de ton homme, qu'elle a le droit de faire bombance pendant que je claque des dents dans c'te *turne* où elle ne voudrait pas loger son chien ?

Phémie était patiente comme une femme qui a la conscience de sa force, mais elle ne permettait pas qu'on touchât à son Arthur, et l'imprudente Amanda venait de la blesser à l'endroit sensible.

La géante s'avança les poings fermés et la blonde allait recevoir une vigoureuse correction, car son Jacques n'était pas en état de la défendre, mais *Pain-de-Blanc* s'interposa et calma d'un geste souverain sa trop irascible amante.

— Mes petites chattes, dit-il avec autorité, il n'est pas temps de vous disputer quand nous avons *Caoutchouc* sur les talons.

— *Caoutchouc !* s'écrièrent à la fois les deux femmes, avec un accent de terreur.

— Il est revenu d'Amérique et il a repris les *filatures*. C'est Crapillon qui me l'a dit.

(1) Le gamin.

— Le petit Crapillon du bal de l'*Ardoise?* En v'là un dont je me méfierais.

— Je m'en méfie aussi. Ça n'empêche pas que la *sorgue* (1), où nous y avons été tous les quatre, à l'*Ardoise,* Crapillon a reconnu *Caoutchouc camouflé en biffine* (2). Et si j'ai *raté* l'affaire chez le *rupin* de la place de l'Europe, je parierais trois litres que c'est lui qu'en est la cause.

— Eh! *ben*, nous v'là propres! soupira Phémie consternée.

— C'est le vrai moment de *jouer la fille de l'air* (3), conclut *Pain-de-Blanc*.

— Avec ça que c'est commode, dit Amanda.

— Ça peut se faire. Je viens de chez le père Machin, le *fourgat* (4) de la rue Traversière. Il m'a dit que d'ici à huit jours le chargement du bachot serait prêt et qu'il m'enverrait avec Jacques *pastiquer la maltouze* (5) à Rouen. Vous embarquerez avec nous sur le *Barbillon.*

— Tiens! ça va me changer d'air, s'écria la femme colosse, qui approuvait toujours les projets d'Arthur.

— Moi pas, dit Amanda. Je ne me plais qu'à *Pantruche* (6).

— Vaut encore mieux voyager sur l'eau que

(1) Nuit.
(2) Déguisé en chiffonière.
(3) Partir, décamper.
(4) Recéleur.
(5) Passer sa marchandise volée.
(6) Paris.

d'aller *à la campagne* (1), répliqua *Pain-de-Blanc.*

— Possible, mais en attendant que la *maltouze* du *fourgat* soit chargée sur le bachot, avec quoi qu'on *béquillera* (2) ici ?

— Ça, c'est mon affaire, dit majestueusement le frère de Coralie. J'ai *pigé* chez le *fourgat* la femme d'un banquier, une baronne qui venait mettre ses diamants en gage. Le père Machin m'a déjà *casqué* deux pièces de cent sous pour que je lui dise comment *qu'elle* s'appelle.

— Tu connais donc des baronnes pour de vrai ? dit ironiquement la blonde.

— Un peu. C'est chez celle-là que j'ai été au bal cette nuit avec une livrée que le père *Rigolo* m'a louée à l'œil.

— Dis donc, c'est-il vrai qu'on ne porte plus de velours et qu'on met douze volants aux robes de soie ? demanda mademoiselle Amanda qui étudiait les modes au bal de l'*Ardoise.*

— Qué que ça peut te faire ? grommela Phémie ; ton homme n'a seulement pas de quoi te payer un tartan.

— Et si le père Machin ne veut pas *casquer*, reprit *Pain-de-Blanc*, j'irai faire *chanter* la baronne.

— De quoi ? de quoi ? faire *chanter*, qui ça ? dit tout à coup l'*Époulardeur* en se redressant.

L'ivrogne avait fini de cuver son vin et le bruit des voix venait de le réveiller.

(1) Saint-Lazare.
(2) Mangera.

— Te v'là, *faigniant*, reprit-il en reconnaissant son associé. M'apportes-tu le *rupin* qui m'a poché les *châssis*?

— Non, mais j'ai envoyé l'autre *dinguer* au fond de la rivière.

— L'autre, je m'en *bats l'œil*, il ne m'a rien fait. C'est le *rupin* que je veux *buter*.

— Tu le *buteras* la semaine prochaine, après qu'il aura *chanté*. Le *fourgat* va nous envoyer à Rouen écouler sa *maltouze*. Nous emmènerons le *rupin*, et nous le sèmerons en route, Je me charge de l'*aguicher* (1) ici le soir où il faudra démarrer.

— Et les papiers pour aller toucher son *fade* (2) à la Banque, où c'est-il qu'il les signera, si vous le *dessalez* (3) en route ?

Amanda, qui fit cette question, n'avait point oublié le plan arrêté à la *Bibine* du père *Pernette*.

— Les *chèques*, dit *Pain-de-Blanc*, il les signera dès que nous le tiendrons. Quand il aura seulement passé une heure dans la cale du *Barbillon*, il en aura assez et il ne fera pas le méchant.

— Et après, je le plumerai à mon aise, grommela l'*Époulardeur* en s'allongeant sur le plancher de la cabine.

Amanda, prends l'écuelle et rapporte-la pleine, ajouta-t-il avec effort.

— La barrique est vide, vieux pochard, répondit insolemment la blonde.

(1) L'attirer.
(2) Argent.
(3) Le noyez.

Jacques Crambard fit un mouvement pour se lever afin de châtier sa digne moitié, mais il retomba et il s'endormit du lourd sommeil des ivrognes pendant que Phémie s'écriait :

— Dis donc, mon homme, quand le *pante* aura *chanté*, nous achèterons une *roulante* (1) et nous travaillerons dans les terres.

(1) Voiture.

FIN DU TOME PREMIER

F. Aureau. — Imprimerie de Lagny.

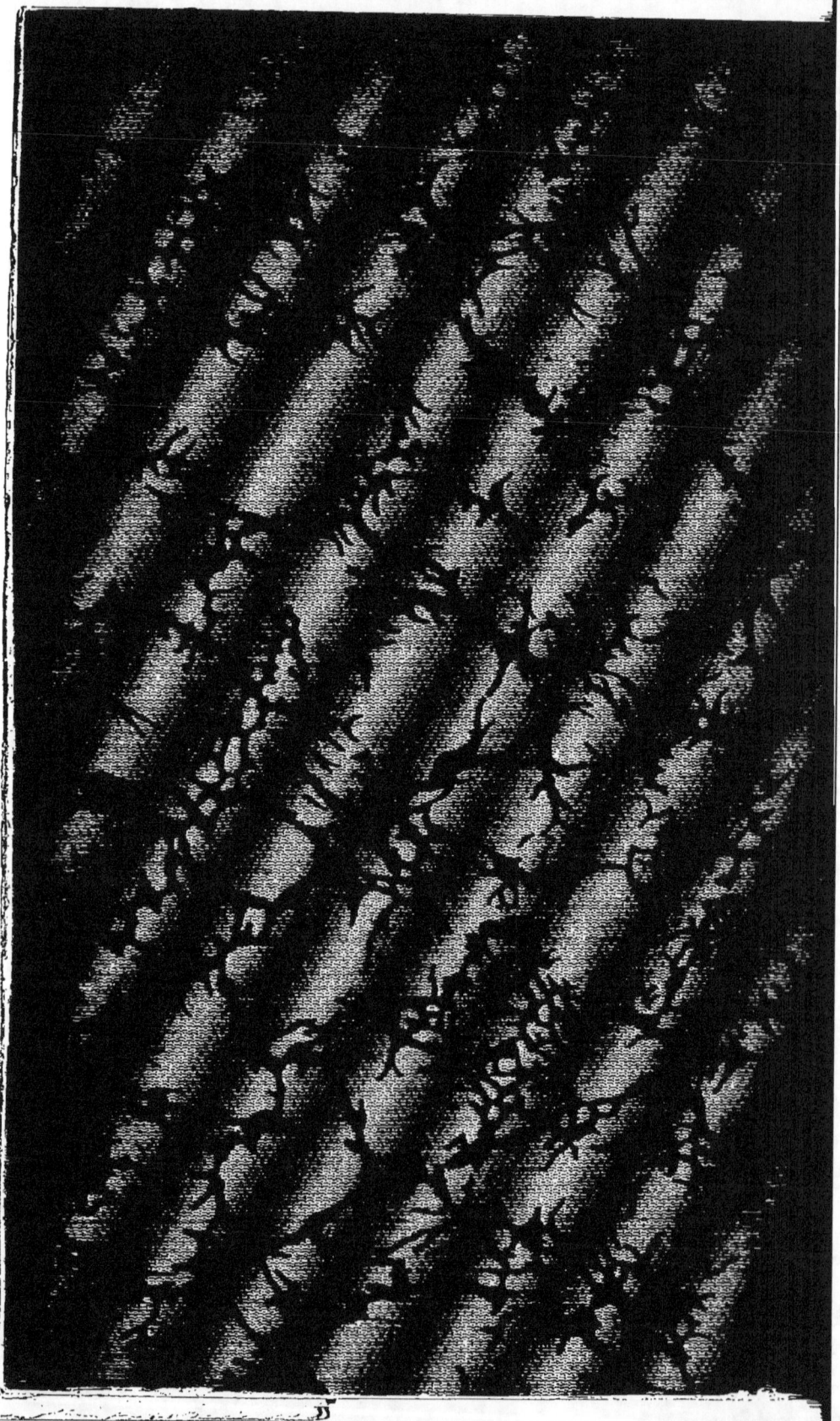

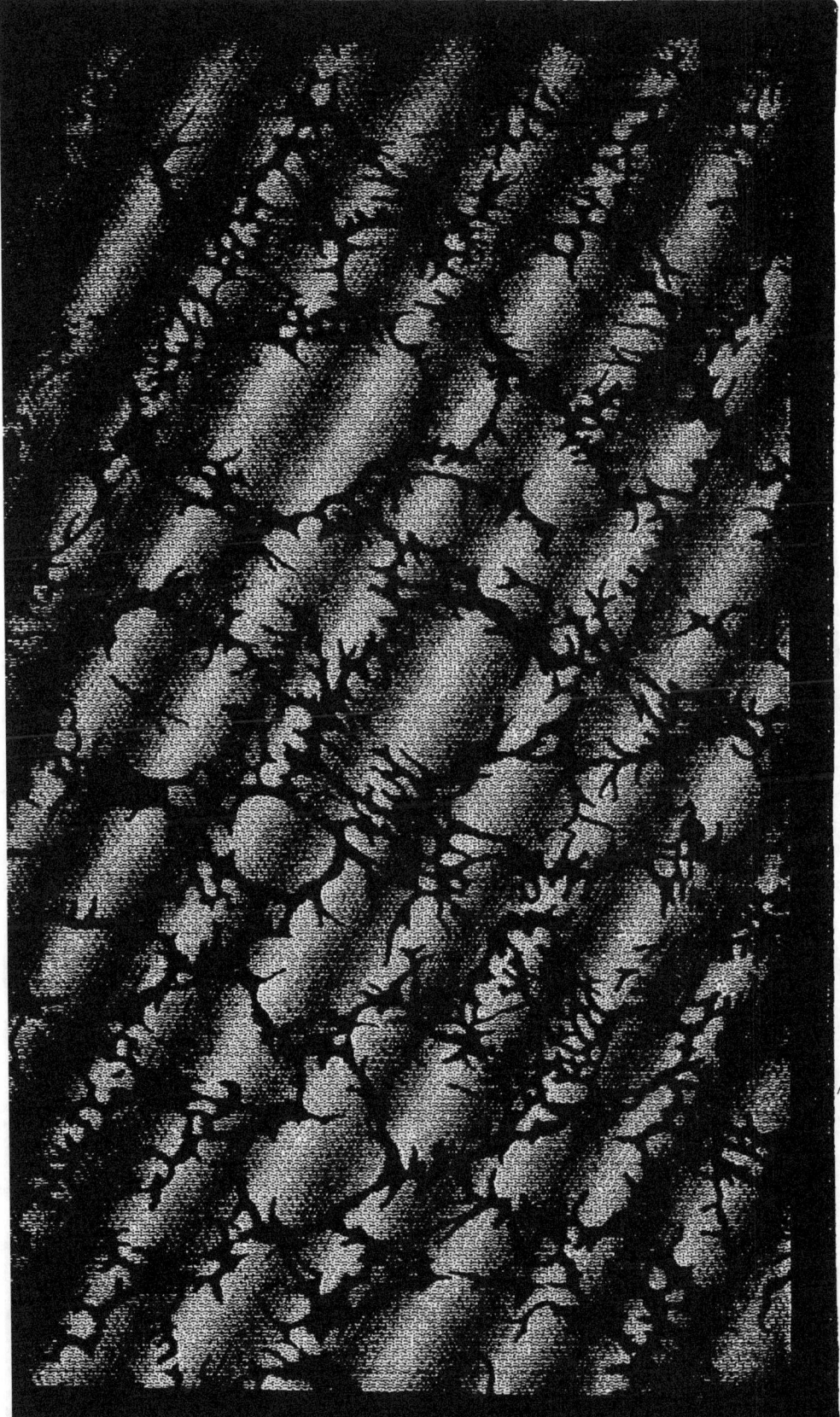

www.ingramcontent.com/pod-product-compliance
Lightning Source LLC
Chambersburg PA
CBHW050745030726
47505CB00002B/406